LUCY MAUD MONTGOMERY

Anne
e a Casa dos Sonhos

Título original: Anne's House of Dreams
Copyright © Editora Lafonte Ltda., 2021

Todos os direitos reservados.
Nenhuma parte deste livro pode ser reproduzida sob quaisquer meios existentes sem autorização por escrito dos editores.

Edição Brasileira

Direção Editorial	Ethel Santaella
Tradução	Ciro Mioranza
Revisão	Rita del Monaco
Capa	Cibele Queiroz
Diagramação	Demetrios Cardozo

Dados Internacionais de Catalogação na Publicação (CIP)
(Câmara Brasileira do Livro, SP, Brasil)

Montgomery, Lucy Maud, 1874-1942
   Anne e a casa dos sonhos / Lucy Maud Montgomery ; tradução Ciro Mioranza. -- 1. ed. -- São Paulo : Lafonte, 2021.

   Título original: Anne's House of Dreams
   ISBN 978-65-5870-052-4

   1. Ficção canadense I. Título.

21-54082   CDD-C813

Índices para catálogo sistemático:

1. Ficção : Literatura canadense   C813

Maria Alice Ferreira - Bibliotecária - CRB-8/7964

Editora Lafonte
Av. Profª Ida Kolb, 551, Casa Verde, CEP 02518-000
São Paulo - SP, Brasil — Tel.: (+55) 11 3855-2100
Atendimento ao leitor (+55) 11 3855-2216 / 11 3855-2213 – atendimento@editoralafonte.com.br
Venda de livros avulsos (+55) 11 3855-2216 – vendas@editoralafonte.com.br
Venda de livros no atacado (+55) 11 3855-2275 – atacado@escala.com.br

LUCY MAUD MONTGOMERY

Anne
e a Casa dos Sonhos

tradução
CIRO MIORANZA

Lafonte

Brasil – 2021

Índice

cap. 1	No sótão de Green Gables	9
cap. 2	A casa dos sonhos	15
cap. 3	Na terra dos sonhos	21
cap. 4	A primeira noiva de Green Gables	29
cap. 5	A chegada ao novo lar	33
cap. 6	O capitão Jim	37
cap. 7	A noiva do professor	43
cap. 8	A senhorita Cornélia Bryant faz uma visita	53
cap. 9	Uma noite no cabo de Four Winds	65
cap. 10	Leslie Moor	77
cap. 11	A história de Leslie Moore	85
cap. 12	Leslie faz uma visita	95
cap. 13	Uma noite assombrada	99
cap. 14	Dias de novembro	105
cap. 15	Natal em Four Winds	109
cap. 16	Véspera de Ano-Novo no farol	117
cap. 17	Um inverno em Four Winds	123
cap. 18	Dias de primavera	129
cap. 19	Alvorecer e anoitecer	137
cap. 20	A Margaret perdida	143

cap. 21	Caem as barreiras	147
cap. 22	A senhorita Cornélia resolve alguns assuntos	155
cap. 23	Owen Ford chega a Four Winds	161
cap. 24	O livro da vida do capitão Jim	167
cap. 25	O livro passa a ser redigido	175
cap. 26	A confissão de Owen Ford	179
cap. 27	Na barra de areia	185
cap. 28	Miscelânea	191
cap. 29	Gilbert e Anne discordam	199
cap. 30	Leslie decide	205
cap. 31	A verdade liberta	211
cap. 32	A senhorita Cornélia discute o assunto	215
cap. 33	Leslie retorna	219
cap. 34	O navio dos sonhos chega ao porto	223
cap. 35	Política em Four Winds	229
cap. 36	Beleza em cinzas	237
cap. 37	A senhorita Cornélia faz um anúncio surpreendente	245
cap. 38	Rosas Vermelhas	251
cap. 39	O capitão Jim atravessa a barra	257
cap. 40	Adeus à casa dos sonhos	261

Para Laura,
em memória dos velhos tempos.

Capítulo 1

No Sótão de Green Gables

— Graças a Deus, terminei com a geometria, tanto para aprendê-la como para ensiná-la – disse Anne Shirley, com ar vingativo, enquanto punha um volume um tanto danificado de Euclides[1] num grande baú de livros, batia a tampa em triunfo e se sentava sobre ele, olhando para Diana Wright, que estava do outro lado do sótão de Green Gables, com olhos pesados que pareciam o céu daquela manhã.

O sótão era um lugar sombrio, sugestivo e encantador, como todos os sótãos deveriam ser. Pela janela aberta, perto da qual Anne estava sentada, soprava o ar doce, perfumado e quente do sol da tarde de agosto; lá fora, ramos de choupos farfalhavam e se agitavam ao vento; mais além, ficavam os bosques, onde a alameda dos Namorados serpenteava seu caminho encantado, e o velho pomar de macieiras ainda produzia generosamente magníficas colheitas rosadas. E, mais ao longe, pelo lado sul, vislumbrava-se uma grande cadeia montanhosa de nuvens brancas num céu azul.

Através da outra janela avistava-se um distante mar azul coberto de branco... o belo golfo de São Lourenço, no qual flutua, como uma joia, Abegweit, cujo nome indígena mais suave e doce há muito foi abandonado pelo mais prosaico da Ilha do Príncipe Eduardo.

Diana Wright, três anos mais velha desde que a vimos pela última vez, tinha adquirido, nesse meio-tempo, certo ar de matrona. Mas seus olhos eram tão negros e brilhantes, suas faces tão rosadas e suas covinhas tão encantadoras como nos dias gloriosos do passado, quando ela e Anne Shirley haviam jurado amizade eterna, no

---

1   Provavelmente, a obra citada seja *Elementos de geometria*, do matemático grego Euclides, que teria vivido no século III antes de Cristo (NT).

jardim em Orchard Slope. Tinha nos braços uma pequena criatura adormecida, de cabelos cacheados e negros, que, havia dois felizes anos era conhecida no mundo de Avonlea como a "pequena Anne Cordélia". As pessoas de Avonlea sabiam por que Diana lhe tinha dado o nome Anne, é claro, mas as mesmas pessoas de Avonlea estavam intrigadas com o nome Cordélia. Nunca houve uma Cordélia na família dos Wright nem na dos Barry. A senhora Harmon Andrews disse que imaginava que Diana tinha encontrado esse nome em algum romance vulgar e se perguntava como Fred não tivera um pouco mais de bom senso para recusá-lo. Mas Diana e Anne sorriam uma para a outra. Elas sabiam o motivo pelo qual a pequena Anne Cordélia havia recebido esse nome.

– Você sempre odiou geometria – disse Diana, com um sorriso retrospectivo. – De qualquer maneira, chego a pensar que deve estar realmente feliz por deixar de lecionar.

– Oh, eu sempre gostei de ensinar, exceto geometria. Esses três últimos anos em Summerside foram muito agradáveis. A senhora Harmon Andrews me disse, quando voltei para casa, que provavelmente não acharia a vida de casada muito melhor do que a vida de professora, como eu esperava. Evidentemente, a senhora Harmon é da opinião de Hamlet[2], ou seja, de que pode ser melhor suportar os males que temos do que voar para outros que não conhecemos.

A risada de Anne, tão jovial e irresistível como nos tempos de outrora, com uma nota adicional de doçura e maturidade, ecoou pelo sótão. Marilla, na cozinha, lá embaixo, preparando compota de ameixas pretas, a ouviu e sorriu; então suspirou, ao pensar como aquela simpática risada haveria de ecoar raramente em Green Gables, nos anos futuros.

Nada na vida havia dado a Marilla tanta felicidade quanto saber que Anne haveria de se casar com Gilbert Blythe; mas toda alegria deve trazer consigo sua pequena sombra de tristeza. Durante os três anos de Summerside, Anne estivera em casa com frequência nas férias e nos fins de semana; mas, depois disso, uma visita semestral seria o máximo que se poderia esperar.

---

2   Personagem da obra *Hamlet*, de William Shakespeare (1564-1616), poeta e dramaturgo inglês, que deixou vasta obra; suas peças teatrais são, até hoje, encenadas no mundo inteiro; dentre elas, além da mencionada no texto, convém relembrar as mais conhecidas, como *Romeu e Julieta*, *Os dois cavalheiros de Verona*, *O rei Lear*, *O mercador de Veneza*, *Macbeth*, *As alegres comadres de Windsor*, *Muito barulho por nada* (NT).

– Você não precisa se preocupar com o que a senhora Harmon anda dizendo – disse Diana, com a calma segurança de matrona com quatro anos de experiência. – A vida de casada tem seus altos e baixos, sem dúvida. Não deve esperar que tudo corra sempre muito bem. Mas posso lhe garantir, Anne, que é uma vida feliz, se estiver casada com o homem certo.

Anne reprimiu um sorriso. Os ares de vasta experiência de Diana sempre a divertiram um pouco.

"Acho que vou ter esses ares também, quando estiver casada há quatro anos", pensou ela. "Certamente meu senso de humor vai me preservar disso."

– Já decidiram onde vão morar? – perguntou Diana, acariciando a pequena Anne Cordélia com o gesto inimitável da maternidade, que sempre irradiava no coração de Anne, cheio de doces e inexprimíveis sonhos e esperanças, uma emoção que era metade puro prazer e metade uma estranha e etérea dor.

– Sim. Era isso que eu queria dizer quando lhe telefonei para que viesse hoje. A propósito, não consigo me acostumar com a ideia de que agora temos, de fato, telefones em Avonlea. Parece tão absurdamente moderno para esse lugar antigo e adorável.

– Temos de agradecer à Sociedade para a Melhoria da aldeia de Avonlea por termos telefone – disse Diana. – Nunca teríamos conseguido a linha, se a Sociedade não tivesse tomado a iniciativa e levado o assunto adiante. Muita água fria foi jogada, o que bastaria para desencorajar qualquer sociedade. Mas os membros da Sociedade de Avonlea se mantiveram firmes. Você fez uma coisa esplêndida para Avonlea, ao fundar essa sociedade, Anne. Como nos divertíamos em nossas reuniões! Poderia, acaso, se esquecer do salão azul e do plano de Judson Parker de pintar anúncios de remédios na cerca da fazenda dele?

– Não sei se devo estar inteiramente agradecida à Sociedade de Avonlea na questão do telefone – disse Anne. – Oh, sei que é mais que conveniente... e muito mais do que nossa antiga maneira de sinalizar uma à outra por meio da luz de velas! E, como diz a senhora Rachel, "Avonlea deve acompanhar a procissão, é isso". Mas, de alguma forma, sinto como se não quisesses que Avonlea fosse estragada pelo que o senhor Harrison, quando quer ser espirituoso, chama de "inconveniências modernas". Gostaria de que se mantivesse sempre como era nos velhos e bons tempos. Isso é algo tolo... sentimental... e impossível. Por isso tenho de me tornar imediatamente sensata, prática e possível. O telefone, como o senhor Harrison admite, é "uma surpreendente coisa boa... mesmo que saiba que provavelmente meia dúzia de pessoas interessadas estão escutando ao longo da linha.

– Isso é realmente o pior de tudo – suspirou Diana. – É tão irritante ouvir os receptores desligando sempre que se telefona para alguém. Dizem que a senhora Harmon Andrews insistiu para que o telefone da casa dela fosse instalado na cozinha, só para pudesse ouvir sempre que tocasse e, ao mesmo tempo, ficar de olho no jantar. Hoje, quando você me ligou, ouvi nitidamente aquele estranho relógio dos Pye batendo as horas. Então, sem dúvida, Josie ou Gertie estavam escutando.

– Oh, então é por isso que me disse: "Você tem um relógio novo em Green Gables, não é?" Não consegui imaginar o que você queria dizer. Ouvi um clique maligno assim que você falou. Suponho que era o receptor dos Pye sendo desligado com bastante rapidez. Bem, vamos deixar os Pye de lado. Como a senhora Rachel diz: "Eles sempre foram Pye e Pye sempre serão, para todo o sempre, amém". Quero falar de coisas mais agradáveis. Já está tudo resolvido sobre o local onde vai ficar minha nova casa.

– Oh, Anne, onde? Espero que seja perto daqui.

– Não, não, essa é a desvantagem. Gilbert vai se estabelecer perto do porto de Four Winds... a 60 milhas daqui.

– Sessenta milhas! Poderiam ser seiscentas – suspirou Diana. – Eu, agora, não posso ir mais longe de casa do que até Charlottetown.

– Você tem de ir a Four Winds. É o porto mais bonito da ilha. Há uma pequena vila chamada Glen St. Mary perto dali e o Dr. David Blythe tem exercido suas atividades no local por 50 anos. É tio-avô de Gilbert, como sabe. Ele vai se aposentar e Gilbert vai assumir o posto dele. O Dr. Blythe, no entanto, vai continuar morando na casa dele; por isso teremos de encontrar uma moradia para nós. Não sei ainda como é ou onde vai se situar, na realidade, mas tenho uma casinha dos sonhos, toda mobiliada, na minha imaginação... um pequeno e encantador castelo de areia.

— Onde vão passar a lua de mel? — perguntou Diana.

— Em lugar nenhum. Não fique horrorizada, Diana querida. Você me faz lembrar da senhora Harmon Andrews. Ela, sem dúvida, vai observar condescendentemente que as pessoas que não podem se permitir uma lua de mel é muito sensato que não a tenham; e ainda vai me lembrar de que Jane foi passar a dela na Europa. Quero passar *minha* lua de mel em Four Winds, em minha querida casa dos sonhos.

— E decidiu que não vai ter nenhuma dama de honra?

— Não há ninguém que possa convidar. Você, Phil, Priscilla e Jane, todas tomaram a dianteira na questão do casamento; e Stella está lecionando em Vancouver. Não tenho outra "alma gêmea" e não quero ter uma dama de honra que não o seja.

— Mas vai usar um véu, não é? — perguntou Diana, ansiosa.

— Sim, com certeza. Não haveria de me sentir uma noiva, sem véu. Lembro-me de ter dito a Matthew, naquela noite em que ele me trouxe para Green Gables, que nunca esperava ser uma noiva, porque eu era tão feinha que ninguém iria querer se casar comigo... a menos que algum missionário estrangeiro me quisesse. Na época, eu tinha a ideia de que missionários estrangeiros não podiam se dar ao luxo de ser meticulosos em matéria de aparência, se quisessem que uma moça arriscasse a vida entre canibais.

Você deveria ter visto o missionário estrangeiro com quem Priscilla se casou. Ele era tão bonito e inescrutável quanto aqueles devaneios que tínhamos em nossos planos de nos casarmos um dia, Diana; era o homem mais bem vestido que já conheci e estava deslumbrado com a "etérea e dourada beleza" de Priscilla. Mas é claro que não há canibais no Japão.

— Seu vestido de noiva, pelo menos, é um sonho, Anne — suspirou Diana, extasiada. — Vai parecer uma perfeita rainha nele... você é tão alta e esguia. Como *consegue* se manter tão magra, Anne? Eu estou mais gorda que nunca... em breve não terei mais cintura.

— Robustez e magreza parecem ser questões de predestinação — disse Anne. — De qualquer modo, a senhora Harmon Andrews não poderá dizer a você o que ela me disse quando voltei para casa de Summerside, "Bem, Anne, você está quase tão magra como sempre". Parece bastante romântico ser "esbelta", mas "magra" tem um sabor muito diferente.

– A senhora Harmon tem falado sobre seu enxoval. Ela admite que é tão bom quanto o de Jane, embora diga que Jane se casou com um milionário e você está apenas se casando com um "pobre jovem médico sem um centavo no nome dele".

Anne riu.

– Meus vestidos *são* lindos. Adoro coisas bonitas. Lembro-me do primeiro vestido bonito que tive... aquele marrom, que Matthew me deu para nosso concerto na escola. Antes daquele, tudo o que eu tinha era tão feio! Naquela noite, parecia que eu estava entrando num mundo novo.

– Aquela foi a noite em que Gilbert recitou *Bingen on the Rhine*[3] e olhou para você quando disse: "Há outra, mas *não* é uma irmã." E você ficou tão furiosa, porque ele colocou sua rosa de papel no bolso do colete! Você nem sequer imaginava que um dia iria se casar com ele.

– Oh, bem, esse é outro exemplo de predestinação – riu Anne, enquanto desciam as escadas do sótão.

---

3   *Bingen on the Rhine* é a tradução inglesa do alemão *Bingen am Rhein*, nome de pequena cidade alemã situada às margens do rio Reno (em português, se diria *Bingen sobre o Reno*); nesse caso, porém, é o título de pequeno poema, estilo balada, de Caroline Elizabeth Sarah Norton (1808-1807), escritora e poetisa inglesa (NT).

Capítulo 2

A casa dos sonhos

Havia mais excitação no ar de Green Gables do que já houvera em toda a sua história. Até Marilla andava tão animada que não conseguia deixar de externar... o que era quase algo fenomenal.

– Nunca houve um casamento nesta casa – disse ela, como que se desculpando com a senhora Rachel Lynde. – Quando eu era criança, ouvi um velho ministro dizer que uma casa não era um lar de verdade até que fosse consagrada por um nascimento, por um casamento e por uma morte. Tivemos mortes aqui... meu pai e minha mãe morreram aqui, bem como Matthew; e tivemos até mesmo um nascimento aqui. Há muito tempo, logo depois de nos mudarmos para esta casa, tivemos por um tempo um empregado casado, e a esposa dele teve um bebê aqui. Mas nunca houve um casamento antes. Parece tão estranho pensar que Anne vai se casar. De certa forma, ela me parece apenas a garotinha que Matthew trouxe para casa, 14 anos atrás. Não consigo me habituar que ela tenha crescido. Jamais vou esquecer o que senti quando vi Matthew trazendo uma *menina*. Eu me pergunto o que teria acontecido com o menino que deveria ter vindo, se não tivesse havido um engano. Eu me pergunto qual teria sido o destino dele.

– Bem, foi um afortunado engano – disse a senhora Rachel Lynde –, embora, lembre-se, houve um tempo em que não pensei assim... naquela tarde vim para conhecer a Anne e ela nos presenteou com uma bela cena... Muitas coisas mudaram desde então, é isso.

A senhora Rachel deu um suspiro e se animou novamente. Quando se tratava de casamentos, a senhora Rachel estava pronta para deixar *os mortos entrarrem seus mortos*.

– Vou dar a Anne duas de minhas colchas de algodão – continuou ela. – Uma estampada com folhas de tabaco e outra com folhas de macieira. Ela me disse que estão ficando realmente na moda de novo. Bem, na moda ou não, acredito que não há nada mais bonito para uma cama de quarto de hóspedes do que uma bela colcha com folhas de macieira, é isso. Mas tenho de dar um jeito de deixá-las limpinhas. Eu as guardei em sacos de algodão logo depois que Thomas morreu e, sem dúvida, devem estar com uma cor horrível. Mas ainda falta um mês e o branqueamento com orvalho fará maravilhas.

Só um mês! Marilla suspirou e então disse com orgulho:

– Vou dar a Anne aquela meia dúzia de tapetes trançados que tenho no sótão. Nunca imaginei que ela os quisesse... são tão antiquados e ninguém parece querer nada parecido, mas só tapetes mais modernos. Mas ela os pediu... e disse que os preferia a qualquer outra coisa para os assoalhos de sua casa. *São* lindos. E os fiz com os melhores retalhos e os trancei em listras. Foi um belo entretenimento nesses últimos invernos. E vou fazer bastante compota de ameixa preta para estocar sua despensa por um ano. Parece muito estranho. Essas ameixeiras não floresciam havia três anos e achei que deviam ser cortadas. E, nessa última primavera, ficaram totalmente brancas de flores e deram tantas ameixas como não me lembro desde que estou em Green Gables.

– Bem, graças a Deus que Anne e Gilbert vão realmente se casar, afinal. Foi para isso que sempre orei – disse a senhora Rachel, no tom de quem tem certeza de que suas orações tinham sido de grande valia. – Foi um grande alívio descobrir que ela realmente não queria se casar com o homem de Kingsport. Ele era rico, é verdade, e Gilbert é pobre... pelo menos, para começar; mas Gilbert é um rapaz da ilha.

– Ele é o Gilbert Blythe – disse Marilla, muito contente.

Marilla teria morrido antes de expressar em palavras o pensamento que sempre esteve em sua mente quando ficava olhando para Gilbert desde que ele era pequeno... o pensamento de que, se não fosse pelo próprio orgulho obstinado dela por muito, muito tempo, ele poderia ter sido filho *dela*. Marilla sentiu que, de certa maneira estranha, esse casamento do rapaz com Anne haveria de consertar aquele velho erro. Algo de bom havia brotado do mal daquela antiga amargura.

Quanto à própria Anne, ela estava tão feliz que quase sentiu medo. Os deuses, assim diz a velha superstição, não gostam de ver os mortais demasiadamente felizes. É certo, pelo menos, que alguns seres humanos não gostam. Dois desse tipo apareceram diante de Anne num crepúsculo violeta e passaram a fazer o que estava a seu alcance para furar a bolha de felicidade em que estava envolta. Se ela pensava que estava conquistando um prêmio de valor naquele jovem Dr. Blythe ou se ela imaginava que ele ainda estava tão apaixonado por ela como poderia ter estado em seus dias mais humildes, certamente era um dever colocá-la a par do assunto sob outro prisma. Essas duas dignas damas, no entanto, não eram inimigas de Anne; pelo contrário, gostavam muito dela e a teriam defendido como a própria filha, se alguém a atacasse. A natureza humana não é obrigada a ser consistente.

A senhora Inglis... Jane Andrews, quando solteira, para citar o jornal *Daily Enterprise*... veio com a mãe e a senhora Jasper Bell. Mas em Jane, o leite da bondade humana não tinha azedado por anos de desentendimentos matrimoniais. Suas palavras iam fluindo sobre temas agradáveis. Apesar de, como diria a senhora Rachel Lynde, ter se casado com um milionário, o casamento dela tinha sido feliz. A riqueza não a tinha estragado. Era ainda a Jane plácida, amável e de faces rosadas do antigo quarteto, simpatizando com a felicidade de sua velha amiga e tão vivamente interessada em todos os delicados detalhes do enxoval de Anne, como se este pudesse rivalizar com o dela própria, resplendente em sedas e joias. Jane não era brilhante e provavelmente nunca havia feito um comentário em sua vida que valesse a pena ouvir; mas nunca dizia nada que pudesse ferir os sentimentos de alguém... o que pode refletir um talento defeituoso, mas, de qualquer modo, raro e invejável.

– Então, Gilbert não a deixou depois de todo esse tempo – disse a senhora Harmon Andrews, tentando simular uma expressão de surpresa em seu tom. – Bem, os Blythe geralmente mantêm a palavra uma vez que a deram, não importando o que possa vir a acontecer. Deixe-me ver... você está com 25 anos, não é, Anne? Quando eu era uma menina, os 25 anos constituíam a primeira etapa da vida. Mas você parece muito jovem. As pessoas ruivas sempre parecem mais jovens.

– Cabelo ruivo está na moda agora – disse Anne, tentando sorrir, mas falando com certa frieza. A vida havia desenvolvido nela um senso de humor que a ajudava em muitas dificuldades; mas por enquanto nada servirá para fortalecê-la contra uma referência a seu cabelo.

– Assim é... assim é – concordou a senhora Harmon. – Não há como saber que extravagâncias a moda vai adotar ainda. Bem, Anne, suas coisas são muito bonitas e muito adequadas à sua posição na vida, não é, Jane? Espero que seja muito feliz. Com meus melhores desejos, é claro. Um longo noivado nem sempre dá certo. Mas evidentemente, em seu caso não havia como evitar.

– Gilbert parece muito jovem para ser médico. Receio que as pessoas não vão ter muita confiança nele – disse a senhora Jasper Bell, sombriamente. Então fechou a boca rigidamente, como se tivesse dito o que considerava seu dever dizer e ficasse com a consciência tranquila. Ela pertencia ao tipo que sempre tem uma pena preta afilada no chapéu e mechas desgrenhadas de cabelo pelo pescoço.

O prazer superficial de Anne por suas belas roupas de noiva foi temporariamente obscurecido; mas as profundezas da felicidade bem no íntimo não podiam ser perturbadas; e as pequenas pontadas das senhoras Bell e Andrews foram esquecidas quando Gilbert veio mais tarde, e os dois foram caminhando até as bétulas do riacho, que eram simples mudas quando Anne chegara a Green Gables, mas agora eram altas colunas de marfim num palácio de fadas, ao abrigo do crepúsculo e das estrelas. À sombra delas, Anne e Gilbert falavam de modo apaixonado do novo lar e da nova vida juntos.

– Encontrei um ninho para nós, Anne.

– Oh, onde? Não é no centro da aldeia, espero. Não gostaria que fosse.

– Não. Não havia nenhuma casa disponível na aldeia. Essa é uma casinha branca na costa do porto, a meio caminho entre Glen St. Mary e o cabo de Four Winds. É um pouco afastada, mas quando tivermos um telefone, não vai fazer muita diferença. O local é lindo. Tem vista para o pôr do sol e tem o grande porto azul diante dele. As dunas não estão muito longe... os ventos do mar sopram sobre elas e as brumas marinhas as borrifam.

– Mas a casa em si, Gilbert... *nossa* primeira casa, como é?

– Não é muito grande, mas suficiente para nós. Há uma esplêndida sala de estar com uma lareira no andar de baixo e uma sala de jantar com vista para o porto e uma saleta que vai servir para meu escritório. Tem cerca de 60 anos... a casa mais antiga de Four Winds. Mas foi mantida em bom estado de conservação e foi totalmente reformada há cerca de 15 anos... trocaram as telhas e todo o assoalho, e foi pintada. Para começar, é uma construção muito bem feita. Pelo que entendi, há uma história romântica ligada a ela, mas o homem de quem a aluguei nada sabia a respeito. Disse-me, porém, que o capitão Jim era o único que poderia contar aquela velha história agora.

– Quem é o capitão Jim?

– O guardião do farol no cabo de Four Winds. Você vai adorar aquela luz do farol de Four Winds, Anne. É uma luz giratória e brilha como uma estrela magnífica na hora do crepúsculo. Podemos vê-la das janelas de nossa sala de estar e de nossa porta da frente.

– Quem é o dono da casa?

– Bem, agora é propriedade da Igreja Presbiteriana de Glen St. Mary e eu a aluguei dos administradores. Mas pertencia até recentemente a uma dama muito idosa, senhorita Elizabeth Russell. Ela morreu na primavera passada e, como não tinha parentes próximos, deixou sua propriedade para a igreja de Glen St. Mary. A mobília dela ainda está na casa e comprei a maior parte... por uma bagatela, pode-se dizer, porque era tão antiquada que os administradores não tinham esperança de vendê-la. As pessoas de Glen St. Mary preferem brocados de pelúcia e aparadores com espelhos e ornamentos, imagino. Mas a mobília da senhorita Russell é muito boa e tenho certeza de que você vai gostar, Anne.

– Até agora, tudo bem – disse Anne, acenando com a cabeça em cautelosa aprovação. – Mas Gilbert, as pessoas não podem viver só de móveis. Você ainda não mencionou uma coisa muito importante. Há árvores em torno dessa casa?

– E muitas, oh, dríade! Há um grande bosque de abetos atrás dela, duas fileiras de choupos à beira da alameda e um anel de bétulas brancas ao redor de um jardim encantador. Nossa porta da frente abre direto para o jardim, mas há outra entrada... um pequeno portão preso entre dois abetos. As dobradiças estão num tronco e a trava, em outro. Seus ramos formam um arco por cima dele.

– Oh, estou tão contente! Não conseguiria viver num lugar onde não houvesse árvores... algo vital em mim iria esmorecer. Bem, depois disso, não adianta perguntar se há um riacho em algum lugar próximo. Isso seria esperar demais.

– Mas *há* um riacho... e ele realmente atravessa um canto do jardim.

– Então – disse Anne, com um longo suspiro de suprema satisfação –, essa casa que você encontrou *é* a minha casa dos sonhos e nenhuma outra.

Capítulo 3

Na terra dos sonhos

— Já decidiu quem vai convidar para o casamento, Anne? — perguntou a senhora Rachel Lynde, enquanto bordava cuidadosamente guardanapos de mesa. — É hora de mandar os convites, mesmo que sejam apenas informais.

— Não é minha intenção convidar muita gente — respondeu Anne. — Nós só queremos as pessoas de que mais gostamos para assistir a nosso casamento. A família de Gilbert, o senhor e a senhora Allan, o senhor e a senhora Harrison.

— Houve um tempo em que dificilmente incluiria o senhor Harrison entre seus melhores amigos — disse Marilla, secamente.

— Bem, realmente não simpatizei muito com ele em nosso primeiro encontro — reconheceu Anne, rindo com a lembrança. — Mas o senhor Harrison melhorou com a convivência, e a senhora Harrison é, de fato, muito querida. E há ainda, é claro, a senhorita Lavendar e Paul.

— Eles decidiram vir para a ilha nesse verão? Pensei que estavam indo para a Europa.

— Eles mudaram de ideia quando lhes escrevi que iria me casar. Recebi uma carta de Paul, hoje. Ele diz que *deve* vir a meu casamento, não se importando com o que possa acontecer na Europa.

— Aquele menino sempre a idolatrou — observou a senhora Rachel.

— Esse "menino" é um jovem de 19 anos agora, senhora Lynde.

— Como o tempo voa! — foi a brilhante e original resposta da senhora Lynde.

— Charlotta IV deve vir com eles. Pediu para Paul avisar que haveria de vir, se o marido lhe permitisse. Fico me perguntando se ela ainda usa aqueles enormes laços azuis e se o marido a chama de Charlotta ou de Leonora. Gostaria imensamente de ver Charlotta em meu casamento. Charlotta e eu estivemos num casamento há muito tempo. Eles esperam estar em Echo Lodge na próxima semana. Depois, há ainda Phil e o reverendo Jo...

– Soa muito mal ouvi-la falando de um ministro desse jeito, Anne – interrompeu a senhora Rachel, severamente.

– A esposa dele o chama assim.

– Ela deveria ter mais respeito pelo ofício sagrado que ele ministra – replicou a senhora Rachel.

– Mas eu já a ouvi criticar ministros com bastante rigidez – provocou Anne.

– Sim, mas eu o faço com reverência – protestou a senhora Lynde. – Você nunca me ouviu tratar um ministro com um *apelido*.

Anne reprimiu um sorriso.

– Bem, há Diana e Fred e também o pequeno Fred, a pequena Anne Cordélia... e Jane Andrews. Gostaria que viessem também a senhorita Stacey e a tia Jamesina, além de Priscilla e Stella. Mas Stella está em Vancouver e Pris está no Japão; a senhorita Stacey se casou e foi morar na Califórnia, e tia Jamesina foi para a Índia para ver de perto o campo missionário da filha, apesar do horror que tem de cobras. É realmente assustadora... a forma como as pessoas se espalham pelo globo.

– O Senhor Deus nunca o exigiu, é isso – interveio a senhora Rachel, com autoridade. – Quando eu era nova, as pessoas cresciam, se casavam e permaneciam na localidade onde haviam nascido ou bem perto dela. Graças a Deus, você vai ficar na ilha, Anne. Eu receava que Gilbert insistisse em se transferir para os confins da terra quando terminasse a faculdade e a arrastasse com ele.

– Se todo mundo ficasse onde nasceu, as localidades logo ficariam superpovoadas, senhora Lynde.

– Oh, não vou discutir com você, Anne. Não sou bacharel em Artes. A que horas do dia será a cerimônia?

— Decidimos pela tarde... tarde alta, como dizem os repórteres da sociedade. Isso nos dará tempo para tomar o trem noturno para Glen St. Mary.

— E vai se casar na sala de visitas?

— Não... não, a menos que chova. Queremos nos casar no pomar... com o céu azul sobre nós e o sol a nosso redor. Sabe quando e onde eu gostaria de me casar, se pudesse? Ao amanhecer... numa alvorada de junho, com um nascer do sol glorioso e rosas florescendo nos jardins; eu desceria e iria ao encontro de Gilbert e, juntos, iríamos até o coração do bosque de faias... e ali, sob os verdes arcos que seriam como que uma esplêndida catedral, nós nos casaríamos.

Marilla fungou com desdém e a senhora Lynde pareceu chocada.

— Mas isso seria terrivelmente estranho, Anne. Ora, não pareceria realmente legítimo. E o que a senhora Harmon Andrews haveria de dizer?

— Ah, aí está o problema — suspirou Anne. — Há tantas coisas na vida que não podemos fazer por causa do medo do que a senhora Harmon Andrews poderia dizer. "É verdade... é uma pena... que pena... é verdade." Que coisas maravilhosas poderíamos fazer, se não fosse pela senhora Harmon Andrews!

— Às vezes, Anne, não tenho certeza se a entendo inteiramente — reclamou a senhora Lynde.

— Anne sempre foi romântica, como sabe — disse Marilla, desculpando-se.

— Bem, a vida de casada provavelmente vai curá-la disso — respondeu a senhora Rachel, com certo alívio.

Anne riu e se encaminhou para a alameda dos Namorados, onde se encontrou com Gilbert; e nenhum dos dois parecia estar com medo, ou com esperança, de que a vida de casados os curasse do romance.

Os moradores de Echo Lodge chegaram na semana seguinte e Green Gables vibrou com a alegria deles. A senhorita Lavendar tinha mudado tão pouco que os três anos desde sua última visita à ilha pareciam ter passado numa noite; mas Anne ficou boquiaberta de espanto com Paul. Será que esse esplêndido rapaz de um metro e oitenta era o pequeno Paul dos tempos de escola de Avonlea?

– Você me faz realmente me sentir velha, Paul – disse Anne. – Ora, tenho de olhar para cima para ver seu rosto!

– Nunca vai envelhecer, professora – replicou Paul. – Você é uma das afortunadas mortais que encontrou e bebeu da Fonte da Juventude... você e a mãe Lavendar. Veja bem! Quando estiver casada, *não* vou chamá-la de senhora Blythe. Para mim, você sempre será a "professora"... a professora das melhores lições que já aprendi. Quero lhe mostrar uma coisa.

A "coisa" era um livro de bolso contendo unicamente poemas. Paulo tinha posto em versos muitas de suas belas fantasias e os editores de revistas não tinham sido tão depreciativos como às vezes costumam ser. Anne leu os poemas de Paul com verdadeiro prazer. Destilavam encanto e vida.

– Você ainda vai ser famoso, Paul. Sempre sonhei em ter um aluno famoso. Deveria ser diretor de uma Faculdade... mas um grande poeta seria ainda melhor. Algum dia poderei me gabar de ter batido com a palmatória no distinto Paul Irving. Mas nunca bati em você, não é, Paul? Que oportunidade perdida! Mas acho que alguma vez o deixei de castigo.

– Você também pode ser famosa, professora. Tenho visto muitos de seus trabalhos nesses últimos três anos.

– Não. Eu sei o que posso fazer. Posso escrever pequenos esboços bonitos e fantasiosos que as crianças adoram e que os editores pagam bem. Mas não consigo fazer nada de maior vulto. Minha única chance de imortalidade terrena é uma despretensiosa citação em suas Memórias.

Charlotta IV havia abandonado os laços azuis, mas era visível que suas sardas não tinham diminuído.

– Nunca pensei que fosse me casar com um ianque, madame senhorita Shirley – disse ela. – Mas nunca se sabe o que o destino nos reserva e não é culpa dele. Ele nasceu assim.

– Você também é ianque, Charlotta, visto que se casou com um.

– Madame senhorita Shirley, *não* sou! E não seria, mesmo que me casasse com uma dúzia de ianques! Tom é muito bom. E, além disso, achei melhor não me fazer de muito difícil de agradar, porque poderia não ter outra chance. Tom não bebe e não resmunga, porque tem de trabalhar entre as refeições; e, acima de tudo, estou muito satisfeita, madame senhorita Shirley.

– Ele a chama de Leonora? – perguntou Anne.

– Meu Deus, não, madame senhorita Shirley. Eu não saberia a quem ele se referia, se o fizesse. Claro, quando nos casamos, ele teve de dizer: "Eu a aceito, Leonora", e lhe digo, madame senhorita Shirley, que desde então tenho a sensação mais terrível de que não era comigo que ele estava falando e de que não me casei do modo como deve ser. Então vai se casar, madame senhorita Shirley? Sempre pensei que gostaria de me casar com um médico. Seria muito útil quando as crianças tivessem sarampo e crupe. Tom é apenas um pedreiro, mas é realmente de bom temperamento. Quando eu disse a ele: "Tom, posso ir ao casamento da senhorita Shirley? Pretendo ir de qualquer maneira, mas gostaria de ter seu consentimento." Ele disse apenas: "Faça como quiser, Charlotta, que para mim ficará tudo bem". Ele é um marido realmente muito bom, madame senhorita Shirley.

Philippa e seu reverendo Jo chegaram a Green Gables um dia antes do casamento. Anne e Phil tiveram um encontro arrebatador que logo se transformou numa conversa aconchegante e confidencial sobre tudo o que havia acontecido e estava para acontecer.

– Rainha Anne, está tão majestosa como sempre. Estou terrivelmente magra desde que os bebês nasceram. Não tenho nem metade da boa aparência que tinha; mas acho que Jo gosta de como estou agora. Pode ver que não há mais todo esse contraste entre nós dois. Oh, é realmente magnífico que vá se casar com Gilbert. Roy Gardner não teria servido para você, de jeito nenhum. Posso ver isso agora, embora eu tenha ficado profundamente desapontada na época. Sabe, Anne, você tratou muito mal o Roy.

– Ele se recuperou, ouvi dizer – sorriu Anne.

– Oh, sim. Ele se casou e a esposa dele é um mimo de pessoa e são perfeitamente felizes. Tudo calhou da melhor maneira possível. Jo e a *Bíblia* dizem isso, e são ótimas autoridades.

— Alec e Alonzo já se casaram?

— Alec se casou, mas Alonzo não. Como aqueles bons velhos tempos na Casa da Patty voltam à memória quando falo com você, Anne! Como nos divertíamos!

— Você tem ido à Casa da Patty ultimamente?

— Oh, sim, vou com frequência. A senhorita Patty e a senhorita Maria ainda se sentam perto da lareira e tricotam. E isso me lembra... trouxemos um presente de casamento delas para você, Anne. Tente adivinhar o que é.

— Nunca haveria de conseguir. Como sabiam que eu iria me casar?

— Oh, fui eu que contei a elas. Estive lá na semana passada. E elas ficaram tão interessadas que, dois dias atrás, a senhorita Patty me escreveu um bilhete, pedindo para que eu fosse até lá; e então me perguntou se eu poderia levar o presente dela para você. O que você gostaria mais de receber da Casa da Patty, Anne?

— Não quer dizer que a senhorita Patty me mandou os cachorrinhos de porcelana?

— Isso mesmo! Estão em meu baú neste exato momento. E tenho uma carta para você. Espere um momento, vou buscá-la.

"Querida senhorita Shirley", dizia a carta da senhorita Patty, "Maria e eu ficamos muito contentes ao saber de suas próximas núpcias. Nossas mais sinceras congratulações. Maria e eu nunca nos casamos, mas não temos nenhuma objeção a que outras pessoas o façam. Estamos lhe enviando os cachorrinhos de porcelana. Pretendia deixá-los para você em meu testamento, porque você parecia ter sincero afeto por eles. Mas Maria e eu esperamos viver um bom tempo ainda (se Deus quiser!), então decidi dar-lhe os cães enquanto você é jovem. Não deverá ter esquecido que Gog olha para a direita e Magog para a esquerda."

— Imagine aqueles adoráveis cãezinhos sentados perto da lareira em minha casa dos sonhos – disse Anne, extasiada. — Nunca esperava por algo tão maravilhoso.

Naquela tarde, Green Gables zunia com os preparativos para o dia seguinte; mas no crepúsculo, Anne desapareceu. Tinha uma pequena peregrinação a fazer nesse último dia de solteira e deveria fazê-la sozinha. Foi ao túmulo de Matthew, no pequeno cemitério de Avonlea, à sombra dos álamos, e lá manteve um encontro silencioso com velhas recordações e amores imortais.

"Como Matthew haveria de ficar feliz amanhã, se estivesse aqui", sussurrou ela. "Mas acredito que ele sabe e deve estar bem contente... em algum lugar. Li não sei onde que 'nossos mortos nunca estão realmente mortos enquanto não os esquecermos'. Matthew nunca estará morto para mim, pois nunca vou conseguir esquecê-lo."

Deixou no túmulo dele as flores que havia trazido e desceu lentamente pela colina. Foi um entardecer agradável, cheio de luzes e sombras deliciosas. A oeste, via-se um céu coberto de pequenas formações de nuvens... tingidas de rosa e de âmbar, com longas faixas de céu verde-maçã no meio. Mais além, se refletia o brilho cintilante de um mar ao pôr do sol e a voz incessante de muitas águas subia da costa fulva. Em torno dela, estendidas no belo e suave silêncio do campo, estavam as colinas, além dos campos e bosques, que ela conhecia e amava havia tanto tempo.

– A história se repete – disse Gilbert, juntando-se a ela quando passava pelo portão dos Blythe. – Você se lembra de nossa primeira descida nessa colina, Anne... por falar nisso, nossa primeira caminhada juntos para onde quer que fosse?

– Eu estava voltando de uma visita ao túmulo de Matthew, no crepúsculo... e você saiu do portão; eu engoli o orgulho de anos e falei com você.

– E todo o céu se abriu diante de mim – complementou Gilbert. – A partir daquele momento, passei a ficar ansioso pelo dia de amanhã. Quando deixei você em seu portão naquela noite e fui para casa, eu era o rapaz mais feliz do mundo. Anne me havia perdoado.

– Acho que você tinha muito mais a perdoar. Eu era uma pequena patife ingrata... e isso depois que você realmente salvou minha vida naquele dia na lagoa. Como detestei aquela dívida de gratidão no início! Não mereço a felicidade com que fui agraciada.

Gilbert riu e apertou com mais força a mão feminina que usava o anel que ele lhe havia presenteado. O anel de noivado de Anne era um pequeno aro de pérolas. Ela se havia recusado a usar um diamante.

– Nunca mais gostei de diamantes desde que descobri que eles não eram da adorável cor púrpura que eu havia sonhado. Sempre vão me lembrar dessa minha antiga desilusão.

– Mas pérolas são como lágrimas, diz a velha lenda – objetou Gilbert.

— Não tenho medo disso. E lágrimas podem ser tanto de felicidade quanto de tristeza. Meus momentos mais felizes foram quando eu tinha lágrimas nos olhos... quando Marilla me disse que poderia ficar em Green Gables... quando Matthew me deu o primeiro vestido bonito que tive... quando soube que você iria se recuperar da febre. Então, dê-me pérolas para nosso anel de noivado, Gilbert, e eu aceitarei de bom grado a tristeza da vida com suas alegrias.

Mas nessa noite, os dois namorados pensaram apenas na alegria e jamais na tristeza, pois o dia seguinte era o dia do casamento deles e a casa dos sonhos os esperava na costa purpúrea e enevoada do porto de Four Winds.

Capítulo 4

A primeira noiva de Green Gables

Anne acordou na manhã do dia de seu casamento para se deparar com a luz do sol penetrando cintilante pela janela do pequeno quarto do sótão e com uma brisa de setembro brincando com suas cortinas.

"Estou tão contente por ver o sol brilhando sobre mim", pensou ela, feliz.

Ela se lembrou da primeira manhã em que acordou naquele pequeno quarto, quando o sol se infiltrou sobre ela com a brisa perfumada das flores da velha Rainha da Neve[4]. Não havia sido um despertar feliz, pois trouxera consigo a amarga decepção da noite anterior. Mas, desde então, o quartinho tinha sido amado e consagrado por anos de felizes sonhos de infância e visões de juventude. Ela havia voltado alegremente para ele depois de todas as suas ausências; junto da janela ela havia se ajoelhado naquela noite de amarga agonia quando acreditava que Gilbert estava morrendo, e por isso ela sentou-se, novamente, junto a ela em muda felicidade na noite de seu noivado. Muitas vigílias de alegria e algumas de tristeza tinham ocorrido ali; e hoje deve deixá-lo para sempre. Doravante, não seria mais dela; Dora, de 15 anos, iria herdá-lo quando partisse. Nem Anne desejava o contrário; o quartinho era sagrado para a juventude e para a adolescência... para o passado que estava para se encerrar hoje, antes que se abrisse o capítulo como esposa.

Green Gables era uma casa movimentada e alegre naquela manhã. Diana chegou cedo, com o pequeno Fred e a pequena Anne Cordélia, para dar uma mão. Davy e Dora, os gêmeos de Green Gables, levaram as criancinhas para o jardim.

---

4   *Rainha da Neve* é o título de um conto de fadas, publicado em 1844, de autoria de Hans Christian Andersen (1805-1875), escritor dinamarquês, célebre por suas narrativas fantásticas, fazendo com que passasse a ser considerado o fundador da literatura infantil. O conto mencionado no texto gira em torno da luta do bem contra o mal (NT).

– Não deixe a pequena Anne Cordélia sujar suas roupas – advertiu Diana, ansiosa.

– Você não precisa ter medo de confiá-la a Dora – interveio Marilla. – Essa menininha é mais sensata e cuidadosa do que a maioria das mães que conheci. Ela é realmente uma maravilha em alguns aspectos. Não muito parecida com aquela outra sem juízo que criei.

Marilla sorriu por cima da salada de frango para Anne. Pode-se até suspeitar que ela gostava mais da desajeitada, afinal de contas.

– Esses gêmeos são crianças muito simpáticas – disse a senhora Rachel, quando teve certeza de que eles estavam fora do alcance da voz. – Dora é tão feminina e prestativa, e Davy está se tornando um menino muito esperto. Ele não é mais o sagrado terror metido em travessuras como costumava ser.

– Nunca estive tão ocupada em minha vida como nos primeiros seis meses que ele esteve aqui – reconheceu Marilla. – Depois disso, suponho que me acostumei com ele. Ultimamente, aprendeu muito sobre agricultura e agora quer que eu o deixe tentar administrar a fazenda no ano que vem. Até posso, pois o senhor Barry não pensa em arrendá-la por muito mais tempo, e algum novo arranjo terá de ser feito.

– Bem, você certamente vai ter um dia adorável para seu casamento, Anne – disse Diana, enquanto colocava um avental volumoso sobre seu vestido de seda. – Não poderia ter pedido um melhor, se o tivesse encomendado pelo catálogo da Eaton's.

– Na verdade, há muito dinheiro saindo dessa ilha para a mesma Eaton's – disse a senhora Lynde, indignada. Ela tinha opiniões fortes a respeito das lojas de departamentos, parecidas com polvos, e nunca perdia a oportunidade de criticá-las. – E quanto àqueles catálogos delas, agora se transformaram na Bíblia das garotas de Avonlea, é isso. As meninas se debruçam sobre eles aos domingos em vez de estudar as Sagradas Escrituras.

– Bem, eles são esplêndidos para divertir as crianças – comentou Diana. – Fred e a pequena Anne olham as fotos durante horas a fio.

– *Eu* entretive dez crianças sem a ajuda do catálogo da Eaton's – retrucou a senhora Rachel, severamente.

– Venham, vocês dois, não briguem por causa do catálogo da Eaton's – interveio Anne, alegremente. – Este é meu melhor dia, devem saber. Estou tão feliz que quero que todos sejam felizes também.

– E espero de todo o coração que sua felicidade dure, minha filha – suspirou a senhora Rachel. Ela esperava sinceramente e acreditava nisso, mas temia que fosse uma espécie de desafio à Providência exibir sua felicidade tão abertamente. Anne, para seu próprio bem, deveria se moderar um pouco.

Mas foi uma noiva linda e feliz que desceu as velhas e acarpetadas escadas naquele meio-dia de setembro... a primeira noiva de Green Gables, esguia e de olhos brilhantes, sob a névoa de seu véu de solteira, com as mãos cheias de rosas. Gilbert, esperando por ela no hall de entrada, fitou-a com olhares de adoração. Ela era sua finalmente, essa evasiva e tão ansiada Anne, conquistada depois de anos de paciente espera. Era para ele que ela vinha na doce rendição de noiva. Será que era digno dela? Poderia fazê-la tão feliz quanto esperava? Se ele falhasse com ela... se não conseguisse estar à altura de seu padrão de masculinidade... então, quando ela estendeu a mão, seus olhos se encontraram e todas as dúvidas foram varridas por uma alegre certeza. Eles pertenciam um ao outro; e, fosse o que fosse que a vida pudesse lhes reservar, nunca haveria de alterar isso. A felicidade de cada um deles estava sob a guarda do outro e ambos estavam mais que confiantes.

Eles se casaram sob o sol, no velho pomar, rodeados pelos rostos carinhosos e amáveis de amigos há muito familiares. O senhor Allan os casou e o reverendo Jo fez o que a senhora Rachel Lynde posteriormente declarou ter sido a "oração de casamento mais linda" que já ouvira. Os pássaros não costumam cantar em setembro, mas um deles cantava docemente em algum ramo escondido, enquanto Gilbert e Anne repetiam seus votos eternos. Anne ouviu-o e se emocionou; Gilbert ouviu-o e se perguntou apenas por que todos os pássaros do mundo não haviam explodido em jubilosos cantos; Paul ouviu-o e, mais tarde, escreveu um poema sobre ele, que foi um dos mais admirados em seu primeiro volume de versos; Charlotta IV ouviu-o e teve a feliz certeza de que significava boa sorte para sua adorada senhorita Shirley. O passarinho cantou até a cerimônia terminar e então encerrou com um pequeno trinado louco e alegre. Nunca a velha casa verde-acinzentada entre seus envolventes pomares havia conhecido uma tarde mais alegre e encantadora. Todas as velhas piadas e gracejos, que nunca faltam nos casamentos desde os tempos do Éden, foram ouvidos e pareciam tão novos, brilhantes e provocantes como se nunca tivessem sido ditos antes. O riso e a alegria dominaram o ambiente; e quando Anne e Gilbert partiram para tomar o trem de Carmody, com Paul como condutor da charrete, os gêmeos estavam a postos com arroz e sapatos velhos, em cujo arremesso Charlotta IV e o senhor Harrison tiveram participação ativa. Marilla ficou parada no portão, olhando a carruagem até sumir de vista na longa alameda com suas margens repletas de plantinhas herbícolas floridas. Anne se voltou no final da alameda para acenar seu último adeus. Ela partiu... Green Gables não era mais seu lar; o rosto de Marilla parecia muito pálido e envelhecido quando voltou para a casa que Anne havia enchido, durante 14 anos, mesmo em sua ausência, com luz e vida.

Mas Diana e seus pequenos, o pessoal de Echo Lodge e os Allan haviam ficado para ajudar as duas velhas damas a superar a solidão da primeira noite; e eles planejaram ter uma ceia tranquila e agradável, sentando-se ao redor da mesa e conversando sobre todos os detalhes do dia. Enquanto eles estavam sentados ali, Anne e Gilbert estavam descendo do trem em Glen St. Mary.

Capítulo 5

A chegada ao novo lar

O Dr. David Blythe havia enviado seu cavalo e sua charrete para buscá-los, e o rapaz que os trouxera foi embora com um sorriso simpático, deixando-os com o prazer de dirigir sozinhos para seu novo lar, nesse radiante entardecer.

Anne nunca se esqueceu da beleza da vista que se abriu diante deles quando subiram a colina atrás da aldeia. Sua nova casa ainda não podia ser vista; mas diante dela estava o porto de Four Winds como um grande e brilhante espelho rosa e prateado. Bem mais embaixo, viu sua entrada entre a barra de dunas de um lado e, do outro, um íngreme, alto e sombrio penhasco de arenito vermelho. Além da barra, o mar, calmo e austero, sonhava ao anoitecer. A pequena vila de pescadores, aninhada na enseada onde as dunas encontravam a costa do porto, parecia uma grande opala na névoa. O céu acima deles era como uma taça cravejada de joias, da qual se derramava o crepúsculo; o ar estava fresco com um forte aroma do mar e toda a paisagem estava impregnada com as sutilezas de uma noite marinha. Alguns barcos a vela flutuavam ao longo da costa escura e coberta de abetos. Um sino estava tocando na torre de uma igrejinha branca no lado mais distante; suave e sonhadoramente doce, o som ecoava por sobre as águas, misturado com o murmúrio do mar. A grande luz giratória do farol no penhasco do canal brilhava quente e dourada contra o céu límpido do Norte, como uma estrela trêmula e cintilante de boa esperança. Bem ao longe, no horizonte, uma faixa cinzenta e enrugada de fumaça testemunhava a passagem de um navio a vapor.

– Oh, lindo, lindo – murmurou Anne. – Vou adorar Four Winds, Gilbert. Onde fica nossa casa?

– Não podemos vê-la ainda... o cinturão de bétulas subindo daquela pequena enseada a esconde. Fica a duas milhas de Glen St. Mary e está a uma milha de distância do farol. Não vamos ter muitos vizinhos, Anne. Há apenas uma casa perto da nossa e não sei quem mora nela. Vai se sentir sozinha quando eu estiver fora?

– Não com essa luz e essa beleza toda como companhia. Quem mora naquela casa, Gilbert?

– Não sei. Não parece... exatamente... como se os ocupantes fossem almas gêmeas, Anne, não é?

A casa era grande e bem construída, pintada de um verde tão vivo que a paisagem parecia bastante desbotada pelo contraste. Havia um pomar atrás dela e um gramado bem cuidado na frente, mas, de alguma forma, havia certo vazio em torno dela. Talvez sua limpeza fosse responsável por isso; todo o conjunto, casa, celeiros, pomar, jardim, relvado e alameda, estavam impecavelmente limpos.

– Não parece provável que alguém com esse gosto nesse tipo de pintura possa ser alguém de *muita* afinidade conosco – reconheceu Anne –, a menos que tenha sido um acidente... como nosso salão azul. Tenho certeza, pelo menos, de que não há crianças por aqui. Tudo está mais limpo do que o antigo lugar das Copp na estrada Tory, e nunca esperava ver nada mais limpo do que aquele.

Eles não haviam encontrado ninguém na estrada úmida e vermelha que serpenteava ao longo da costa do porto. Mas pouco antes de chegar ao cinturão de bétulas que escondia sua casa, Anne viu uma moça que conduzia um bando de gansos brancos como a neve ao longo da crista de uma colina verde aveludada, à direita. Grandes abetos espalhados cresciam ao longo dela. Entre seus troncos, viam-se vislumbres de amarelo dos campos cultivados, trechos de colinas de areia dourada e trechos de mar azul. A moça era alta e usava um vestido azul-claro. Caminhava com certa elasticidade nos passos e exibia um porte altivo. Ela e seus gansos saíram do portão ao pé da colina quando Anne e Gilbert passaram. Ela ficou com a mão no trinco do portão e olhou fixamente para eles, com uma expressão que dificilmente demonstrava interesse, mas não descartava certa curiosidade. Anne teve a impressão, por breves momentos, de que havia até um tom de velada hostilidade em seu olhar. Mas foi a beleza da jovem que fez Anne emitir um leve suspiro... uma beleza tão marcante que deveria chamar a atenção em qualquer lugar. Estava sem chapéu, mas pesadas tranças de cabelo lustroso, cor de trigo maduro, estavam enroladas em sua cabeça como uma tiara; seus olhos eram azuis e parecidos com estrelas; seu corpo, em seu vestido de estampa simples, era magnífico; e seus lábios estavam tão vermelhos quanto o ramalhete de papoulas vermelho-sangue que ela trazia no cinto.

– Gilbert, quem é a moça pela qual acabamos de passar? – perguntou Anne, em voz baixa.

– Não reparei em moça nenhuma – respondeu Gilbert, que só tinha olhos para sua noiva.

– Ela estava parada, encostada no portão... não, não olhe para trás. Ela ainda está nos observando. Nunca vi um rosto tão bonito.

– Não me lembro de ter visto nenhuma moça muito bonita quando estive aqui. Há algumas garotas bonitas em Glen, mas acho que dificilmente poderiam ser chamadas de lindas.

– Essa menina é linda. Você pode não tê-la visto, ou iria se lembrar dela. Ninguém poderia esquecê-la. Nunca vi um rosto assim, exceto em quadros. E o cabelo dela! Fez-me pensar nas expressões "cordão de ouro" e "deslumbrante serpente" de Browning[5]!

– Provavelmente é alguma visitante em Four Winds... provavelmente alguém daquele grande hotel de verão acima do porto.

– Ela usava um avental branco e estava conduzindo gansos.

– Deveria estar fazendo isso por diversão. Olhe, Anne... aí está nossa casa!

Anne olhou e esqueceu por algum tempo a moça de esplêndidos e ressentidos olhos. O primeiro vislumbre de sua nova casa foi um deleite para os olhos e para o espírito... parecia uma grande e cremosa concha do mar, perdida na costa do porto. As fileiras de choupos altos ao longo da estrada se destacavam numa silhueta púrpura imponente contra o céu. Atrás da casa, protegendo seu jardim dos fortes ventos do mar, ficava um espesso bosque de abetos, no qual os ventos podiam entoar todos os

---

5   A frase cita as expressões usadas pelo poeta inglês Robert Browning (1812-1889) ao descrever, num poema, os belos cabelos loiros de uma moça, que descaíam em ondulações sobre seus ombros e costas; Browning deixou vasta obra poética (NT).

tipos de música estranha e assustadora. Como todos os bosques, parecia guardar e envolver segredos em seus recessos... segredos cujo encanto só pode ser conquistado entrando e procurando pacientemente. Do lado externo, braços verde-escuros os mantêm inviolados para olhos curiosos ou indiferentes.

Os ventos noturnos estavam começando suas danças selvagens além da barra e a aldeia de pescadores do outro lado do porto estava enfeitada com luzes enquanto Anne e Gilbert seguiam pela estrada dos álamos. A porta da pequena casa se abriu e um brilho quente da luz do fogo tremeluziu no crepúsculo. Gilbert desceu Anne da carruagem e a conduziu para o jardim, através do pequeno portão entre os abetos com pontas avermelhadas, subindo pelo caminho vermelho até o degrau de arenito.

– Bem-vinda ao lar – sussurrou ele e, de mãos dadas, os dois ultrapassaram a soleira de sua casa dos sonhos.

Capítulo 6

O capitão Jim

O "velho Dr. Dave" e a esposa desceram até a casinha para cumprimentar os noivos. O Dr. Dave era um velho grande e alegre, de bigodes brancos, e a esposa dele era uma senhora bem cuidada, de bochechas rosadas e cabelos prateados, que acolheu Anne imediata e inteiramente em seu coração.

– Estou tão feliz em conhecê-la, querida. Deve estar muito cansada. Temos um pequeno jantar pronto, e o capitão Jim trouxe algumas trutas para você. Capitão Jim... onde você está? Oh, ele saiu para cuidar do cavalo, suponho. Suba e fique à vontade.

Anne olhou em volta com seus olhos brilhantes e apreciadores, enquanto seguia a senhora Dave escada acima. Ela gostou muito da aparência da nova casa. Parecia ter a atmosfera de Green Gables e o sabor de suas antigas tradições.

"Acho que teria achado a senhorita Elizabeth Russell, uma 'alma gêmea'", murmurou ela quando estava sozinha em seu quarto. Havia duas janelas nele; uma dava para o porto, para a barra de areia e para o farol de Four Winds.

"*Um portal mágico se abrindo sobre a espuma*

de perigosos mares em terras de fadas desamparadas", citou Anne suavemente.

A janela do sótão se abria para um pequeno vale cultivado, no fundo do qual corria um riacho. A meia milha rio acima, erguia-se a única casa à vista... uma velha casa irregular e cinzenta, cercada por enormes salgueiros, através dos quais espreitavam suas janelas, como olhos tímidos e curiosos, para o crepúsculo. Anne se perguntava quem haveria de morar ali; eles iriam ser seus vizinhos mais próximos e ela esperava que fossem simpáticos. De repente, ela se viu pensando na linda moça com seus gansos brancos.

"Gilbert achou que ela não é daqui", pensou Anne, "mas tenho certeza de que é. Havia algo nela que dizia que ela é parte do mar, do céu e do porto. Four Winds está no sangue dela."

Quando Anne desceu, Gilbert estava de pé, diante da lareira, conversando com um estranho. Ambos se viraram quando Anne entrou.

– Anne, este é o capitão Boyd. Capitão Boyd, minha esposa.

Era a primeira vez que Gilbert dizia "minha esposa" para alguém que não fosse Anne, e por pouco não explodiu de orgulho ao dizê-lo. O velho capitão estendeu a mão vigorosa para Anne; sorriram um para o outro e se tornaram amigos desde aquele momento. Almas afins se reconhecem instantaneamente.

– Estou realmente muito feliz em conhecê-la, senhora Blythe; e espero que seja tão feliz aqui como a primeira noiva que veio para cá. Não consigo desejar nada melhor do que *isso*. Mas seu marido não me apresentou exatamente como deve ser. "Capitão Jim" é meu nome de todos os dias e é preferível que comece agora, pois certamente vai acabar... por me chamar assim. Com toda a certeza, é uma bela noiva, senhora Blythe. Olhando para a senhora me faz sentir como se fosse eu que tivesse me casado.

Entre as risadas que se seguiram, a senhora Dave insistiu para que o capitão Jim ficasse para jantar com eles.

– Muita bondade sua. Será com imenso prazer, senhora. Quase sempre tenho de fazer minhas refeições sozinho, com minha cara velha e feia refletida num espelho em frente como companhia. Não é com frequência que tenho a oportunidade de me sentar à mesa com duas damas tão meigas e simpáticas.

Os elogios do capitão Jim podem parecer muito simplórios no papel, mas ele os prestou com uma deferência de tom e olhar tão graciosa e gentil que a mulher a quem fossem dirigidos se sentiria como uma rainha recebendo um tributo real.

O capitão Jim era um velho de grande alma e mente simples, com eterna juventude nos olhos e no coração. Era alto, bastante desajeitado, um tanto encurvado, mas dotado de grande força e resistência; tinha um rosto bem barbeado, profundamente enrugado e bronzeado, uma espessa juba de cabelo cinza-ferro caindo até os ombros e um par de olhos incrivelmente azuis, encovados, que às vezes cintilavam, às vezes sonhavam, às vezes olhavam para o mar com uma busca melancólica, como quem procura algo precioso e perdido. Anne haveria de descobrir um dia o que o capitão Jim procurava.

Não se podia negar que o capitão Jim era um homem feio. Seus maxilares sobressalentes, boca rasgada e sobrancelhas carregadas não eram modeladas nas linhas da beleza; e ele havia passado por muitas adversidades e tristezas que tinham marcado seu corpo, bem como sua alma; mas embora, à primeira vista, Anne o tivesse achado simples, nunca mais pensou dessa forma... o espírito que brilhava através daquela áspera fisionomia o embelezava plenamente.

Eles se reuniram alegremente em torno da mesa de jantar. O fogo da lareira bania o frio da noite de setembro, mas a janela da sala de jantar estava aberta e a brisa do mar entrava à vontade. A vista era magnífica, abrangendo o porto e a extensão das baixas e purpúreas colinas mais além. A mesa estava repleta de iguarias da senhora Dave, mas o prato principal era, sem dúvida, a grande travessa de trutas.

– Achei que seriam bem mais saborosas depois de uma viagem – disse o capitão Jim. – Não poderiam ser mais frescas, senhora Blythe. Duas horas atrás, estavam nadando na lagoa de Glen.

– Quem está cuidando do farol esta noite, capitão Jim? – perguntou o Dr. Dave.

– Meu sobrinho Alec. Ele entende do serviço tão bem quanto eu. Bem, agora, estou realmente feliz que tenha pedido para que eu ficasse para o jantar. Estou com muita fome... não comi quase nada hoje, no almoço.

– Acredito que você quase morre de fome na maior parte do tempo naquele farol – disse a senhora Dave, severamente. – Você não se dá ao trabalho de preparar uma refeição decente.

– Oh, sim, senhora, eu preparo alguma coisa – protestou o capitão Jim. – Geralmente vivo como um rei. Ontem à noite, fui a Glen e levei para casa um quilo de bifes. Pretendia ter um belo almoço hoje.

– E o que aconteceu com os bifes? – perguntou a senhora Dave. – Perdeu-os no caminho de casa?

– Não. – O capitão Jim parecia embaraçado. – Bem na hora de dormir, um pobre e teimoso cão apareceu e pediu abrigo por uma noite. Acho que ele pertencia a algum dos pescadores ao longo da costa. Não consegui afastar o pobre cãozinho... estava com uma pata machucada. Fechei-o na varanda, com um saco velho para se deitar, e fui para a cama. Mas não conseguia dormir. Para falar a verdade, ficava me lembrando de que o cão parecia estar com muita fome.

– E você se levantou e deu a ele os bifes... *todos* aqueles bifes – disse a senhora Dave, com uma espécie de triunfante reprovação.

– Bem, não havia outra coisa para dar a ele – replicou o capitão Jim, em tom submisso. – Nada que um cachorro fosse comer, pelo menos. Acho que ele estava realmente faminto, porque comeu tudo em duas bocadas. Tive um sono tranquilo durante o resto da noite, mas meu almoço foi mais que escasso... batatas e mais nada, como se poderia dizer. O cachorro voltou para casa hoje de manhã. Acho que *ele* não era vegetariano.

– Que ideia, morrer de fome por causa de um cachorro inútil! – resmungou a senhora Dave.

– A senhora não sabe, mas pode valer muito para alguém – protestou o capitão Jim. – Ele não tinha um *aspecto* atraente, mas não se pode confiar só no aspecto quando se trata de julgar um cão. Como eu, ele podia ser uma verdadeira beleza por dentro. First Mate[6] não gostou dele, admito. Ele nem sequer lhe deu atenção, mas First Mate é preconceituoso. Não adianta pedir a opinião de um gato sobre um cachorro. Por isso é que perdi meu jantar... Essa farta mesa nessa deliciosa companhia é realmente muito agradável. É uma grande coisa ter bons vizinhos.

---

6   *First Mate* é o nome do gato do capitão Jim que o chama também, afetuosamente, de *Matey*; o nome significa, literalmente, *primeiro imediato*, que, na linguagem da marinha, indica o oficial que se segue ao comandante, na hierarquia, e o substitui em sua ausência ou impedimento (NT).

– Quem mora na casa entre os salgueiros riacho acima? – perguntou Anne.

– A senhora Dick Moore – respondeu o capitão Jim. – E o marido dela – acrescentou ele, como se estivesse se recordando depois.

Anne sorriu e deduziu uma imagem mental da senhora Dick Moore pelo modo como o capitão Jim falou dela; evidentemente, uma segunda senhora Rachel Lynde.

– Não tem muitos vizinhos, senhora Blythe – continuou o capitão Jim – Esse lado do porto é pouco povoado. A maior parte da terra pertence ao senhor Howard até acima de Glen, e ele a aluga para pastagem. O outro lado do porto, porém, está repleto de gente... especialmente os MacAllister. Há uma colônia inteira de MacAllister. Não se pode atirar uma pedra, sem acertar um deles. Eu estava conversando com o velho Leon Blacquiere outro dia. Ele esteve trabalhando no porto durante todo o verão. "Quase todos são MacAllister por lá", disse-me ele. "Há Neil MacAllister e Sandy MacAllister, há William MacAllister e Alec MacAllister e Angus MacAllister... e creio que há também o Diabo MacAllister."

– Há também quase outros tantos Elliott e Crawford – disse o Dr. Dave, depois que as risadas haviam diminuído. – Sabe, Gilbert, nós, pessoas desse lado de Four Winds, temos um velho ditado... "Da vaidade dos Elliott, do orgulho dos MacAllister e da vanglória dos Crawford, que o bom Deus nos livre."

– Mas há muitas pessoas boas entre eles – continuou o capitão Jim. – Naveguei com William Crawford por muitos anos e em coragem, resistência e verdade, esse homem não tinha igual. Eles são espertos, naquele lado de Four Winds. Talvez seja por isso que esse lado de cá está inclinado a criticá-los. É estranho como as pessoas parecem se ressentir quando os outros parecem ter nascido mais espertos que elas.

O Dr. Dave, que tinha uma rivalidade de 40 anos com as pessoas que viviam além do porto, riu e se acalmou.

– Quem mora naquela casa esmeralda brilhante a cerca de meia milha estrada acima? – perguntou Gilbert.

O capitão Jim sorriu, bem disposto.

– A senhorita Cornélia Bryant. Ela provavelmente virá visitá-los em breve, visto que vocês são presbiterianos. Se fossem metodistas, não viria de forma alguma. Cornélia tem um horor sagrado dos metodistas.

– Ela é uma personagem e tanto – riu o Dr. Dave. – A mais inveterada odiadora de homens!

– Uvas azedas?[7] – perguntou Gilbert, rindo.

– Não, não se trata disso – respondeu o capitão Jim, sério. – Cornélia poderia ter escolhido quem quisesse quando era jovem. Mesmo agora, bastaria que ela dissesse uma única palavra para ver os velhos viúvos caírem a seus pés. Ela parece ter nascido com uma espécie de rancor crônico contra os homens e contra os metodistas. Ela tem a língua mais afiada e o coração mais amável de Four Winds. Onde quer que haja algum problema, aquela mulher está lá, fazendo de tudo para ajudar da maneira mais terna. Ela nunca diz uma palavra ríspida contra outra mulher e, se ela gosta de nos acusar de pobres homens vagabundos, acho que nossas velhas peles duras podem suportar isso.

– Ela sempre fala bem de você, capitão Jim – disse a senhora Dave.

– Sim, receio que sim. Não gosto disso nem um pouco. Isso me faz sentir como se houvesse algo de pouco natural em mim.

---

[7] Referência à fábula intitulada *A raposa e as uvas*, de Esopo, fabulista grego que teria vivido no século VII ou VI a.C. Essa fábula relata que uma raposa, ao passar sob um videira carregada de apetitosas uvas, ficou com vontade de degustá-las; como estavam muito altas, passou a pular, tentando abocanhar algum cacho, mas não conseguiu alcançá-las; então foi embora, desprezando-as e dizendo: "Ah, são ainda azedas" (NT).

Capítulo 7

A noiva do professor

—Quem foi a primeira noiva que veio morar nessa casa, capitão Jim? – perguntou Anne, enquanto eles se sentavam em torno da lareira, depois do jantar.

– Ela é parte da história que ouvi sobre essa casa? – perguntou Gilbert. – Alguém me disse que você sabia, capitão Jim.

– Bem, sim, eu sei da história. Acho que sou a única pessoa, que vive em Four Winds agora, que pode se lembrar da noiva do professor como era quando ela veio para a ilha. Faz 30 anos que ela morreu, mas era uma daquelas mulheres que a gente nunca esquece.

– Conte-nos a história – pediu Anne. – Quero descobrir tudo sobre as mulheres que viveram nessa casa antes de mim.

– Bem, só houve três mulheres... Elizabeth Russell, a senhora Ned Russell e a noiva do professor. Elizabeth Russell era uma criaturinha simpática e inteligente, e a senhora Ned era uma mulher simpática também. Mas nunca foram como a noiva do professor. John Selwyn era o nome desse professor. Veio da Inglaterra para dar aulas em Glen quando eu era um rapaz de 16 anos. Ele não era muito parecido com o grupo normal de abandonados que costumavam vir à Ilha do Príncipe Eduardo para dar aulas. Quase todos eles eram inteligentes, mas beberrões e ensinavam as crianças quando estavam sóbrios e batiam nelas quando não estavam. Mas John Selwyn era um jovem educado e simpático. Ele se hospedou na casa de meu pai; e ele e eu ficamos amigos, embora ele fosse dez anos mais velho que eu. Juntos, nós líamos, caminhávamos e conversávamos muito. Ele conhecia todas as poesias que já foram escritas, eu acho, e costumava recitá-las para mim enquanto caminhávamos ao longo da costa, à noite. Papai achava isso uma terrível perda de tempo, mas acabava por tolerar, na esperança de que isso me afastasse da ideia de ir para o mar. Bem, nada poderia fazer *isso*... minha mãe vinha de uma raça de gente do mar e essa propensão nasceu comigo. Mas adorava ouvir John ler e recitar. Já faz quase 60 anos, mas poderia repetir metros de poesia que aprendi com ele. Quase 60 anos!

O capitão Jim ficou em silêncio por um tempo, olhando para o fogo crepitante em busca do passado. Então, com um suspiro, retomou sua história.

– Lembro-me de uma noite de primavera em que o encontrei nas dunas. Ele parecia extremamente animado... exatamente como o senhor, Dr. Blythe, quando trouxe a senhora Blythe esta noite. Pensei nele no momento em que vi o senhor. E ele me contou que tinha uma namorada na Inglaterra e que ela haveria de chegar em breve. Não fiquei muito satisfeito, jovem egoísta como eu era; achava que ele não seria mais meu amigo depois que ela viesse. Mas tive bastante decência para não deixar transparecer isso. Ele me contou tudo sobre ela. O nome dela era Persis Leigh e teria vindo com ele, se não fosse por seu velho tio, que estava doente; mas ele tinha cuidado de Persis depois que os pais dela morreram; ela não poderia, portanto, deixá-lo. E agora ele tinha morrido e ela viria para se casar com John Selwyn. Não era uma viagem fácil para uma mulher naqueles tempos. Não havia navios a vapor, como deve se lembrar.

– Para quando a espera? – perguntei.

– "Ela embarca no Royal William, no dia 20 de junho", respondeu ele, "e deve estar aqui em meados de julho. Devo pedir ao carpinteiro Johnson para construir uma casa para ela. A carta dela chegou hoje. Sabia antes de abri-la que trazia boas notícias para mim. Eu a tinha visto algumas noites antes." Eu não o entendi e então ele me explicou... embora tenha continuado a não entender nada. Ele me disse que tinha um dom... ou uma maldição. Palavras dele, senhora Blythe... um dom ou uma maldição. Ele não sabia o que era. Disse que uma tataravó dele tinha esse dom ou maldição e, por causa disso, foi queimada como bruxa. Falou que feitiços estranhos... transes, acho que era o nome que lhes deu... baixavam nele de vez em quando. Essas coisas existem, doutor?

– Há pessoas que certamente estão sujeitas a transes – respondeu Gilbert. – O assunto está mais na linha de pesquisa psíquica do que médica. Como eram os transes desse John Selwyn?

— Como sonhos — interveio o velho doutor, com ceticismo.

— Ele disse que podia ver coisas neles — disse o capitão Jim, lentamente. — Veja bem, estou contando exatamente o que *ele* disse... coisas que estavam acontecendo... coisas que *iriam* acontecer. Disse que às vezes eram um conforto para ele e às vezes um horror. Quatro noites antes, tinha entrado num... entrou em transe enquanto estava sentado olhando para o fogo. E viu um antigo quarto que ele conhecia bem na Inglaterra, e Persis Leigh nele, estendendo-lhe as mãos e parecendo muito contente e feliz. Então ele sabia que haveria de receber boas notícias dela.

— Um sonho... um sonho — zombou o velho Doutor.

— Provavelmente... provavelmente — concordou o capitão Jim. — Foi isso que *eu* disse a ele na época. Era muito mais confortável pensar assim. Não gostava da ideia de ele ver coisas assim... era realmente sinistro.

— "Não" — disse ele —, "eu não sonhei. Mas não vamos falar sobre isso de novo. Você não será mais meu amigo como agora, se pensar muito no assunto."

— Eu disse a ele que nada poderia me tornar menos amigo dele. Mas ele balançou a cabeça e disse:

— "Rapaz, eu sei. Já perdi amigos antes, por causa disso. Não os culpo. Há momentos em que dificilmente me sinto bem comigo mesmo por causa disso. Esse poder tem um pouco de divindade nele... se é de uma divindade boa ou má, quem pode saber? E todos nós, mortais, evitamos um contato muito próximo com Deus ou com o demônio."

— Palavras dele. Lembro-me delas como se fosse ontem, embora não soubesse exatamente o que poderiam significar. O que acha que ele quis *dizer*, doutor?

— Duvido que ele próprio soubesse o que queria dizer — respondeu o Dr. Dave, impaciente.

— Acho que entendo — sussurrou Anne. Ela estava ouvindo em sua antiga atitude de lábios cerrados e olhos brilhando. O capitão Jim deu um sorriso de admiração antes de continuar com sua história.

— Bem, em breve todas as pessoas de Glen e Four Winds sabiam que a noiva do professor estava chegando e todos ficaram felizes porque pensavam muito nele. E todos se interessaram pela nova casa dele... *esta* casa. Ele escolheu este local, porque se podia ver o porto e ouvir o mar. Fez o jardim para sua noiva, mas não plantou os álamos. Foi a senhora Ned Russell que os plantou. Mas há uma fileira dupla de roseiras no jardim que as meninas que estudavam na escola de Glen plantaram para a noiva do professor. Ele dizia que eram cor de rosa como as faces dela, brancas como a pele e vermelhas como os lábios dela. Declamava tantas poesias que acho que se habituou a falar assim também. Quase todo mundo lhe enviou um presentinho para ajudar a mobiliar a casa. Quando os Russell entraram nela, como eram prósperos, a mobiliaram muito bem, como pode ver; mas a primeira mobília era bastante simples. Esta casinha, no entanto, era rica em amor. As mulheres enviaram colchas, toalhas de mesa e toalhas de rosto, e um homem fez uma arca para ela, e outro, uma mesa, e assim por diante. Até a velha e cega tia Margaret Boyd teceu uma pequena cesta para ela com os juncos aromáticos que crescem nas dunas. A esposa do professor a usou por anos para guardar seus lenços. Bem, finalmente tudo estava pronto... até as achas de lenha na grande lareira, prontas para arder. Não era exatamente *esta* lareira, embora estivesse no mesmo lugar. A senhorita Elizabeth mandou colocar isso quando ela reformou a casa quinze anos atrás. Era uma grande lareira antiga, onde se poderia ter assado um boi. Muitas vezes eu sentei aqui para contar histórias, como estou fazendo esta noite.

Houve novamente silêncio, enquanto o capitão Jim mantinha um encontro passageiro com visitantes que Anne e Gilbert não podiam ver... as pessoas que se haviam sentado com ele ao redor daquela lareira nos anos desaparecidos, com alegria e felicidade nupcial brilhando em olhos há muito tempo fechados para sempre sob o relvado do cemitério ou suspirando sob as ondas do mar. Aqui, nas noites mais antigas, crianças sorriam delicadamente de um lado a outro. Aqui, nas noites de inverno, amigos se reuniam. Aqui, dança, música e brincadeiras se somavam. Aqui, jovens e moças sonhavam. Para o capitão Jim, a casinha tinha sido ocupada com formas que suplicavam lembrança.

— Era 1º de julho quando a casa ficou pronta. Então, o professor começou a contar os dias. Costumávamos vê-lo caminhando ao longo da praia e dizíamos um ao outro: "Logo, logo ela vai estar com ele". Ela era esperada para meados de julho, mas não chegou. Ninguém se sentia ansioso. Os navios costumavam atrasar dias e até semanas. O Royal William estava atrasado uma semana... depois duas... e depois três. E, por fim, começamos a ficar com medo e foi ficando cada vez pior. Finalmente, eu não conseguia suportar olhar nos olhos de John Selwyn, senhora Blythe.

O capitão Jim abaixou a voz...

– Eu costumava pensar que os olhos dele estavam como deviam ter estado os da velha tataravó dele quando foi queimada viva. Ele nunca falava muito, mas dava aulas na escola como um homem num sonho e depois corria para a praia. Muitas noites ficava lá caminhando do escurecer ao amanhecer. As pessoas diziam que ele estava enlouquecendo. Todos haviam perdido as esperanças... o Royal William estava com um atraso de oito semanas. Era meados de setembro e a noiva do professor não tinha vindo... e não viria nunca, pensávamos nós. Houve então uma grande tempestade que durou três dias e, na noite depois que passou, fui para a praia. Encontrei o professor ali, encostado com os braços cruzados contra uma grande rocha, olhando para o mar. Falei com ele, mas não respondeu. Seus olhos pareciam estar olhando para alguma coisa que eu não conseguia ver. Seu rosto estava imóvel, como o de um homem morto.

– "John... John", gritei – exatamente assim... exatamente como uma criança assustada. "Acorde... acorde!" Aquele olhar estranho e horrível parecia desaparecer do rosto dele. Virou a cabeça e olhou para mim. Nunca esqueci o semblante dele naquele instante... nunca vou esquecê-lo até que eu embarque para minha última viagem.

– Está tudo bem, rapaz – disse ele. – Eu vi o Royal William vindo do lado leste do cabo. Ela estará aqui ao amanhecer. Amanhã à noite me sentarei com minha noiva perto de minha própria lareira.

– Você acha que ele viu o navio? – perguntou o capitão Jim, abruptamente.

– Só Deus sabe – respondeu Gilbert, suavemente. – Grande amor e grande dor podem produzir não sabemos que maravilhas.

– Tenho certeza que ele o viu – disse Anne, séria.

– Bobagem – disse o Dr. Dave, mas falou com menos convicção do que o normal.

– Porque, devem saber – disse o capitão Jim, solenemente –, o Royal William atracou no porto de Four Winds ao nascer do sol da manhã seguinte. Todas as pessoas de Glen e ao longo da costa estavam no antigo cais para recebê-la. O professor ficou ali a noite toda, à espera. Como comemoramos quando o navio entrou pelo canal.

Os olhos do capitão Jim estavam brilhando. Estavam olhando para o porto de Four Winds de 60 anos atrás, com um velho navio singrando sobre as águas no esplendor do nascer do sol.

– E Persis Leigh estava a bordo? – perguntou Anne.

– Sim... ela e a esposa do capitão. Tiveram uma viagem terrível... tempestade após tempestade... e suas provisões também tinham acabado. Mas lá estavam finalmente. Quando Persis Leigh pisou no antigo cais, John Selwyn a tomou nos braços... e as pessoas pararam para aplaudir e começaram a chorar. Eu mesmo chorei, embora tivessem passado anos, veja bem, antes que o admitisse. Não é engraçado como os rapazes têm vergonha das lágrimas?

– Persis Leigh era bonita? – perguntou Anne.

– Bem, não sei se poderia ser chamada exatamente de bonita... eu... não... sei – respondeu o capitão Jim, lentamente. – De alguma forma, nunca cheguei a me perguntar se era bonita ou não. Isso não importava. Havia algo tão doce e cativante nela que não havia como não gostar dela, isso é tudo. Mas não deixava de ser agradável contemplá-la... olhos grandes, claros, cor de avelã e denso cabelo castanho brilhante, e uma pele inglesa. John e ela se casaram em nossa casa naquela noite à luz de velas; todo mundo, de longe e de perto, estava lá para ver e todos nós os trouxemos para cá depois. A senhora Selwyn acendeu o fogo e nós fomos embora e os deixamos sentados aqui, exatamente como John tinha visto naquela visão. Uma coisa estranha... uma coisa estranha! Mas eu já vi um monte de coisas estranhas e terríveis em minha vida.

O capitão Jim balançou a cabeça, sabiamente.

– É uma história linda – disse Anne, sentindo que, por uma vez, tinha ouvido um verdadeiro romance que a satisfez. – Quanto tempo eles viveram aqui?

– Quinze anos. Eu fugi para o mar logo depois que eles se casaram, como rapaz estouvado que eu era. Mas sempre que voltava de uma viagem, vinha para cá, mesmo antes de voltar para casa, e contava tudo à senhora Selwyn. Quinze anos felizes! Eles tinham uma espécie de talento para a felicidade, os dois. Algumas pessoas são assim, se já repararam. *Não conseguiam* ficar infelizes por muito tempo, não importando o que acontecesse. Discutiam vez por outra, pois ambos tinham personalidade forte. Mas a senhora Selwyn me disse uma vez, rindo daquele jeito bonito dela: "'Eu me sentia péssima quando John e eu brigávamos, mas no fundo eu estava muito feliz, porque tinha um marido tão bom para brigar e fazer as pazes também". Depois se mudaram para Charlottetown e Ned Russell comprou esta casa e trouxe a noiva dele para cá. Eram um jovem casal bem alegre, se bem me lembro. A senhorita Elizabeth Russell era irmã de Alec. Ela veio morar com eles mais ou menos um ano depois, e também era uma criatura alegre. As paredes dessa casa devem estar ensopadas de risos e bons momentos. Você é a terceira noiva que vejo vir para cá, senhora Blythe... e a mais bonita.

O capitão Jim deu um jeito de dar a seu elogio de girassol a delicadeza de uma violeta, e Anne o aceitou orgulhosamente. Ela estava em seu melhor astral naquela noite, com as faces nupciais rosadas e o brilho do amor em seus olhos; até o velho e rude Dr. Dave lhe dirigiu um olhar de aprovação e disse à mulher dele, enquanto voltavam para casa juntos, que aquela esposa ruiva do rapaz era uma beleza e tanto.

– Devo voltar para o farol – anunciou o capitão Jim. – Curti esta noite como nunca.

– Deve vir nos visitar com frequência – disse Anne.

– Eu me pergunto se faria esse convite, se soubesse da grande probabilidade que há de que eu o aceite – observou o capitão Jim, caprichosamente.

– O que é outra maneira de dizer que você se pergunta se estou falando sério – sorriu Anne. – Sim, juro que foi sério, como costumávamos dizer na escola.

– Então virei. Provavelmente vai ser importunada por mim a qualquer hora. E eu ficarei orgulhoso se vier me visitar de vez em quando também. Geralmente não tenho ninguém com quem conversar, a não ser First Mate, que Deus o abençoe. Ele é um excelente ouvinte e esqueceu mais do que qualquer MacAllister já soube, mas não é de muita conversa. A senhorita é jovem e eu sou velho, mas nossas almas têm mais ou menos a mesma idade, suponho. Ambos pertencemos à raça que conhece Joseph, como diria Cornélia Bryant.

– A raça que conhece Joseph? – perguntou Anne, intrigada.

– Sim. Cornélia divide todas as pessoas do mundo em dois tipos... a raça que conhece Joseph e a raça que não o conhece. Se uma pessoa a olhar nos olhos e tem praticamente as mesmas ideias sobre as coisas e o mesmo gosto para piadas... ora, então pertence à raça que conhece Joseph.

– Oh, entendo – exclamou Anne, com a luz iluminando sua mente. – É o que eu costumava chamar... e ainda chamo entre aspas de almas gêmeas.

– Isso mesmo... isso mesmo – concordou o capitão Jim. – Somos isso, seja o que for. Quando chegou, nesta noite, senhora Blythe, eu disse para mim mesmo: "Sim, ela é da raça que conhece Joseph". E fiquei sumamente feliz, pois, se não fosse assim, não poderíamos ter nenhuma satisfação real na companhia um do outro. A raça que conhece Joseph é o sal da terra, eu acho.

A lua tinha acabado de surgir quando Anne e Gilbert foram até a porta com seus convidados. O porto de Four Winds estava começando a ser uma coisa de sonho, de glamour e de encantamento... um paraíso enfeitiçado onde nenhuma tempestade poderia jamais se abater. Os álamos pela alameda abaixo, altos e sombrios como as formas sacerdotais de algum bando místico, pareciam salpicados de reflexos prateados.

– Sempre gostei de álamos – disse o capitão Jim, acenando com o longo braço para eles. – São árvores das princesas. Estão fora de moda agora. As pessoas reclamam que morrem na ponta e ficam com uma aparência esfarrapada. É o que acontece... é o que acontece, se não arriscar o pescoço a cada primavera e subir numa escada leve para podá-los. Sempre fiz isso para a senhorita Elizabeth, e assim os dela nunca ficaram com as pontas secas. Ela gostava muito deles. Gostava da dignidade e altivez deles. São árvores que não simpatizam com qualquer Tom, Dick e Harry. Se bordos são boa companhia, senhora Blythe, os álamos são verdadeira sociedade.

– Que noite linda! – disse a senhora Dave, enquanto subia na charrete do Doutor.

– Quase todas as noites são lindas – disse o capitão Jim. – Mas eu gosto daquele luar sobre Four Winds que me faz pensar no pouco que pode restar para o céu. A lua é uma grande amiga minha, senhora Blythe. Eu a amo desde que me lembro. Quando eu era um menino de 8 anos, adormeci no jardim uma noite e não deram por minha falta. Acordei durante a noite e fiquei morrendo de medo. Quantas sombras e ruídos estranhos havia! Não ousei me mover. Só me agachei ali tremendo, coitado de mim. Parecia que não havia ninguém no mundo além de mim e era um mundo enorme. Então, de repente, vi a lua olhando para mim através dos ramos de uma macieira, exatamente como uma velha amiga. Logo fiquei confortado. Levantei-me e fui andando para casa valente como um leão, olhando para ela. Muitas foram as noites em que a observei do convés de meu navio, em mares distantes daqui. Por que vocês não me dizem para fechar minhas mandíbulas e ir para casa?

Os risos de despedida foram se esmorecendo. Anne e Gilbert caminharam de mãos dadas ao redor do jardim. O riacho que cruzava o canto mostrava covinhas transparentes nas sombras das bétulas. As papoulas ao longo de suas margens eram como taças rasas de luar. As flores que foram plantadas pelas mãos da noiva do professor exalavam sua doçura no ar sombrio, como a beleza e a bênção de um ontem sagrado. Anne fez uma pausa na escuridão para colher um ramo dessas flores.

– Adoro cheirar flores no escuro – disse ela. – Penetramos na alma delas. Oh, Gilbert, essa casinha é tudo o que sonhei. E estou tão feliz por não sermos os primeiros a manter um encontro de recém-casados aqui!

Capítulo 8

A senhorita Cornélia Bryant faz uma visita

Aquele setembro foi um mês de névoas douradas e neblinas purpúreas no porto de Four Winds... um mês de dias ensolarados e noites que nadavam ao luar ou pulsavam com estrelas. Nenhuma tempestade o estragou, nenhum vento forte soprou. Anne e Gilbert colocaram seu ninho em ordem, vagaram pelas praias, navegaram na baía do porto, circularam de charrete por Four Winds e Glen, ou pelas estradas escondidas e margeadas de samambaias que atravessavam os bosques em torno da extremidade do porto; em resumo, tiveram uma lua de mel que qualquer amante do mundo poderia ter invejado.

– Se a vida parasse precisamente agora, ainda assim teria valido realmente a pena, só por causa dessas últimas quatro semanas, não é? – disse Anne. – Acho que nunca mais teremos quatro semanas tão perfeitas... mas já as *tivemos*. Tudo... vento, clima, gente, casa dos sonhos... conspirou para tornar nossa lua de mel deliciosa. Não houve sequer um dia chuvoso desde que chegamos aqui.

– E não discutimos nenhuma vez – brincou Gilbert.

– Bem, é um prazer ainda maior por não ter ocorrido – sublinhou Anne. – Estou tão contente por termos decidido passar nossa lua de mel aqui. Nossas recordações dela sempre se referirão a esse lugar, à nossa casa dos sonhos, em vez de ficar espalhadas por lugares estranhos.

Havia certo toque de romance e de aventura na atmosfera da nova casa, que Anne nunca havia encontrado em Avonlea. Lá, embora tivesse vivido à vista do mar, este não tinha entrado intimamente em sua vida. Em Four Winds, ele a cercava e a chamava constantemente. De cada janela de sua nova casa, via variados aspectos dele. Seu murmúrio perturbador estava sempre em seus ouvidos. Navios subiam o porto todos os dias até o cais em Glen, ou partiam navegando novamente ao pôr do sol, com destino a portos que poderiam estar do outro lado do globo. Barcos de pesca desciam o canal de asas brancas pela manhã e retornavam carregados à noite. Marinheiros e pescadores viajavam pelas estradas vermelhas e sinuosas do porto, de coração leve e contentes. Sempre havia certa sensação de coisas acontecendo... de aventuras e desafios. O estilo de Four Winds era menos sério, enraizado e austero do que o de Avonlea; ventos de mudança sopravam sobre o povoado; o mar sempre chamava os moradores da costa e, mesmo aqueles que não atendiam a seu chamado, sentiam a emoção, a inquietação, o mistério e as possibilidades que ele trazia em si.

– Agora entendo por que alguns homens devem ir para o mar – disse Anne. – Esse desejo que aflora em todos nós, às vezes... "navegar para além dos limites do pôr do sol"... deve ser muito imperioso quando nasce conosco. Não me admira que o capitão Jim deve ter fugido por causa dele. Nunca vi um navio navegando para fora do canal ou uma gaivota voando sobre a barra de areia, sem desejar estar a bordo do navio ou ter asas, não como uma pomba "para voar para longe e descansar", mas como uma gaivota, para penetrar no coração de uma tempestade.

– Você vai ficar aqui comigo, menina Anne – disse Gilbert, preguiçosamente. – Não vou deixá-la voar para longe de mim e penetrar no coração das tempestades.

Eles estavam sentados no degrau de pedra de arenito diante da porta, ao fim da tarde. Grande tranquilidade os envolvia na terra, no mar e no céu. Gaivotas prateadas voavam acima deles. Os horizontes estavam entrelaçados com longas e frágeis trilhas de nuvens rosadas. O ar abafado era entremeado por um refrão murmurante de ventos e ondas canoros. Pálidos ásteres floresciam nos prados secos e enevoados entre eles e o porto.

– Os médicos que têm de ficar acordados a noite toda atendendo os doentes não se sentem muito aventureiros, suponho – observou Anne, com indulgência. – Se tivesse dormido bem na noite passada, Gilbert, você estaria tão pronto quanto eu para um voo da imaginação.

– Eu fiz um bom trabalho ontem à noite, Anne – ponderou Gilbert, calmamente. – Com a ajuda de Deus, salvei uma vida. Esta é a primeira vez que posso realmente afirmar isso. Em outros casos, posso ter ajudado; mas, Anne, se não tivesse ficado em Allonby na noite passada e lutado contra a morte corpo a corpo, aquela mulher teria morrido antes do amanhecer. Tentei um experimento que certamente nunca foi tentado em Four Winds antes. Duvido que já deva ter sido tentado em qualquer lugar antes, fora de um hospital. Era novidade no hospital de Kingsport, no inverno passado. Eu nunca teria ousado tentar aqui, se não tivesse certeza de que não havia outra chance. Arrisquei... e tive êxito. Como resultado, uma boa esposa e mãe foi salva para longos anos de felicidade e de vida útil. Ao dirigir para casa esta manhã, enquanto o sol estava despontando sobre o porto, agradeci a Deus por ter escolhido essa profissão. Combati o bom combate e venci[8]... pense nisso, Anne, *venci* contra o Grande Destruidor. É o que eu sonhava fazer há muito tempo, quando conversávamos sobre o que queríamos fazer na vida. Esse meu sonho se tornou realidade esta manhã.

– Esse foi o único de seus sonhos que se tornou realidade? – perguntou Anne, que sabia muito bem qual seria o conteúdo da resposta, mas queria ouvi-la novamente.

– *Você* sabe, menina Anne – respondeu Gilbert, sorrindo com os olhos. Naquele momento, havia certamente duas pessoas perfeitamente felizes sentadas na soleira da porta de uma casinha branca na costa do porto de Four Winds.

Em seguida, Gilbert disse, com uma mudança de tom:

– Será mesmo que estou vendo um navio armado subindo por nossa alameda?

Anne olhou e se levantou de um salto.

– Deve ser a senhorita Cornélia Bryant ou a senhora Moore que vem fazer uma visita – retorquiu ela.

– Vou para o escritório e, se for a senhorita Cornélia, aviso-a que vou espreitar – disse Gilbert. – De tudo o que ouvi falar sobre a senhorita Cornélia, concluo que a conversa dela não será enfadonha, para dizer o mínimo.

– Pode ser a senhora Moore.

– Não acho que a senhora Moore seja desse tipo. Eu a vi trabalhando no jardim outro dia e, embora eu estivesse muito longe para ver com clareza, achei que ela era

---

8   Referência à segunda Carta de Paulo a Timóteo (cap. 4, versículos 7-8): "*Combati o bom combate, terminei minha carreira, guardei a fé. Desde agora me está reservada a coroa da justiça que o Senhor, justo juiz, me dará naquele dia; e não somente a mim, mas também a todos os que tiverem esperado com amor sua vinda*" (NT).

bastante esguia. Não parece que seja muito sociável, pois ainda não veio visitá-la, embora seja a vizinha mais próxima.

– Ela não pode ser como a senhora Lynde afinal ou a curiosidade já a teria trazido para cá – disse Anne. – Essa visita é, creio, a senhorita Cornélia.

E, de fato, era a senhorita Cornélia; além disso, a senhorita Cornélia não tinha vindo para uma breve e convencional visita de congratulações ao jovem casal. Ela trazia seu trabalho debaixo do braço num pacote de tamanho considerável e, quando Anne pediu que ficasse, ela prontamente tirou o amplo chapéu de sol, que estava preso na cabeça, por causa das brisas irreverentes de setembro, por um elástico apertado sob o firme cocó de cabelo louro. Nem pensar em alfinetes de chapéu para a senhorita Cornélia, por favor! As fitas elásticas tinham sido realmente boas para a mãe dela e eram igualmente boas para *ela*. A senhorita tinha um rosto fresco e redondo, rosado e branco, e alegres olhos castanhos. Não se parecia em nada com a tradicional solteirona, e havia algo em sua expressão que conquistou Anne instantaneamente. Com sua velha rapidez instintiva para discernir almas gêmeas, ela sabia que iria gostar da senhorita Cornélia, apesar de incertas esquisitices de opinião e de certas esquisitices no modo de se vestir.

Ninguém, a não ser a senhorita Cornélia, teria vindo fazer uma visita vestida com um avental listrado de azul e branco e um vestido cor de chocolate, estampado com enormes rosas vermelhas espalhadas por todo o tecido. E ninguém, a não ser a senhorita Cornélia, poderia parecer digna e adequadamente vestida com ele. Se a senhorita Cornélia tivesse entrado num palácio para visitar a noiva de um príncipe, ela teria parecido tão digna e totalmente senhora da situação como agora. Teria arrastado seu vestido salpicado de rosas sobre o piso de mármore com a mesma despreocupação e teria procedido com a mesma calma para desiludir a mente da princesa de qualquer ideia de que a posse de um mero homem, fosse ele príncipe ou camponês, era algo para se gabar.

– Eu trouxe meu trabalho, querida senhora Blythe – observou ela, desembrulhando um material delicado. – Estou com pressa para terminar isso e não há tempo a perder.

Anne olhou com alguma surpresa para a roupa branca espalhada no amplo colo da senhorita Cornélia. Certamente era um vestido de bebê e era muito bem feito, com minúsculos babados e pregas. A senhorita Cornélia ajeitou os óculos e começou a bordar com pontos requintados.

– Este é para a senhora Fred Proctor, de Glen – explicou ela. – Está esperando o oitavo bebê para qualquer momento e nem uma roupinha conseguiu aprontar para ele. Os outros sete filhos acabaram com todas as roupinhas que ela tinha feito para o primeiro, e ela nunca teve tempo, força ou disposição para fazer mais. Essa mulher é uma mártir, senhora Blythe, acredite em *mim*. Quando ela se casou com Fred Proctor, *eu* sabia no que ia dar. Ele era um desses homens cruéis e fascinantes. Depois que se casou, ele deixou de ser fascinante e continuou sendo perverso. Bebe e negligencia a família. E isso não é bem típico dos homens? Não sei como a senhora Proctor poderia manter seus filhos decentemente vestidos, se os vizinhos não a ajudassem.

Como Anne viria a saber, a senhorita Cornélia era a única vizinha que se preocupava muito com a decência dos jovens Proctor.

– Quando soube que o oitavo bebê estava chegando, decidi fazer algumas coisas para ele – continuou a senhorita Cornélia. – Este é o último e quero terminá-lo hoje.

– É certamente muito bonito – disse Anne. – Vou buscar minha costura e vamos fazer uma pequena festa de dedal em dueto. É uma bela costureira, senhorita Bryant.

– Sim, sou a melhor costureira por essas bandas – falou a senhorita Cornélia, num tom casual. – E deveria ser! Meu Deus, eu fiz mais do que se tivesse cem filhos meus, acredite em *mim*! Devo ser uma idiota por estar bordando à mão este vestido para um oitavo bebê. Mas, meu Deus, querida senhora Blythe, ele não tem culpa de ser o oitavo e eu realmente desejava que tivesse um vestido muito bonito, como se ele fosse desejado. Ninguém quer o pobrezinho... então eu pus um pouco mais de capricho nas coisinhas dele, exatamente por causa disso.

– Qualquer bebê poderia se orgulhar desse vestido – disse Anne, sentindo ainda mais fortemente que ela iria gostar da senhorita Cornélia.

– Suponho que andou pensando que eu nunca viria visitá-la – continuou a senhorita Cornélia. – Mas este é o mês da colheita, como sabe, e tenho estado ocupada... e um monte de mãos extras rondando, comendo mais do que trabalham, como é típico dos homens. Teria vindo ontem, mas fui ao funeral da senhora Roderick

MacAllister. No início, pensei que, estando com tanta dor de cabeça, poderia não me sentir bem se fosse. Mas ela tinha 100 anos e eu sempre prometi a mim mesma que iria ao funeral dela.

– E foi uma função solene? – perguntou Anne, percebendo que a porta do escritório estava entreaberta.

– O quê? Oh, sim, foi um funeral muito bom. A falecida tinha uma ampla gama de relações. Havia mais de 120 carruagens na procissão. Houve uma ou duas coisas engraçadas que aconteceram. Pensei que morreria ao ver o velho Joe Bradshaw, que é ateu e nunca aparece na porta de uma igreja, cantando "Salva nos braços de Jesus" com grande entusiasmo e fervor. Ele adora cantar... é por isso que nunca perde um funeral.

A pobre senhora Bradshaw não parecia muito propensa a cantar... desgastada como estava por anos de escravidão. O velho Joe pensa de vez em quando em comprar-lhe um presente e leva para casa um novo tipo de maquinário agrícola. Não é típico de um homem? Mas o que mais se poderia esperar de um homem que nunca vai à igreja, mesmo numa metodista? Fiquei muito contente ao ver você e seu jovem Doutor na Igreja Presbiteriana no primeiro domingo depois de sua chegada. Não quero nenhum médico me tratando que não seja presbiteriano.

– Estivemos na igreja metodista no último domingo à noite – disse Anne, maldosamente.

– Oh, suponho que o Dr. Blythe tenha de ir à Igreja Metodista de vez em quando ou não vai ter metodistas entre seus pacientes.

– Gostamos muito do sermão – declarou Anne, corajosamente. – E achei que a oração do ministro metodista foi uma das mais belas que já ouvi.

– Oh, não tenho dúvidas de que ele pode orar. Nunca ouvi ninguém fazer orações mais bonitas do que o velho Simon Bentley, que estava sempre bêbado, ou com esperança de estar, e quanto mais bêbado estava, melhor orava.

– O ministro metodista tem uma aparência muito bonita – disse Anne, esperando ser ouvida até a porta do escritório.

— Sim, ele é bastante ornamental — concordou a senhorita Cornélia. — Ah, e *muito* do gosto das mulheres. E ele acha que toda moça que o olha fica apaixonada por ele... como se um ministro metodista, vagando por aí como qualquer judeu, fosse grande coisa! Se você e o jovem médico aceitarem *meu* conselho, não se envolvam muito com os metodistas. Meu lema é... se você *é* presbiteriano, *seja* presbiteriano.

— Não acha que os metodistas vão para o céu assim como os presbiterianos? — perguntou Anne, sem sorrir.

— Não cabe a *nós* decidirmos. Está nas mãos acima das nossas — respondeu a senhorita Cornélia, solenemente. — Mas eu não vou me associar a eles na terra, seja lá o que for que tenha de fazer no céu. *Esse* ministro metodista não é casado. O anterior era, mas a esposa dele era a coisinha mais tola e frívola que já vi. Eu disse ao marido dela, certa vez, que deveria ter esperado até que ela crescesse antes de se casar com a própria. Ele me respondeu que queria ter a oportunidade de treiná-la. Não é coisa típica dos homens?

— É bastante difícil saber quando é que as pessoas realmente amadurecem e se tornam adultas — riu Anne.

— Isso é mais que verdade, querida. Alguns são adultos quando nascem e outros não o são nem aos 80 anos, acredite em *mim*. Essa mesma senhora Roderick de que eu estava falando nunca chegou a ficar realmente adulta. Era tão tola aos 100 anos como era aos 10.

— Talvez seja por isso que viveu tanto — sugeriu Anne.

— Talvez fosse. *Eu* prefiro viver 50 anos como pessoa sensata do que cem como tola.

— Mas imagine que mundo enfadonho seria se todos fossem sensatos — provocou Anne.

A senhorita Cornélia desdenhava qualquer escaramuça de epigrama impertinente.

— A senhora Roderick era uma Milgrave e os Milgrave nunca tiveram muito bom senso. O sobrinho dela, Ebenezer Milgrave, foi louco durante anos. Ele achava que estava morto e ficava zangado com a mulher, porque ela não se dispunha a enterrá-lo. *Eu* o teria enterrado.

A senhorita Cornélia parecia tão severamente determinada que Anne quase podia vê-la com uma pá na mão.

– Não conhece *alguns* bons maridos, senhorita Bryant?

– Oh, sim, muitos deles... lá por aqueles lados – respondeu a senhorita Cornélia, acenando com a mão pela janela aberta em direção ao pequeno cemitério da igreja, do outro lado do porto.

– Mas vivos... andando por aí, em carne e osso? – persistiu Anne.

– Oh, há uns poucos, só para mostrar que com Deus todas as coisas são possíveis – reconheceu a senhorita Cornélia, com relutância. – Não nego que um homem estranho aqui e acolá, se for bem treinado quando jovem e se a mãe lhe deu alguma surra bem antes, pode se tornar um ser decente. *Seu* marido, agora, não é tão ruim, sendo homem, por tudo o que tenho ouvido. Suponho – e a senhorita Cornélia olhou fixamente para Anne, por cima dos óculos – que pensa que não há ninguém como ele no mundo.

– E não há – disse Anne, prontamente.

– Ah, sim, eu ouvi outra noiva dizer isso uma vez – suspirou a senhorita Cornélia. – Jennie Dean quando se casou pensava que não havia ninguém como o marido dela no mundo. E estava certa... não havia! E coisa boa, por cima, acredite em *mim*! Ele transformou a vida dela num inferno... e já estava namorando a segunda esposa enquanto Jennie estava morrendo. Não é típico dos homens? Espero, no entanto, que *sua* confiança seja mais bem justificada, querida. O jovem doutor está indo muito bem. De início, tive medo de que não tivesse sucesso, porque as pessoas por aqui sempre pensaram que o velho Dr. Dave é o único médico do mundo. O doutor Dave não tinha muito tato, com certeza... ele sempre falava de cordas na casa de um enforcado. Mas as pessoas esqueciam seus sentimentos feridos quando tinham dor de estômago. Se ele tivesse sido um ministro em vez de médico, nunca o teriam perdoado. A dor na alma não preocupa as pessoas tanto quanto a dor de estômago. Visto que somos ambas presbiterianas e não há metodistas por perto, poderia me revelar sua opinião sincera sobre *nosso* ministro?

– Ora... realmente... eu... bem – hesitou Anne.

A senhorita Cornélia acenou com a cabeça.

– Exatamente. Concordo com você, querida. Cometemos um erro quando o contratamos. O rosto dele parece precisamente uma daquelas pedras longas e estreitas do cemitério, não é? "Dedicado à memória'" deveria estar escrito na testa dele. Nunca me esquecerei do primeiro sermão que ele pregou depois de chegar. Era sobre cada um fazer o que melhor sabe fazer... assunto muito bom, sem dúvida; mas que ilustrações ele usou! Disse: "Se você tivesse uma vaca e uma macieira e, se amarrasse a macieira no estábulo e plantasse a vaca no pomar, de pernas para o ar, quanto leite obteria da macieira ou quantas maçãs colheria da vaca?" Já ouviu algo semelhante desde seus primeiros dias de vida, querida? Fiquei tão agradecida por não haver metodistas ali naquele dia... eles nunca teriam parado de nos ridicularizar por isso. Mas o que mais detesto nele é o hábito que tem de concordar com todo mundo, não importa o que se diga. Se lhe dissesse: "Você é um canalha", ele diria, com aquele sorriso suave: "Sim, é isso mesmo". Um ministro deveria ter mais coragem. Resumindo, considero-o um reverendo idiota. Mas, é claro, isso fica só entre nós duas. Quando há metodistas ouvindo, eu o elogio mais que posso. Algumas pessoas acham que a esposa dele se veste de modo muito espalhafatoso, mas *eu* digo que, ao ter de conviver com um sujeito daqueles, ela precisa de alguma coisa diversa para se animar. Você nunca vai *me* ouvir condenando uma mulher por seu modo de se vestir. Fico muito contente ao ver que o marido dela não é tão mesquinho e miserável e o permite. Não que eu me preocupe muito no modo de me vestir. As mulheres se vestem só para agradar aos homens, e eu nunca me rebaixaria a *isso*. Tive uma vida realmente plácida e confortável, querida, e é justamente porque nunca me importei o mínimo com o que os homens pensavam.

– Por que odeia tanto os homens, senhorita Bryant?

– Meu Deus, querida, eu não os odeio. Nem sequer merecem isso de mim. Eu apenas os desprezo. Acho que vou gostar de *seu* marido, se ele continuar como começou. Mas fora dele, os únicos homens no mundo em que vejo algum valor são o velho doutor e o capitão Jim.

– O capitão Jim é certamente esplêndido – concordou Anne, cordialmente.

– O capitão Jim é um bom homem, mas é meio irritante, em certo sentido. *Não há* como deixá-lo zangado. Tentei durante vinte anos e ele continua plácido como sempre. Isso chega a me irritar. E suponho que a mulher, com quem ele deveria ter se casado, ficou com um homem que tem acessos de raiva duas vezes por dia.

– Quem era?

– Oh, não sei, querida. Não me lembro se algum dia o capitão Jim se apaixonou por alguma mulher. Ele já estava beirando a velhice, desde que consigo me lembrar dele. Tem 76 anos, como sabe. Nunca ouvi nenhum motivo que o levasse a ficar solteiro, mas deve haver um, acredite em *mim*. Navegou pelos mares a vida toda até cinco anos atrás, e não há nenhum canto da terra em que ele não deva ter metido o nariz. Ele e Elizabeth Russell foram grandes amigos, durante toda a vida, mas nunca pensaram em namorar. Elizabeth nunca se casou, embora tivesse muitas chances. Ela era extremamente linda quando jovem. No ano em que o Príncipe de Gales veio para a ilha, ela estava visitando o tio em Charlottetown, que era um oficial do governo; e por isso ela foi convidada para o grande baile. Era a moça mais bonita ali e o Príncipe dançou com ela; e todas as outras mulheres com quem o príncipe não dançou ficaram furiosas, porque eram de posição social mais elevada do que a dela e diziam que o príncipe não deveria tê-las preterido. Elizabeth sempre teve muito orgulho daquela dança. Pessoas malvadas diziam que era por isso que ela nunca se casou... não podia se conformar com um homem comum depois de dançar com um príncipe. Mas não foi bem assim. Ela me contou o motivo uma vez... era porque tinha um temperamento tão forte que temia não poder viver em paz com homem nenhum. Tinha realmente um temperamento terrível... às vezes, tinha de subir as escadas, entrar no quarto e arrancar pedaços de sua cômoda com os dentes para se controlar. Mas eu disse a ela que esse não era motivo suficiente para não se casar, se quisesse. Não há nenhuma razão para deixarmos os homens com o monopólio do temperamento, não é, querida senhora Blythe?

– Eu também tenho um pouco de temperamento forte – suspirou Anne.

– É bom que tenha, querida. Você não terá nem metade das probabilidades de ser pisada, acredite em *mim*! Nossa, como esse recanto dourado está florescendo! Seu jardim parece ótimo. A pobre Elizabeth sempre cuidou tanto dele!

– Eu o adoro – disse Anne. – Fico muito contente em vê-lo tão cheio de flores antiquadas. Falando em jardinagem, queremos contratar um homem que revire a terra daquele pequeno lote além do bosque de abetos e o prepare para plantar morangos para nós. Gilbert está tão ocupado que nunca vai ter tempo para fazê-lo nesse outono. Conhece alguém que possamos contratar?

– Bem, Henry Hammond lá em Glen sai à procura de trabalhos como esse. Talvez o faça. Ele está sempre muito mais interessado no salário do que no trabalho, como é típico dos homens, e ele é tão lento em compreender que fica parado até por cinco minutos antes de perceber que está parado. O pai dele atirou-lhe um pedaço de madeira na cabeça quando ele era pequeno. Belo e amável míssil, não é? Bem típico dos homens! Claro, o menino nunca se recuperou totalmente. Mas é o único que posso recomendar. Ele pintou minha casa na primavera passada. Está muito bonita agora, não acha?

Anne foi salva pelo relógio que bateu 5 horas.

– Meu Deus, já é tão tarde assim? – exclamou a senhorita Cornélia. – Como o tempo voa quando se está bem entretida! Bem, devo voltar para casa.

– Não, por favor! Você vai ficar e tomar chá conosco – disse Anne, ansiosa.

– Você está me pedindo porque acha que devia ou porque realmente quer? – perguntou a senhorita Cornélia.

– Porque realmente quero.

– Então vou ficar. *Você* pertence à raça que conhece Joseph.

– Sei que seremos amigas – disse Anne, com o sorriso que só as pessoas de boa-fé poderiam perceber.

– Sim, vamos ser, querida. Graças a Deus, podemos escolher nossos amigos. Temos de aceitar nossos parentes como são e sentir-nos gratas se não houver pássaros atrás das grades entre eles. Não que eu tenha muitos... nenhum mais próximo do que primos em segundo grau. Sou uma espécie de alma solitária, senhora Blythe.

Havia um tom melancólico na voz da senhorita Cornélia.

– Gostaria que me chamasse de Anne – exclamou Anne, impulsivamente. – Pareceria mais *íntimo*. Todos em Four Winds, exceto meu marido, me chamam de senhora Blythe e isso faz com que me sinta como uma estranha. Você sabe que seu nome está muito próximo de ser aquele que eu ansiava ter quando era criança. Eu detestava "Anne" e me chamava de "Cordélia", na imaginação.

– Eu gosto de Anne. Era o nome de minha mãe. Nomes antigos são melhores e mais doces em minha opinião. Se você vai tomar chá, pode chamar o jovem médico para falar comigo. Ele está deitado no sofá naquele escritório desde que cheguei, rindo à toa do que ando dizendo.

– Como é que soube? – exclamou Anne, totalmente espantada com esse exemplo de misteriosa presciência da senhorita Cornélia, para que pudesse negá-lo educadamente.

– Eu o vi sentado a seu lado quando subi a alameda e conheço os truques dos homens – retrucou a senhorita Cornélia. – Pronto, terminei meu vestidinho, querida, e o oitavo bebê pode nascer assim que quiser.

Capítulo 9

Uma noite no cabo de Four Winds

Era final de setembro quando Anne e Gilbert puderam fazer uma visita prometida ao farol de Four Winds. Muitas vezes tinham planejado ir, mas sempre acontecia algo para impedi-los. O capitão Jim havia "passado" várias vezes na casinha.

– Eu não faço cerimônia, senhora Blythe – disse ele a Anne. – É um verdadeiro prazer para mim vir aqui e não o vou me negar a mim mesmo só porque vocês ainda não foram me visitar. Não deveria haver barganhas como essa entre a raça que conhece Joseph. Eu virei quando puder, e vocês haverão de ir quando puderem, e enquanto tivermos nossas agradáveis conversas, não importa o teto que nos abriga.

O capitão Jim se apegou muito de Gog e Magog, que presidiam os destinos da lareira da casinha com tanta dignidade e aprumo como haviam feito na Casa da Patty.

"Não são os danadinhos mais fofos?", dizia ele, encantado; e os cumprimentou e se despediu tão grave e invariavelmente como fazia com seu anfitrião e sua anfitriã. O capitão Jim não iria ofender as divindades domésticas com qualquer falta de reverência e cerimônia.

– Você deixou essa casinha quase perfeita – disse ele a Anne. – Nunca foi tão bela antes. A senhora Selwyn tinha seu gosto e fazia maravilhas; mas as pessoas naquela época não tinham as lindas cortinas, os quadros e os adereços que você tem. Quanto a Elizabeth, ela vivia no passado. Você trouxe o futuro para dentro dela, por assim dizer. Eu ficaria muito feliz, mesmo que não pudéssemos conversar quando venho para cá... só de me sentar e olhar para você, para seus quadros e suas flores já seria uma delícia. É lindo... lindo!

O capitão Jim era um amante apaixonado da beleza. Cada coisa adorável ouvida ou vista dava-lhe uma alegria profunda, sutil e interior, que irradiava sua vida. Tinha plena consciência de sua própria falta de formosura exterior e o lamentava.

– As pessoas dizem que sou bom – observou ele caprichosamente, numa ocasião –, mas às vezes gostaria que Deus me tivesse feito bom só pela metade e o resto tivesse posto na aparência. Mas acho que Ele sabia o que estava fazendo, como um bom Capitão deveria saber. Alguns de nós temos de ser feios, senão os bonitos... como a senhora Blythe aqui... não haveriam de se sobressair tão bem.

Uma noite, finalmente, Anne e Gilbert foram caminhando até o farol de Four Winds. O dia havia começado sombriamente com nuvens cinzentas e névoa, mas terminou numa pompa escarlate e dourada. Sobre as colinas do lado Oeste, além do porto, havia profundezas cor de âmbar e baixios cristalinos, com o fogo do pôr do sol abaixo. O Norte era um céu salpicado de pequenas nuvens intensamente douradas.

A luz vermelha do farol se refletia nas velas brancas de um barco deslizando pelo canal, com destino a um porto do Sul numa terra de palmeiras. Além do canal, a luz batia e tingia de vermelho a superfície brilhante, branca e sem relva das dunas. À direita, ela incidia sobre a velha casa entre os salgueiros, riacho acima, e lhe conferia durante breves instantes vitrais mais esplêndidos que os de uma velha catedral. Eles brilhavam para além de sua quietude e de seu tom cinzento, como os pensamentos latejantes e vermelho-sangue de uma alma vívida aprisionada numa casca opaca do ambiente.

– Aquela velha casa, riacho acima, sempre parece tão solitária – disse Anne. – Nunca vejo visitantes por lá. Claro, sua alameda dá para a estrada de cima... mas não acho que haja muitas idas e vindas. Parece estranho ainda não termos conhecido os Moore, quando vivem a quinze minutos de nossa casa. Posso tê-los visto na igreja, é claro, mas se foi assim, não sabia quem eram. Lamento que sejam tão pouco sociáveis, quando são nossos únicos vizinhos mais próximos.

– Evidentemente, eles não pertencem à raça que conhece Joseph – riu Gilbert. – Você já descobriu quem era aquela moça que achou tão bonita?

– Não. Engraçado, nunca mais me lembrei de perguntar quem era ela. Mas também nunca mais a vi em lugar algum; então suponho que devia ser uma estranha. Oh, o sol acabou de desaparecer... e aí está a luz do farol.

À medida que o crepúsculo se aprofundava, o grande farol expedia feixes de luz através dele, varrendo em círculo os campos e o porto, a barra de areia e o golfo.

– Sinto como se ele pudesse me apanhar e me levar léguas mar adentro – disse Anne, quando um feixe de luz os cobriu de esplendor; e ela se sentiu bastante aliviada quando chegaram tão perto do cabo que estavam dentro do raio de alcance daqueles *flashes* recorrentes e estonteantes.

Ao dobrarem para seguir pela pequena alameda que atravessava os campos até o cabo, encontraram um homem saindo dela... um homem de aparência tão extraordinária que, por um momento, os dois ficaram de olhos arregalados. Era uma pessoa decididamente de aparência distinta, homem alto, de ombros largos, feições bem definidas, com um nariz romano e francos olhos cinzentos; estava vestido com trajes domingueiros de próspero fazendeiro; poderia ser qualquer habitante de Four Winds ou de Glen. Mas, fluindo sobre o peito e descendo quase até os joelhos havia um rio de barba castanha ondulada; e pelas costas abaixo, de sob o chapéu de feltro comum descia uma cascata correspondente de cabelos espessos, castanhos e ondulados.

– Anne – murmurou Gilbert, quando eles estavam fora do alcance da voz –, você não colocou o que o tio Dave chama de uísque proibido naquela limonada que me serviu pouco antes de sairmos de casa, não é?

– Não, não – respondeu Anne, reprimindo o riso, de medo que o enigma em retirada ouvisse. – Quem, diabos, pode ser ele?

– Não sei; mas se o capitão Jim costuma ter aparições como essa aqui no cabo, vou pôr uma arma no bolso quando vier para cá. Não era um marinheiro; se fosse, se poderia perdoar sua excentricidade na aparência; deve pertencer a um dos clãs do outro lado do porto. O tio Dave disse que eles têm vários tipos extravagantes por lá.

– O tio Dave é um pouco preconceituoso, eu acho. Você sabe que todas as pessoas do outro lado do porto que vêm para a igreja de Glen parecem muito simpáticas. Oh, Gilbert, isso não é lindo?

O farol de Four Winds estava construído no topo de um penhasco de arenito vermelho, que se elevava sobre o golfo. De um lado, percorrendo o canal, estendia-se a costa arenosa da barra; do outro, havia uma longa praia encurvada de penhascos vermelhos, que se erguiam abruptamente das enseadas cobertas de seixos. Era uma costa que conhecia a magia e o mistério das tempestades e das estrelas. Havia uma grande solidão envolvendo a praia. Os bosques nunca são solitários... estão repletos de sussurros, acenos e vida amigável. Mas o mar é uma alma poderosa, gemendo eternamente por causa de uma grande e insuportável tristeza, que o fecha em si mesmo por toda a eternidade. Jamais podemos penetrar em seu mistério infinito... podemos apenas vagar, maravilhados e fascinados, por sua orla externa. Os bosques nos chamam com suas centenas de vozes, mas o mar tem apenas uma... uma voz poderosa que afoga nossas almas em sua música majestosa. Os bosques são humanos, mas o mar é da companhia dos arcanjos.

Anne e Gilbert encontraram o tio Jim sentado num banco do lado de fora do farol, dando os retoques finais numa maravilhosa escuna de brinquedo, totalmente equipada. Ele se levantou e deu-lhes as boas-vindas à sua moradia com a gentil e inconsciente cortesia que lhe assentava tão bem.

– Esse foi um dia extraordinariamente belo o tempo todo, senhora Blythe, e agora, finalmente, trouxe o melhor. Vocês gostariam de se sentar aqui fora um pouco, enquanto a luz dura? Acabei de terminar essa parte de um brinquedo para meu sobrinho-neto Joe, lá de Glen. Depois que prometi que o faria para ele, fiquei um pouco arrependido, pois a mãe ficou irritada. Ela tem medo que ele queira ir para o mar mais tarde e não quer que essa ideia seja encorajada no menino. Mas o que poderia fazer, senhora Blythe? Eu *prometi* e acho muita covardia romper uma promessa que se faz a uma criança. Venha, sente-se. Não vai demorar muito para a hora passar.

O vento soprava da costa e apenas quebrava a superfície do mar em longas ondulações prateadas, e enviava sombras brilhantes voando por cima ele, de todos os pontos e promontórios, como asas transparentes. O crepúsculo estendia uma cortina de escuridão violeta sobre as dunas e os promontórios, onde as gaivotas se amontoavam. O céu estava fracamente coberto por mantos de sedoso vapor. As frotas de nuvens estavam ancoradas ao longo do horizonte. Uma estrela vespertina espiava por sobre a barra.

– Não é uma vista que valha a pena? – disse o capitão Jim, com um orgulho amoroso de proprietário. – Bonito e longe do mercado, não é? Nada de comprar, vender e ganhar. Não precisa pagar nada... todo esse mar e céu de graça... "sem dinheiro e sem preço". Em breve haverá um espetacular nascer da lua... nunca me canso de descobrir como pode ser um nascer da lua sobre aquelas rochas, sobre o mar e o porto. Sempre há uma surpresa, todas as vezes.

Eles desfrutaram do surgir da lua e observaram sua maravilha e magia num silêncio que nada pedia ao mundo ou uns aos outros. Em seguida, subiram para a torre e o capitão Jim mostrou e explicou o mecanismo da grande luz do farol. Finalmente, se encontraram na sala de jantar, onde o fogo, alimentado por madeira trazida pelo mar, tecia chamas de tons oscilantes e evasivos do mar na lareira aberta.

– Eu mesmo montei essa lareira – observou o capitão Jim. – O governo não dá aos faroleiros tais luxos. Olhe as cores que a madeira produz. Se quiser um pouco de madeira flutuante para sua lareira, senhora Blythe, vou lhe levar uma carga qualquer dia desses. Sente-se. Vou preparar uma xícara de chá.

O capitão Jim puxou uma cadeira para Anne, retirando dela primeiramente um enorme gato cor de laranja e um jornal.

– Desça daí, Matey. O sofá é seu lugar. Devo pôr esse jornal a salvo até que eu possa encontrar tempo para terminar a história que estou lendo. Chama-se "Um louco amor". Não é meu estilo preferido de ficção, mas estou lendo para ver quanto tempo ela consegue enrolá-lo. Está no capítulo 62 agora e o casamento não está mais próximo do que quando começou, pelo que posso intuir. Quando o pequeno Joe vier, tenho de ler para ele histórias de pirata. Não é estranho que pequenas criaturas inocentes gostem de histórias sangrentas?

– Como meu menino Davy lá em casa – disse Anne. – Ele quer contos que cheirem a sangue.

O chá do capitão Jim provou ser néctar. Ficou contente como uma criança com os elogios de Anne, mas fingia refinada indiferença.

– O segredo é que não economizo no creme – observou ele, displicente. O capitão Jim nunca tinha ouvido falar de Oliver Wendell Holmes[9], mas evidentemente

---

9   Oliver Wendell Holmes (1809-1894), poeta, ensaísta e romancista norte-americano; entre suas obras se destacam *O anjo da guarda* e *O autocrata do café da manhã* (NT).

concordava com a afirmação do escritor de que "coração grande jamais gostou de pouco creme".

– Encontramos um personagem de aparência estranha saindo de sua alameda – disse Gilbert, enquanto bebiam. – Quem é ele?

O capitão Jim sorriu.

– É Marshall Elliott... um homem extremamente bom com um toque de maluquice. Suponho que tenham se perguntado qual era o objetivo dele em se transformar numa espécie de aberração de museu.

– Ele é um nazireu[10] moderno ou um profeta hebraico que sobrou dos tempos antigos? – perguntou Anne.

– Nenhum dos dois. É a política que está no fundo dessa extravagância. Todos aqueles Elliott, Crawford e MacAllister são políticos obstinados. Eles nascem Trabalhistas ou Conservadores, conforme o caso, vivem como Trabalhistas ou Conservadores e morrem como Trabalhistas ou Conservadores; e o que vão fazer no céu, onde provavelmente não há política, é mais do que eu poderia imaginar.

Esse Marshall Elliott nasceu Trabalhista. Eu também sou Trabalhista, com moderação, mas não há moderação em Marshall. Quinze anos atrás, houve uma eleição geral especialmente amarga. Marshall lutou por seu partido com unhas e dentes. Ele estava absolutamente certo de que os Liberais iriam vencer... tão certo que se levantou numa reunião pública e jurou que não rasparia a barba ou cortaria o cabelo até que os Liberais subissem ao poder. Bem, eles não subiram... e ainda não conseguiram subir... e hoje vocês mesmos viram o resultado. Marshall cumpriu a palavra.

– O que a esposa dele acha disso? – perguntou Anne.

– Ele é solteiro. Mas se tivesse uma esposa, creio que ela não conseguiria fazê-lo romper esse voto. Essa família dos Elliott sempre foi mais teimosa do que é natural. O irmão de Marshall, Alexander, tinha um cachorro pelo qual nutria grande estima e

---

10   Na religião judaica antiga, o nazireu era um homem consagrado a Javé pelo voto do nazireato, pelo qual se abstinha de bebidas fermentadas, de tocar em cadáveres e se obrigava a deixar o cabelo crescer; o nazireu mais famoso mencionado na *Bíblia* é Sansão, cuja vida e atuação são descritas no livro dos *Juízes*, capítulos 13 a 16 (NT).

quando o animal morreu, o homem queria que fosse enterrado no cemitério, "junto com os outros cristãos", dizia ele. Claro que não lhe foi permitido; então ele o enterrou do lado de fora da cerca do cemitério e nunca mais apareceu na igreja. Mas aos domingos ele levava a família para a igreja e depois se sentava ao lado do túmulo do cachorro e lia a *Bíblia* durante todo o tempo em que o culto era celebrado na igreja. Dizem que, às portas da morte, ele pedia à esposa para que o enterrasse ao lado do cão; ela era uma senhora muito meiga, mas diante disso se revoltou. Disse que *ela* não queria ser enterrada ao lado de nenhum cachorro e, se ele preferia ter seu último lugar de descanso ao lado do cão e não ao lado dela, era só falar. Alexander Elliott era teimoso como uma mula, mas como gostava da esposa, acabou cedendo e disse: "Bem, que se dane, enterre-me onde você quiser. Mas quando a trombeta de Gabriel tocar, espero que meu cachorro se levante com o resto de nós, pois ele tinha tanta alma quanto qualquer maldito Elliott, Crawford ou MacAllister que já se pavoneou". Essas foram *suas* derradeiras palavras. Quanto a Marshall, já estamos todos acostumados, mas ele deve chocar os estranhos por sua extravagante aparência. Eu o conheço desde que ele tinha 10 anos... tem perto de 50 agora... e gosto dele. Hoje, nós dois estivemos pescando bacalhau. É só para isso que sirvo agora... apanhar trutas e bacalhau ocasionalmente. Mas nem sempre foi assim... de maneira nenhuma. Eu costumava fazer outras coisas, como haveria de admitir se visse o livro de minha vida.

Anne ia perguntar qual era o livro da vida dele quando First Mate a distraiu, ao saltar sobre os joelhos do capitão Jim. Era um animal lindo, com uma cara redonda como a lua cheia, olhos verdes vívidos e patas imensas e brancas. O capitão Jim acariciou-lhe as costas aveludadas suavemente.

– Nunca me afeiçoei muito a gatos até encontrar First Mate – observou ele, acompanhado dos tremendos ronronados do bichano. – Salvei a vida dele e, quando você salva a vida de uma criatura, está fadado a amá-la. É a coisa mais próxima a dar vida. Há algumas pessoas no mundo que não têm consciência, senhora Blythe. Algumas delas são da cidade, que possuem casas de verão, e são tão sem consciência que se tornam cruéis. É o pior tipo de crueldade... a crueldade inconsciente. Não se consegue superar. Elas mantêm gatos no verão, os alimentam, acariciam e os enfeitam com fitas e coleiras. E depois, no outono, partem e os deixam morrendo de fome ou passando frio. Isso me faz ferver o sangue, senhora Blythe. Um dia, no inverno passado, encontrei uma pobre gata velha morta na costa, deitada contra os corpos de pele e ossos de seus três gatinhos. Ela morreu tentando protegê-los. Tinha as pobres patas rígidas em volta deles. Meu Deus, eu chorei. Depois praguejei. Então levei os pobres gatinhos para casa e os alimentei e encontrei bons lares para eles. Conheci a mulher que deixou a gata e, quando ela voltou nesse verão, fui até lá, do lado de cima do porto, e lhe deixei clara minha opinião a respeito. Foi uma intromissão grosseira, mas adoro interferir em prol de uma boa causa.

– Como é que ela reagiu? – perguntou Gilbert.

– Chorou e disse que "não tinha pensado nisso". Então prossegui dizendo-lhe: "Acha que será uma boa desculpa no dia do Juízo, quando terá de prestar contas pela vida daquela pobre velha mãe? Creio que Deus vai lhe perguntar para que lhe deu cérebro, se não era para pensar." Não posso acreditar que ela deixe gatos morrer de fome outra vez.

– First Mate era um dos abandonados? – perguntou Anne, enquanto o acariciava, ao que ele respondia graciosamente, embora com condescendência.

– Sim. Eu *o* encontrei num dia muito frio de inverno, preso nos galhos de uma árvore por seu idiota colar de fita. Estava quase morrendo de fome. Se pudesse ter visto os olhos dele, senhora Blythe! Não era nada mais que um gatinho e tinha conseguido sobreviver de algum jeito, desde que tinha sido abandonado até que ficou preso. Quando o soltei, ele deu uma compassiva lambida em minha mão com a pequena língua vermelha. Não era o hábil marinheiro que você vê agora. Era fraco como Moisés[11] largado no cesto. Isso foi há nove anos. Sua vida tem sido longa na terra para um gato. É um bom e velho companheiro, é isso que é First Mate.

– Teria esperado que tivesse um cachorro – disse Gilbert.

O capitão Jim meneou a cabeça.

– Eu tive um cachorro uma vez. Pensei tanto nele que, depois que morreu, não pude suportar a ideia de ter outro. Era um verdadeiro *amigo*... deve entender, senhora Blythe. Matey é apenas um companheiro. Gosto imensamente de Matey... ainda

---

11   Referência ao nascimento de Moisés, no Egito, fato relatado no livro do Êxodo, capítulo 2, versículos 1 a 10 (NT).

Anne e a Casa dos Sonhos

mais por causa do espírito diabólico que há dentro dele... como há em todos os gatos. Mas *eu amei* meu cachorro. Sempre tive uma simpatia furtiva por Alexander Elliott por causa do cachorro dele. Não há nenhum demônio num bom cachorro. É por isso que eles são mais amáveis do que os gatos, calculo. Mas duvido que sejam tão interessantes. Aqui estou eu, falando demais. Por que não me detiveram? Quando tenho a chance de falar com alguém, não paro mais. Se já tomaram o chá, tenho algumas coisinhas que vocês gostariam de ver... eu as recolhi nos cantos estranhos onde eu costumava meter meu nariz.

As "poucas coisinhas" do capitão Jim revelaram-se uma coleção muito interessante de curiosidades, hediondas, pitorescas e belas. E quase todas tinham alguma história impressionante ligada a elas.

Anne nunca esqueceu a satisfação com que ouviu aquelas velhas histórias naquela noite enluarada, ao lado daquele fogo encantado, enquanto o mar prateado os chamava pela janela aberta e soluçava contra as rochas abaixo deles.

O capitão Jim nunca disse uma palavra para se gabar, mas era impossível deixar de ver que herói aquele homem tinha sido... valente, verdadeiro, engenhoso, altruísta. Ele se sentava lá em sua saleta e fazia aquelas coisas tomarem vida novamente para seus ouvintes. Levantando a sobrancelha, torcendo os lábios, fazendo um gesto, dizendo uma palavra, ele pintava toda uma cena ou personagem para que eles percebessem como eram.

Algumas das aventuras do capitão Jim tinham a aparência de algo tão maravilhoso que Anne e Gilbert secretamente se perguntavam se ele não estava fantasiando exageradamente as coisas, aproveitando-se da credulidade deles. Mas nisso, como descobriram mais tarde, fizeram-lhe injustiça. Suas histórias eram todas literalmente verdadeiras. O capitão Jim tinha o dom do contador de histórias nato, por meio do qual "coisas tristes e distantes" podem ser apresentadas vividamente aos ouvintes em toda sua pungência original.

Anne e Gilbert riram e estremeceram com suas narrativas, e uma vez Anne se viu chorando. O capitão Jim observou as lágrimas de Anne com prazer, que transparecia no rosto dele.

– Gosto de ver gente chorar assim – observou ele. – É um elogio. Mas não consigo fazer justiça às coisas que vi ou ajudei a fazer. Anotei todas elas em meu livro da vida, mas não levo jeito para escrevê-las corretamente. Se eu conseguisse encontrar as palavras certas e juntá-las devidamente no papel, poderia fazer um ótimo livro. Iria bater *Um louco amor* em pontos e acredito que Joe iria gostar dele como gosta das histórias de piratas. Sim, eu tive algumas aventuras em meus bons tempos e, sabe, senhora Blythe, ainda sonho com elas. Sim, velho e inútil como sou, ainda sinto um terrível desejo que me invade às vezes de navegar para longe... longe... para todo o sempre.

– Como Ulisses[12], você

"Navegaria para além do pôr do sol e dos confins

De todas as estrelas ocidentais até morrer"

– disse Anne, com ar sonhador.

– Ulisses? Já li sobre ele. Sim, é assim que me sinto... exatamente como todos nós velhos marinheiros nos sentimos, eu acho. Suponho que, depois de tudo, vou morrer em terra. Bem, o que há de ser, será. Havia o velho William Ford, em Glen, que nunca tinha entrado na água na vida, porque tinha medo de se afogar. Uma cartomante previu que ele haveria de morrer na água. E um dia ele desmaiou e caiu com o rosto no cocho do celeiro e se afogou. Vocês já estão indo? Bem, venham em breve e venham com mais frequência. O doutor é quem vai ter de falar da próxima vez. Ele sabe um monte de coisas que eu quero descobrir. Sinto-me muito solitário aqui, às vezes. Tem sido pior desde que Elizabeth Russell morreu. Ela e eu éramos tão camaradas.

O capitão Jim falou com a ternura dos idosos, que veem seus velhos amigos escapando deles um por um... amigos cujo lugar nunca pode ser realmente preenchido por aqueles de uma geração mais jovem, mesmo da raça que conhece Joseph. Anne e Gilbert prometeram voltar em breve e com frequência.

---

12   Referência ao herói grego celebrado pelo poeta Homero (século IX a.C.), no poema épico intitulado *Odisseia*, em que narra o retorno de Ulisses, depois da guerra de Troia, para seu reino de Ítaca, enfrentando, nessa interminável viagem de regresso, que dura dez anos, inúmeros perigos em terra e mar; ao chegar, reencontra sua fiel esposa Penélope, assediada por diversos pretendentes, que são exterminados sem piedade por Ulisses. O nome grego desse lendário herói é *Odysséus* (do qual deriva o nome do poema *Odisseia*), mas que os latinos adaptaram em *Ulixes, Ulysses*, dando origem a Ulisses, em português (NT).

– Ele é um velho raro, não é? – disse Gilbert, enquanto caminhavam para casa.

– De algum modo, não consigo conciliar sua personalidade simples e gentil com a vida selvagem e aventureira que ele viveu – ponderou Anne.

– Você não acharia tão difícil se o tivesse visto outro dia na vila dos pescadores. Um dos homens do barco de Peter Gautier fez um comentário desagradável sobre uma moça que passava pela praia. O capitão Jim fulminou o malvado sujeito com faíscas nos olhos. Parecia um homem transformado. Não disse muito... mas o jeito como o disse! Você haveria de pensar que o esfolaria vivo até os ossos. Percebi que o capitão Jim nunca haverá de permitir uma palavra imprópria contra qualquer mulher, proferida na presença dele.

– Eu me pergunto por que ele nunca se casou – disse Anne. – Agora deveria ter filhos com seus navios no mar e netos agarrando-se a ele para ouvir suas histórias... ele é esse tipo de homem. Em vez disso, não tem nada além de um gato magnífico.

Mas Anne estava enganada. O capitão Jim tinha mais do que isso. Ele tinha uma memória.

Capítulo 10

Leslie Moore

—Vou passear pela praia hoje à noite – disse Anne a Gog e Magog, numa tarde de outubro. Não havia mais ninguém a quem dizê-lo, porque Gilbert tinha ido para o outro lado do porto. Anne tinha seu pequeno domínio na ordem impecável, que seria de esperar de qualquer pessoa criada por Marilla Cuthbert, e sentiu que podia ir passear pela praia com a consciência tranquila. Muitas e deliciosas haviam sido suas caminhadas pela costa, às vezes com Gilbert, às vezes com o capitão Jim, às vezes sozinha com os próprios pensamentos e novos sonhos pungentemente doces, que estavam começando a espargir vida com seus arco-íris. Ela amava a suave e enevoada costa do porto e a praia prateada e assombrada pelo vento, mas bem mais que tudo amava a costa rochosa, com seus penhascos e cavernas e pilhas de pedras desgastadas pelas ondas, as enseadas onde os seixos brilhavam dentro de poças; e foi para essa costa que ela correu nesse entardecer.

Tinha havido uma tempestade de vento e chuva de outono, que durou três dias. Estrondosos tinham sido os choques das ondas nas rochas, selvagem o respingar e a espuma branca que varriam a barra, perturbada, enevoada e dilacerada pela tempestade ficou a antiga paz azul do porto de Four Winds. Agora tudo tinha terminado e a costa estava limpa depois da tempestade; nem um vento soprava, mas ainda havia uma boa rebentação, batendo na areia e nas rochas num esplêndido redemoinho branco... a única coisa inquieta na grande e penetrante quietude e paz.

— Oh, esse é um momento pelo qual vale a pena viver semanas de tempestade e de angústia – exclamou Anne, dirigindo com prazer seu olhar para as águas agitadas, desde o topo do penhasco onde se encontrava. Logo foi descendo o caminho íngreme até a pequena enseada lá embaixo, onde ela parecia trancada entre rochas, mar e céu.

– Vou dançar e cantar – disse ela. – Não há ninguém aqui que possa me ver... as gaivotas não vão contar histórias desse tipo. Posso ser tão louca quanto quiser.

Ela levantou a saia e girou sobre si mesma ao longo da dura faixa de areia, fora do alcance das ondas, que quase lambiam seus pés com a espuma que se desmanchava. Girando e rodando, rindo como uma criança, alcançou o pequeno promontório que se estendia a leste da enseada; então parou de repente, corando; ela não estava sozinha; havia uma testemunha de sua dança e risos.

A moça de cabelos dourados e de olhos azul-marinho estava sentada numa pedra do promontório, meio escondida por um rochedo saliente. Estava olhando diretamente para Anne com uma expressão estranha... em parte de admiração e, em parte, de simpatia, em parte... poderia ser?... de inveja. Estava com a cabeça descoberta e seu esplêndido cabelo, mais do que nunca semelhante à "*cobra deslumbrante*" de Browning, estava amarrado em volta da cabeça com uma fita vermelha. Usava um vestido de um material escuro, muito simples; mas enrolado em volta da cintura, delineando suas belas curvas, estava um cinto vermelho vivo de seda. Suas mãos, cruzadas sobre o joelho, eram morenas e um tanto endurecidas pelo trabalho; mas a pele do pescoço e das faces era branca como creme. Um brilho repentino do pôr do sol rompeu uma nuvem baixa e caiu sobre o cabelo dela. Por um momento, ela parecia personificar o espírito do mar... todo o seu mistério, toda a sua paixão, todo o seu encanto evasivo.

– Você... você deve pensar que sou louca – gaguejou Anne, tentando recuperar o autodomínio. Ser vista por aquela moça imponente em tal abandono de infantilidade... ela, a senhora Blythe, com toda a dignidade de uma matrona a ser preservada... não caía nada bem!

– Não – respondeu a menina – não acho.

E não disse mais nada; sua voz era inexpressiva; seus modos ligeiramente repelentes; mas havia algo em seus olhos... ávidos, mas tímidos, desafiadores, mas suplicantes... que impediu Anne de seu propósito de ir embora. Em vez disso, ela se sentou na pedra ao lado da moça.

– Vamos nos apresentar – disse ela, com um sorriso que até o presente nunca deixara de conquistar confiança e simpatia. – Eu sou a senhora Blythe... e moro naquela casinha branca na costa do porto.

– Sim, eu sei – replicou a moça. – Eu sou Leslie Moore... senhora Dick Moore – acrescentou ela, rigidamente.

Anne ficou em silêncio por um momento, de puro espanto. Não havia ocorrido a ela que essa menina fosse casada... nada nela deixava transparecer que fosse esposa. E que devia ser a vizinha que Anne havia descrito como uma dona de casa comum de Four Winds! Anne não conseguiu ajustar rapidamente seu foco mental a essa surpreendente mudança.

– Então... então você mora naquela casa cinza, riacho acima – gaguejou ela.

– Sim. Eu deveria ter ido visitá-la há muito tempo – disse a outra. Mas não deu nenhuma explicação ou desculpa por não ter ido.

– Gostaria que *viesse* – retrucou Anne, recuperando-se um pouco. – Somos vizinhas tão próximas que deveríamos ser amigas. Esse é o único defeito de Four Winds... não há muitos vizinhos. De resto, é a perfeição.

– Você gosta do lugar?

– *Se gosto* dele! Eu o amo. É o lugar mais lindo que já vi.

– Nunca vi muitos lugares – disse Leslie Moore, lentamente –, mas sempre achei que era muito lindo aqui. Eu... eu também adoro este lugar.

Ela falava, enquanto olhava, timidamente, mas com ansiedade. Anne teve a estranha impressão de que essa menina estranha... a palavra "menina" persistia... poderia dizer muito, se quisesse.

– Venho com frequência até a costa – acrescentou ela.

– Eu também – disse Anne. – É muito estranho não nos termos encontrado antes por aqui.

– Provavelmente você vem mais cedo do que eu. Geralmente é tarde... quase escuro... quando venho. E eu adoro vir logo depois de uma tempestade... como agora. Não gosto tanto do mar quando está calmo e silencioso. Gosto do embate... e do estrépito... e do barulho.

– Eu gosto dele em todas as suas manifestações – declarou Anne. – O mar em

Four Winds é para mim o que a alameda dos Namorados era em casa. Essa tarde ele parecia tão livre... tão indomável... algo se soltou em mim também, por simpatia. Foi por isso que dancei ao longo da costa daquela forma selvagem. Não achei que alguém estivesse olhando, é claro. Se a senhorita Cornélia Bryant me tivesse visto, teria previsto um futuro sombrio para o pobre e jovem Dr. Blythe.

– Você conhece a senhorita Cornélia? – perguntou Leslie, rindo. Tinha uma risada deliciosa; borbulhava súbita e inesperadamente com algo da deliciosa qualidade do riso de um bebê. Anne riu também.

– Oh, sim. Ela já esteve em minha casa dos sonhos várias vezes.

– Sua casa dos sonhos?

– Oh, esse é um querido e tolo nome que Gilbert e eu demos à nossa casa. Nós apenas a chamamos assim entre nós. Saiu de minha boca sem pensar.

– Então, a casinha branca da senhorita Russell é *sua* casa dos sonhos – disse Leslie, admirada. – *Eu* já tive uma casa dos sonhos... mas era um palácio – acrescentou ela, com uma risada, cuja doçura foi prejudicada por uma pequena nota de ironia.

– Oh, uma vez eu também sonhei com um palácio – disse Anne. – Creio que todas as meninas sonham com um. E então nos estabelecemos contentes em casas de oito cômodos que parecem satisfazer todos os desejos de nossos corações... porque nosso príncipe está lá. *Você* deveria ter realmente seu palácio... você é tão linda. *Deve* me deixar dizer isso... tem de ser dito... estou quase explodindo de admiração. Você é a pessoa mais amável e linda que já vi, senhora Moore.

– Se quisermos ser amigas, deve me chamar de Leslie – replicou a outra, com uma emoção estranha.

– Claro que vou chamá-la assim. E *meus* amigos me chamam de Anne.

– Acho que sou bonita – continuou Leslie, olhando tempestuosamente para o mar. – Odeio minha beleza. Gostaria de ter sido sempre tão morena e sem graça quanto a garota mais morena e sem graça da vila dos pescadores ali adiante. Bem, o que você acha da senhorita Cornélia?

A abrupta mudança de assunto fechou a porta para quaisquer novas confidências.

– A senhorita Cornélia é muito querida, não é? – disse Anne. – Gilbert e eu fomos convidados a ir à casa dela para um chá formal na semana passada. Já deve ter ouvido falar de mesas abarrotadas.

– Eu me lembro de ter visto a expressão nas reportagens de casamentos, nos jornais – retrucou Leslie, sorrindo.

– Bem, a mesa da senhorita Cornélia estava abarrotada... pelo menos, rangia... com toda a certeza. Não podia acreditar que tivesse cozinhado tanto para duas pessoas comuns. Tinha todo tipo de torta que se possa imaginar, eu acho... exceto torta de limão. Ela disse que tinha ganhado o prêmio de melhor torta de limão na Exposição de Charlottetown dez anos atrás e nunca mais fez nenhuma, por medo de perder sua reputação nesse tipo de iguaria.

– E conseguiram comer bastante torta para agradá-la?

– *Eu* não. Gilbert conquistou o coração dela comendo... não vou lhe dizer quanto. Ela disse que nunca conheceu um homem que não gostasse mais de torta do que da *Bíblia*. Sabe, eu adoro a senhorita Cornélia.

– Eu também – disse Leslie. – É a melhor amiga que tenho no mundo.

Anne se perguntou secretamente por que, se era assim, a senhorita Cornélia nunca lhe havia mencionado a senhora Dick Moore. A senhorita Cornélia certamente tinha falado livremente sobre todos os outros indivíduos de ou perto de Four Winds.

– Não é lindo? – exclamou Leslie, depois de breve silêncio, apontando para o efeito primoroso de um raio de luz se infiltrando por uma fenda na rocha atrás delas e batendo numa piscina verde-escura em sua base. – Se tivesse vindo aqui... e não tivesse visto nada além disso... eu voltaria para casa satisfeita.

– Os efeitos de luz e sombra ao longo dessas praias são maravilhosos – concordou Anne. – Minha pequena sala de costura dá para o porto e fico sentada junto da janela e banqueteio meus olhos. As cores e sombras nunca são as mesmas por dois minutos seguidos.

– E nunca se sente só? – perguntou Leslie, abruptamente. – Nunca... quando está sozinha?

– Não. Acho que nunca estive realmente sozinha em minha vida – respondeu Anne. – Mesmo quando estou só, tenho uma boa companhia... sonhos, imaginações e simulações. *Gosto* de ficar sozinha de vez em quando, apenas para pensar sobre as coisas e *saboreá*-las. Mas eu gosto de amizades... e de momentos agradáveis e alegres com as pessoas. Oh, você *não quer* me visitar... com frequência? Por favor, venha me visitar. Acredito – acrescentou Anne, rindo – que haveria de gostar de mim, se me conhecesse.

– Eu me pergunto se *você* iria gostar de *mim* – replicou Leslie, séria. Ela não estava à espera de um elogio. Olhou para as ondas que estavam começando a ser guarnecidas com flores de espuma iluminada pela lua e seus olhos se encheram de sombras.

– Tenho certeza que sim – retrucou Anne. – E, por favor, não pense que sou totalmente irresponsável porque me viu dançando na praia ao pôr do sol. Sem dúvida, vou me tornar mais séria com o tempo. Sabe, não faz muito tempo que me casei. Sinto-me ainda como uma menina e, às vezes, como uma criança.

– Estou casada há 12 anos – disse Leslie.

Essa era outra coisa inacreditável.

– Ora, você não pode ter a minha idade! – exclamou Anne. – Você devia ser criança quando se casou.

– Tinha 16 anos – disse Leslie, levantando-se e apanhando o boné e a jaqueta que estavam ao lado dela. – Estou com 28 anos agora. Bem, tenho de voltar.

– Eu também devo ir. Gilbert provavelmente já está em casa. Mas estou muito contente por termos vindo as duas neste final de tarde para a costa e nos termos conhecido.

Leslie não disse nada e Anne sentiu-se esfriar um pouco. Ela havia oferecido amizade com franqueza, mas não fora aceita com muita gentileza, se não fora abertamente repelida. Em silêncio, elas escalaram os penhascos e caminharam por um campo de pastagem, no qual a branqueada e emplumada relva silvestre parecia um tapete de veludo cremoso ao luar. Quando alcançaram a alameda da costa, Leslie se virou.

– Eu vou por aqui, senhora Blythe. Vai vir me ver algum dia, não vai?

Anne se sentiu como se o convite lhe tivesse sido atirado de qualquer jeito. Teve a impressão de que Leslie Moore o fez com relutância.

— Irei, se você realmente quiser — respondeu ela, um pouco friamente.

— Oh, quero... claro que quero — exclamou Leslie, com uma ansiedade que parecia irromper e derrubar alguma restrição que lhe fora imposta.

— Então, irei. Boa noite... Leslie.

— Boa noite, senhora Blythe.

Anne voltou para casa absorta em reflexões e relatou o acontecido a Gilbert.

— Então a senhora Dick Moore não faz parte da raça que conhece Joseph? — disse Gilbert, irônico.

— Não... não exatamente. E ainda... eu acho que ela era dessa raça antes, mas se afastou ou foi exilada — respondeu Anne, pensativa. — Ela é, com certeza, muito diferente das outras mulheres por aqui. Não se pode falar de ovos e manteiga com *ela*. E pensar que a estive imaginando como uma segunda senhora Rachel Lynde! Você já viu Dick Moore, Gilbert?

— Não. Já vi vários homens trabalhando nos campos da fazenda, mas não sei qual seria Moore.

— Ela nunca o mencionou. *Sei* que ela não é feliz.

— Pelo que você me contou, suponho que ela se casou antes de ter idade suficiente para conhecer a própria mente ou coração, e descobriu tarde demais que havia cometido um erro. É uma tragédia bastante comum, Anne. Uma mulher correta teria sabido tirar melhor proveito dos momentos bons. A senhora Moore evidentemente foi se deixando dominar pela amargura e pelo ressentimento.

— Não vamos julgá-la até a conhecermos melhor — suplicou Anne. — Não acredito que o caso dela seja tão comum. Você vai entender o fascínio dela quando a conhecer, Gilbert. É uma coisa muito diferente de sua beleza. Eu sinto que ela possui uma natureza rica, na qual um amigo pode entrar como num reino, mas por alguma razão, ela bloqueia a todos e fecha todas as suas possibilidades em si mesma, para que não possam se desenvolver e florescer. Pois bem, desde que a deixei, ando tentando defini-la para mim mesma e isso é o mais próximo que pude chegar. Vou perguntar à senhorita Cornélia a respeito dela.

Capítulo 11

A história de Leslie Moore

—Sim, o oitavo bebê nasceu há quinze dias – disse a senhorita Cornélia, de uma cadeira de balanço diante da lareira da casinha, numa tarde fria de outubro. – É uma menina. Fred ficou furioso... disse que queria um menino... quando, na verdade, não o queria de jeito nenhum. Se fosse um menino, teria reclamado porque não era uma menina. Eles tiveram quatro meninas e três meninos antes, então não consigo ver se fez muita diferença o que essa última criança era, mas é claro que ele teria de dar vazão à rabugice, como é típico de um homem. O bebê é muito bonito, vestido com suas roupinhas lindas. Tem olhos negros e as mãozinhas mais queridas.

– Tenho de ir vê-lo. Adoro bebês – disse Anne, sorrindo para si mesma por causa de um pensamento muito caro e sagrado para ser proferido em palavras.

– Eu não sei o que dizer, mas eles são lindos – admitiu a senhorita Cornélia. – Mas algumas pessoas parecem ter mais do que realmente precisam, acredite em *mim*. Minha pobre prima Flora, de Glen, teve onze, e era só ver como se tornou uma escrava! O marido dela se suicidou há três anos. Coisa típica de homem!

– O que o levou a fazer isso? – perguntou Anne, bastante chocada.

– Não conseguiu superar alguma coisa, então pulou dentro do poço. Um jeito e tanto para se livrar da vida! Ele era um tirano nato. Mas é claro que estragou o poço. Flora nunca haveria de suportar a ideia de usá-lo de novo, coitada! Assim, teve de cavar outro com uma despesa terrível, e com água escassa e ruim. Se ele *queria* se afogar, havia bastante água no porto, não é? Não tenho paciência com um homem como esse. Se bem me lembro, só tivemos dois suicídios em Four Winds. O outro foi Frank West... pai de Leslie Moore. A propósito, Leslie já veio visitá-la?

— Não, mas eu a encontrei na praia algumas noites atrás e travamos conhecimento — respondeu Anne, apurando os ouvidos.

A senhorita Cornélia acenou com a cabeça.

— Fico feliz, querida. Eu esperava que se encontrassem. O que acha dela?

— Eu a achei muito bonita.

— Oh, é claro. Nunca houve alguém em Four Winds que pudesse se comparar a ela. Viu os cabelos dela? Chegam até os pés quando os solta. Mas eu quis dizer se você gostou dela.

— Eu acho que eu poderia gostar muito dela, se ela me deixasse — respondeu Anne, lentamente.

— Mas ela não a deixou... empurrou-a para o lado e a manteve à distância. Pobre Leslie! Você não ficaria muito surpresa, se soubesse o que a vida dela tem sido. Tem sido uma tragédia... uma tragédia! — repetiu a senhorita Cornélia, enfaticamente.

— Gostaria que me contasse tudo sobre ela... isto é, se puder fazê-lo sem trair a confiança.

— Meu Deus, querida, todo mundo em Four Winds sabe a história da pobre Leslie. Não é segredo... a parte *exterior*, quero dizer. Ninguém conhece o *íntimo*, a não ser a própria Leslie, e ela não confia nas pessoas. Eu sou a melhor amiga que ela tem na terra, calculo, e nunca proferiu uma palavra de queixa para mim. Você já viu Dick Moore?

— Não.

— Bem, posso começar do início e contar tudo direitinho, para que você entenda. Como eu disse, o pai de Leslie era Frank West. Era inteligente e desajeitado... como é típico dos homens. Oh, ele tinha um cérebro e tanto... e essa inteligência toda lhe servia muito bem! Começou por ingressar na faculdade, e ali estudou por dois anos; e então sua saúde teve um baque. Os West tinham a tendência para a tuberculose. Por isso Frank voltou para casa e passou a se dedicar à agricultura. Ele se casou com Rose Elliott, lá do lado de cima do porto. Rose era considerada a beldade de Four Winds... Leslie se parece muito com a mãe, mas ela tem dez vezes o espírito e a desenvoltura que Rose tinha, além de um corpo mais perfeito. Sabe, Anne, sempre considero que nós, mulheres, devemos nos apoiar umas às outras. Já sofremos bastante nas mãos dos homens, Deus sabe; por isso eu defendo que não devemos guerrear umas contra as outras; e não vai ser fácil me ouvir falar mal de outra mulher. Mas não cheguei a gostar muito de Rose Elliott. Para começar, ela era mimada, acredite em *mim*, e não passava de uma criatura preguiçosa, egoísta e chorona. Frank não era tampouco grande trabalhador e então eles eram pobres como o galo de Jó. Pobres! Viviam de batatas e mais nada, acredite em *mim*. Tiveram dois filhos... Leslie e Kenneth. Leslie tinha a aparência da mãe e a inteligência do pai, e algo que ela não herdou de nenhum dos dois. Ela puxou à sua avó West... uma esplêndida senhora. Ela era a coisa mais brilhante, amigável e alegre quando criança, Anne. Todo mundo gostava dela. Era a preferida do pai e ela gostava muito dele. Eram "excelentes companheiros", como ela costumava dizer. Não conseguia ver nenhum dos defeitos dele... e ele era um tipo de homem estranho em alguns aspectos. Bem, quando Leslie tinha 12 anos, a primeira coisa terrível aconteceu. Ela adorava o pequeno Kenneth... ele era quatro anos mais novo que ela e *era* um garotinho adorável. E um dia morreu... caiu de cima de uma grande carga de feno exatamente quando estava indo para o celeiro, e a roda da carroça passou por cima de seu pequeno corpo e o matou. E lembre-se, Anne, Leslie viu isso. Ela estava olhando para baixo da janela de casa. Deu um grito... o empregado disse que nunca tinha ouvido um som semelhante em toda a sua vida... disse que soaria em seus ouvidos até que a trombeta de Gabriel o sufocasse. Mas ela nunca mais gritou ou chorou por causa disso. Ela saltou da casa para a carga e da carga para o chão, e agarrou o pequeno cadáver quente e sangrando, Anne... eles tiveram de arrancá-lo dos braços dela porque ela não o soltava. Mandaram me chamar... não consigo falar sobre isso.

A senhorita Cornélia enxugou as lágrimas de seus bondosos olhos castanhos e guardou um amargo silêncio durante alguns minutos.

– Bem – continuou ela –, estava tudo acabado... eles enterraram o pequeno Kenneth naquele cemitério acima do porto e, depois de um tempo, Leslie voltou para a escola e para os estudos. Nunca mais mencionou o nome de Kenneth... eu nunca mais a ouvi falar dele desde aquele dia. Acho que aquela velha ferida ainda dói e arde às vezes; mas ela era apenas uma criança e o tempo é muito gentil com as crianças,

Anne querida. Depois de um tempo, ela começou a rir de novo... tinha a risada mais bonita. Agora não se ouve mais com frequência.

– Eu a ouvi outra noite – disse Anne. – É linda mesmo!

– Frank West começou a decair depois da morte de Kenneth. Não era forte e foi um choque para ele, porque gostava muito do filho, embora, como já disse, Leslie fosse a predileta. Ficou deprimido e melancólico, e não podia ou não queria trabalhar. E um dia, quando Leslie tinha 14 anos de idade, ele se enforcou... e na sala de visitas, veja bem, Anne, bem no meio da sala, amarrando a corda no gancho da lâmpada do teto. Não é típico de um homem? Era também o aniversário de casamento dele. Momento bem apropriado, não é? E, claro, aquela pobre Leslie tinha de ser a própria a encontrá-lo. Ela foi para a sala naquela manhã, cantando, com algumas flores frescas para os vasos, e lá se deparou com o pai dependurado no teto, com o rosto preto como carvão. Foi algo horrível, acredite em *mim*!

– Oh, que horror! – exclamou Anne, estremecendo. – Pobre, pobre criança!

– Leslie não chorou no funeral do pai como não tinha chorado no de Kenneth. Rose gritou e uivou por dois, no entanto, e Leslie fez tudo o que podia para acalmar e confortar a mãe. Eu estava aborrecida com Rose e assim estavam todos, mas Leslie nunca perdeu a paciência. Ela amava a mãe. Leslie é muito apegada à família... aos olhos dela, os membros da família nunca faziam nada de errado. Bem, eles enterraram Frank West ao lado de Kenneth e Rose mandou erguer um grande monumento para ele. Era maior do que o caráter dele, acredite em *mim*! De qualquer forma, era maior do que Rose podia pagar, pois a fazenda estava hipotecada por mais do que valia. Mas não muito depois, a velha avó de Leslie, West, morreu e deixou um pouco de dinheiro para Leslie... o suficiente para ingressar e ficar um ano estudando na Queen's Academy. Leslie havia decidido se formar professora, se pudesse, e assim ganhar o suficiente para ingressar na faculdade em Redmond. Esse tinha sido o plano favorito do pai... queria que ela conseguisse o que ele havia perdido. Leslie tinha muita ambição e era muito inteligente. Foi para a Queen's e num ano, em vez de dois, conseguiu o diploma de professora; e quando ela voltou para casa, obteve a escola de Glen para lecionar. Estava tão feliz, tão esperançosa e cheia de vida e ambição. Quando penso no que ela era então e no que é agora, digo... malditos homens!

A senhorita Cornélia cortou a linha de costura com tanta raiva como se, à semelhança de Nero[13], estivesse cortando o pescoço da humanidade com o golpe.

– Dick Moore entrou na vida dela naquele verão. O pai, Abner Moore, tinha uma loja em Glen, mas Dick tinha uma tendência de marinheiro no sangue, que herdara da parte da mãe; ele costumava velejar no verão e ser balconista na loja do pai, no inverno. Era um tipo de homem alto e simpático, com alma pequena e feia. Estava sempre querendo alguma coisa até consegui-la e depois não a queria mais... bem típico de um homem. Oh, ele não resmungava contra o tempo quando este estava bom e era muito agradável e faceiro quando tudo corria bem. Mas bebia muito e contavam algumas histórias desagradáveis sobre ele e uma moça da vila dos pescadores. Não servia nem para limpar os pés de Leslie, para dizer tudo em poucas palavras. E era um metodista! Mas ele era totalmente louco por Leslie... por causa da boa aparência dela, em primeiro lugar e, em segundo lugar, porque ela não se interessava por ele. Mas jurou que a teria... e conseguiu!

– Como é que ele conseguiu?

– Oh, foi uma coisa iníqua! Eu nunca vou perdoar Rose West. Veja, querida, Abner Moore tinha a hipoteca da fazenda West e os juros estavam vencidos havia alguns anos, e Dick simplesmente foi até a casa da senhora West e lhe disse que, se Leslie não se casasse com ele, ele diria ao pai que executasse a hipoteca. Rose levou um choque terrível... desmaiou, chorou e implorou a Leslie que não a deixasse ser expulsa da casa dela. Disse que morreria do coração, se tivesse de deixar a casa para onde tinha entrado como noiva. Eu não a culparia por se sentir terrivelmente mal por isso... mas nunca teria pensado que ela fosse tão egoísta a ponto de sacrificar a própria carne e sangue por causa disso, não é? Bem, mas ela era. E Leslie cedeu... ela amava tanto a mãe que teria feito qualquer coisa para evitar sua dor. Ela se casou com Dick Moore. Ninguém sabia por que na época. Só muito tempo depois descobri como a mãe dela a tinha forçado a fazer isso. Com toda a certeza havia algo de errado, porque sabia como ela o havia esnobado mais de uma vez, e não era típico de Leslie mudar de ideia... ainda mais dessa maneira. Além disso, eu sabia que Dick Moore não

---

13   Lucius Domitius Claudius Nero (37-68 d.C.), imperador romano que mandou matar a própria mãe, que incendiou Roma, que perseguiu e mandou executar adversários, que obrigou o filósofo Sêneca a se suicidar, mas que, por fim, abandonado por todos, também se suicidou (NT).

era o tipo de homem por quem Leslie pudesse um dia se interessar, apesar da boa aparência e do jeito elegante dele. Claro, não houve casamento, mas Rose me pediu para ir vê-los casados. Fui, mas lamentei ter ido. Eu tinha visto o rosto de Leslie no funeral do irmão e no do pai... e agora me parecia que estava vendo o próprio funeral dela. Mas Rose estava sorridente como nunca, acredite em *mim*! Leslie e Dick se estabeleceram na fazenda dos West... Rose não suportava se separar da filha querida!... e viveram lá durante o inverno. Na primavera, Rose apanhou uma pneumonia e morreu... com um ano de atraso! Leslie estava com o coração partido por isso. Não é terrível a maneira como algumas pessoas indignas são amadas, enquanto outras que merecem muito mais amor, pense bem, nunca recebem muito afeto? Quanto a Dick, já estava farto de uma vida de casado tranquila... como é típico de um homem. E, sem mais nem menos, foi embora. Foi para Nova Escócia visitar alguns parentes... o pai dele tinha vindo da Nova Escócia... e escreveu a Leslie que o primo dele, George Moore, estava viajando para Havana e ele iria junto. O nome do navio era Four Sisters e os dois deveriam ficar fora cerca de nove semanas. Deve ter sido um alívio para Leslie. Mas ela nunca disse nada. Desde o dia de seu casamento, ela era exatamente o que é agora... fria e orgulhosa, e mantendo todos, menos eu, a distância. Eu não deixo que me mantenham a distância, acredite em *mim*! Acabei por me agarrar a Leslie, tanto quanto podia, apesar de tudo.

– Ela me falou que você era a melhor amiga que tinha – disse Anne.

– É mesmo? – exclamou a senhorita Cornélia, deliciada. – Bem, fico muito grata ao ouvir isso. Às vezes me pergunto se ela realmente me queria por perto... ela nunca me deixou pensar assim. Você deve tê-la descongelado mais do que pensa, caso contrário ela não lhe teria dito tudo isso. Oh, aquela pobre menina de coração partido! Quase não vejo Dick Moore, mas tenho vontade de traspassá-lo com uma faca.

A senhorita Cornélia enxugou os olhos novamente e, tendo aliviado seus sentimentos com o desejo sedento de sangue, continuou sua história.

– Bem, Leslie foi deixada lá sozinha. Dick tinha feito a colheita antes de ir e o velho Abner cuidou dela. O verão passou e o navio Four Sisters não voltou. Os Moore da Nova Escócia investigaram e descobriram que tinha chegado em Havana, tinha descarregado, apanhado outra carga e retornado para casa; e isso foi tudo o que descobriram sobre o navio. Aos poucos, as pessoas começaram a falar de Dick Moore como alguém que estava morto. Quase todos acreditavam que estava mesmo morto, embora ninguém tivesse certeza, porque homens apareceram aqui no porto depois de terem partido por anos. Leslie nunca pensou que ele estivesse morto... e ela estava certa. Infelizmente! No verão seguinte, o capitão Jim esteve em Havana... isso foi antes de ele desistir do mar, claro. Pensou em bisbilhotar um pouco... o capitão Jim sempre foi intrometido, como é típico de um homem... e ele passou a perguntar nas pensões dos marinheiros e locais similares, para ver se poderia descobrir alguma coisa sobre a tripulação do Four Sisters. Era melhor ter deixado os cachorros dormindo, na minha opinião! Bem, ele foi para um lugar isolado e lá encontrou um homem que ele conheceu à primeira vista; era Dick Moore, embora estivesse de barba comprida. O capitão Jim conseguiu fazer com que lhe raspassem a barba e então não restava mais dúvida... era o próprio Dick Moore... o corpo dele, pelo menos. A mente não estava mais lá... quanto à alma, na minha opinião, ele nunca teve uma!

– O que aconteceu com ele?

– Ninguém sabe com certeza. Tudo o que as pessoas que mantinham a pensão sabiam era que, cerca de um ano antes, o haviam encontrado deitado na soleira da porta certa manhã, em péssimo estado... com a cabeça quase transformada em gelatina. Supunham que se havia machucado numa briga de bêbados e, provavelmente, essa é a verdade. Eles o acolheram, pensando que não haveria de sobreviver. Mas sobreviveu... e quando ficou bom, era como uma criança. Não tinha memória, intelecto ou razão. Eles tentaram descobrir quem era, mas nunca conseguiram. Ele não sabia nem mesmo o próprio nome... só conseguia articular algumas palavras simples. Tinha uma carta com ele, começando com "Querido Dick" e assinada "Leslie", mas não havia nenhum endereço e o envelope havia sumido. Eles o deixaram ficar... aprendeu a fazer algumas tarefas estranhas no lugar... e foi lá que o capitão Jim o encontrou e o trouxe para casa... eu sempre disse que foi uma péssima ideia, embora ache que não havia outra coisa a fazer. Ele pensou que talvez, ao chegar em casa e visse seu antigo ambiente e rostos familiares, Dick haveria de recuperar a memória. Mas não teve nenhum efeito. Lá está ele na casa acima do riacho desde então. Ele é como uma criança, nem mais nem menos. De vez em quando apronta algumas, mas na maior parte do tempo anda alheio a tudo, bem-humorado e inofensivo. Ele pode fugir, se não for vigiado. Esse é o fardo que Leslie teve de carregar por onze anos... e sozinha. O velho Abner Moore morreu logo depois que Dick foi trazido para casa e descobriu-se que ele estava quase falido. Depois de acertarem todas as contas, não restou nada para Leslie e Dick, a não ser a velha fazenda West. Leslie a arrendou a John Ward, e é a única renda de que dispõe para viver. Às vezes, durante o verão, recebe um hóspede para ajudar. Mas a maioria dos visitantes prefere o outro lado do porto, onde ficam os hotéis e chalés de verão. A casa de Leslie fica muito longe da praia. Ela cuidou de Dick e nunca se afastou dele por onze anos... está presa àquele imbecil pelo resto da vida. E depois de todos os sonhos e esperanças que já teve um dia! Você pode imaginar o que tem sido para ela, Anne querida... com a beleza, espírito, orgulho e inteligência dela. Tem sido precisamente uma morte em vida.

– Pobre, pobre menina! – exclamou Anne, novamente. Sua própria felicidade parecia reprová-la. Que direito tinha de ser tão feliz quando outra alma humana devia ser tão miserável?

– Você vai me relatar o que Leslie disse e como ela agiu na noite em que a encontrou na praia? – perguntou a senhorita Cornélia.

Ela ouviu atentamente e acenava com a cabeça, satisfeita.

– *Você* achou que ela foi rígida e fria, Anne querida, mas posso lhe dizer que ela se abriu maravilhosamente bem. Ela deve ter gostado muito de você. Estou mais que contente. Você pode ser capaz de ajudá-la, e muito. Fiquei feliz quando soube que um jovem casal estava vindo para essa casa, pois esperava que pudessem se tornar amigos de Leslie; especialmente se pertencessem à raça que conhece Joseph. Você *vai ser* amiga dela, não é, Anne querida?

– Certamente, se ela me permitir – respondeu Anne, com toda a sua doce e impulsiva seriedade.

– Não, você deve ser amiga dela, quer ela deixe quer não – retrucou a senhorita Cornélia, resoluta. – Não se importe se ela for fria, às vezes... não repare. Lembre-se do que foi a vida dela... e é ainda... e sempre deve ser, suponho, pois criaturas como Dick Moore vivem para sempre, a meu ver. Você deveria ver como ele engordou desde que voltou para casa. Ele costumava ser bastante magro. Apenas *faça-a* ser amiga... você pode fazer isso... você é uma daquelas que tem jeito para isso. Só não deve se mostrar melindrosa. E não se importe se ela parece não querer que você vá muitas vezes na casa dela. Ela sabe que algumas mulheres não gostam de estar onde Dick está... reclamam que ele lhes dá arrepios. Apenas faça com que ela venha aqui sempre que puder. Ela não pode sair muito de casa... não pode deixar Dick por muito tempo, porque sabe lá Deus o que ele pode aprontar...queimar a casa, muito provavelmente. À noite, depois que ele estiver deitado e dormindo, é praticamente o único momento em que ela está livre. Ele sempre vai para a cama cedo e dorme como um morto até a manhã seguinte. Foi por isso, provavelmente, que você chegou a encontrá-la na praia àquela hora. Ela vagueia por lá com frequência.

– Farei tudo o que puder por ela – disse Anne. Seu interesse por Leslie Moore, que tinha sido vívido desde que ela a vira levando seus gansos colina abaixo, foi intensificado mil vezes pela narração da senhorita Cornélia. A beleza, a tristeza e a solidão da menina a atraíam com um fascínio irresistível. Nunca tinha conhecido ninguém como ela; suas amigas até então tinham sido garotas saudáveis, normais e alegres como ela, com as únicas provações e perdas dentro da média da vida humana, e que ocorriam para obscurecer um pouco seus sonhos juvenis. Leslie Moore se destacava como uma figura trágica e apelativa de feminilidade frustrada. Anne resolveu que ganharia a entrada no reino dessa alma solitária e encontraria ali a camaradagem que ela poderia oferecer tão ricamente, não fosse pelos grilhões cruéis que a mantinham numa prisão que não fora construída por ela.

– E lembre-se disso, Anne querida – recomendou a senhorita Cornélia, que ainda não havia aliviado totalmente sua mente –, você não deve pensar que Leslie é uma infiel porque quase nunca vai à igreja... ou mesmo que seja uma metodista. Ela não pode levar Dick à igreja, é claro... não que ele deva ter sido inoportuno na igreja em seus melhores dias. Mas lembre-se de que ela é uma presbiteriana apaixonada, Anne querida.

Capítulo 12

Leslie faz uma visita

Leslie foi até a casa dos sonhos numa noite gélida de outubro, quando a névoa iluminada pela lua pairava sobre o porto e ondulava como fitas de prata ao longo dos vales voltados para o mar. Ela parecia ter se arrependido de ter vindo quando Gilbert atendeu à porta; mas Anne se adiantou, tomou-a pelo braço e a puxou para dentro.

– Estou tão contente que tenha escolhido esta noite para nos fazer uma visita – disse ela, alegremente. – Fiz uma grande quantidade de doce de chocolate esta tarde e precisávamos de alguém que nos ajudasse a comê-lo... diante da lareira... enquanto contamos histórias. Talvez o capitão Jim apareça também. Esta é a noite dele.

– Não. O capitão Jim está em minha casa – disse Leslie. – Ele... foi ele que me fez vir aqui – acrescentou ela, meio desafiadora.

– Vou agradecer a ele quando o encontrar – disse Anne, puxando cadeiras para perto da lareira.

– Oh, não quis dizer que não quisesse vir – protestou Leslie, corando um pouco. – Eu... tinha pensado em vir... mas nem sempre é fácil, para mim, poder sair.

– Claro que deve ser difícil para você deixar o senhor Moore – concordou Anne, num tom coloquial. Ela havia decidido que seria melhor mencionar Dick Moore ocasionalmente como um fato aceito e não dar morbidez indevida ao assunto, evitando-o. Estava certa, pois o ar de constrangimento de Leslie desapareceu subitamente. Ela estava, evidentemente, se perguntando quanto Anne sabia das condições de sua vida e ficou aliviada por não ter de dar mais explicações. Deixou que lhe tirassem o boné e a casaco e sentou-se com um jeito juvenil na grande cadeira de braços, perto de Magog. Estava vestida de forma bonita e cuidadosa, com o costumeiro toque de cor dado pelo gerânio escarlate em seu decote branco. Seu lindo cabelo brilhava como ouro derretido na luz quente do fogo. Seus olhos azuis estavam cheios de suave riso e eram sedutores. No momento, sob a influência da casinha dos sonhos, ela era uma menina de novo... uma menina esquecida do passado e de suas amarguras. A atmosfera dos muitos amores que haviam santificado a casinha se espargia em torno dela; a companhia de dois jovens saudáveis e felizes de sua geração a cercava; ela se sentiu e se rendeu à magia do ambiente... a senhorita Cornélia e o capitão Jim dificilmente a teriam reconhecido; Anne achou difícil acreditar que essa era a mulher fria e indiferente que havia conhecido na praia... essa animada moça que falava e ouvia com a ansiedade de uma alma faminta. E com que avidez os olhos de Leslie olhavam para as estantes de livros entre as janelas!

– Nossa biblioteca não é muito grande – disse Anne –, mas cada livro nela é um *amigo*. Escolhemos nossos livros ao longo dos anos, aqui e acolá, nunca comprando um antes de tê-lo lido e de saber que pertencia à raça de Joseph.

Leslie riu... uma bela risada que parecia semelhante a toda a alegria que tinha ecoado pela casinha nos anos desaparecidos.

– Tenho alguns livros do pai... não muitos – disse ela. – Eu os li até quase os saber de cor. Não adquiro muitos livros. Há uma biblioteca ambulante na loja de Glen... mas não acho que a comissão que escolhe os títulos para o senhor Parker saiba que livros são da raça de Joseph... ou talvez não se importe. Era tão raro conseguir um que me agradasse que desisti de adquirir qualquer que fosse.

– Espero que considere nossas estantes como se fossem suas – disse Anne – Você é total e sinceramente livre para pedir emprestado qualquer um dos livros que estão nelas.

– Você está me oferecendo um banquete de coisas mais que atraentes diante de mim – disse Leslie, alegre. Então, quando o relógio bateu 10 horas, ela se levantou, meio contra a vontade. – Tenho de ir. Não me dei conta de que era tão tarde. O capitão Jim anda sempre dizendo que não custa muito passar uma hora. Mas fiquei duas... e, oh, mas as desfrutei com prazer – acrescentou ela, com franqueza.

– Venha sempre – disseram Anne e Gilbert. Eles se haviam levantado e estavam de pé, juntos, sob o brilho da luz do fogo. Leslie olhou para eles... jovens, esperançosos, felizes, simbolizando tudo o que ela havia perdido e deveria perder para sempre. A luz sumiu de seu rosto e olhos; a menina desapareceu; foi a triste e enganada mulher que respondeu ao convite quase friamente e que saiu com uma pressa lamentável.

Anne a observou até que ela se perdeu nas sombras da noite fria e enevoada. Então ela se voltou lentamente para o brilho de sua radiante lareira.

– Ela não é adorável, Gilbert? O cabelo dela me fascina. A senhorita Cornélia diz que chega até os pés. Ruby Gillis tinha um cabelo lindo... mas o de Leslie é *vivo*... cada fio dele é ouro vivo.

– Ela é muito bonita – concordou Gilbert, com tanta sinceridade que Anne quase desejou que ele fosse um *pouco* menos entusiasta.

– Gilbert, você gostaria mais de meu cabelo, se fosse como o de Leslie? – perguntou ela, ansiosa.

– Eu não iria querer seu cabelo de outra cor que não fosse essa, por nada deste mundo – disse Gilbert, com um ou dois gestos convincentes. – Você não seria *Anne* se tivesse cabelos loiros... ou de qualquer cor que não fosse...

– Vermelha – completou Anne, com sombria satisfação.

– Sim, cabelos ruivos... para dar calor a essa pele branca como leite e a esses brilhantes olhos verdes-cinza. Cabelo loiro não combinaria com você, rainha Anne... *minha* rainha Anne... rainha de meu coração, de minha vida e de meu lar.

– Então você pode admirar Leslie à vontade – disse Anne, com magnanimidade.

Capítulo 13

Uma noite assombrada

Uma semana depois, num entardecer, Anne decidiu atravessar os campos até a casa, rio acima, para uma visita informal. Era um anoitecer de nevoeiro cinza que se havia infiltrado no golfo, envolveu o porto, encheu os vales e baixou pesadamente sobre os prados outonais. Através dele, o mar soluçava e estremecia.

Anne viu Four Winds sob um novo aspecto e a achou estranha, misteriosa e fascinante; mas também lhe deu uma pequena sensação de solidão. Gilbert estava ausente e estaria fora de casa até o dia seguinte, participando de um encontro de médicos em Charlottetown. Anne ansiava por uma hora de conversa com alguma amiga jovem. O capitão Jim e a senhorita Cornélia eram "bons camaradas", cada um a seu modo; mas juventude anseia por juventude.

– Se ao menos Diana, Phil, Pris ou Stella pudessem vir até aqui para uma conversa – disse ela para si mesma. – Como seria maravilhoso! Esta é uma noite *fantasmagórica*. Tenho certeza de que todos os navios que já zarparam de Four Winds para sua desgraça poderiam ser vistos nesta noite subindo o porto com suas tripulações afogadas no convés, se essa névoa envolvente pudesse ser repentinamente afastada. Sinto como se ela ocultasse inúmeros mistérios... como se eu estivesse cercada pelos fantasmas de gerações passadas de pessoas de Four Winds me espreitando através desse véu cinza. Se alguma vez as queridas damas mortas desta pequena casa voltassem para revisitá-la, elas apareceriam numa noite como esta. Se eu ficar sentada aqui por mais tempo, verei uma delas ali na minha frente, na cadeira de Gilbert. Este lugar não é exatamente tranquilo, esta noite. Até mesmo Gog e Magog estão prestes a levantar as orelhas para ouvir os passos de convidados invisíveis. Vou sair e visitar Leslie antes que venha a me assustar com minhas fantasias, como me aconteceu há muito tempo, no caso da Floresta Assombrada. Vou sair de minha casa dos sonhos para que ela receba de volta seus antigos habitantes. Minha lareira vai lhes mostrar minha boa vontade e transmitir minhas saudações... eles terão partido antes que eu volte e minha casa será minha outra vez. Tenho certeza de que esta noite guarda um encontro com o passado.

Rindo um pouco de sua fantasia, mas com uma sensação assustadora na região da espinha, Anne mandou um beijo para Gog e Magog e saiu no meio do nevoeiro, com algumas das novas revistas debaixo do braço, para Leslie.

– Leslie adora livros e revistas – tinha-lhe dito a senhorita Cornélia – e ela quase nunca vê um. Não tem dinheiro para comprar ou assinar. Ela é de fato lamentavelmente pobre, Anne. Não sei como consegue viver com o pequeno aluguel da fazenda. Nunca se queixa de sua extrema pobreza, mas eu sei o que deve ser. Tem sido prejudicada a vida toda. Não se importava com isso quando era livre e cheia de ambição, mas agora deve ser difícil, acredite em *mim*. Fico contente por ela parecer tão brilhante e alegre na noite que passou com você. O capitão Jim me disse que ele quase teve de lhe enfiar o boné e o casaco e empurrá-la porta afora. Não demore muito para ir vê-la também. Se demorar, ela vai pensar que é porque você não gosta de ver Dick, e ela vai se recolher em sua concha novamente. Dick é um bebê grande e inofensivo, mas aquele sorriso tolo e as risadas dele mexem com os nervos de algumas pessoas. Graças a Deus, eu não fico nervosa. Gosto mais de Dick Moore agora do que antes, quando estava em seu juízo perfeito... embora Deus sabe que isso não quer dizer muito. Eu estive lá um dia na hora de limpar a casa para ajudar Leslie um pouco, e eu estava fritando rosquinhas. Dick estava rondando para ver se apanhava uma, como de costume, e de repente ele apanhou uma quente, que eu tinha acabado de retirar da frigideira e jogou-a em minha nuca quando eu estava me curvando. Então ele riu e não parava de rir. Acredite em *mim*, Anne, foi preciso toda a graça de Deus em meu coração para me impedir de agarrar aquela frigideira com gordura fervente e derramá-la na cabeça dele.

Anne riu da fúria da senhorita Cornélia, enquanto corria apressada pela escuridão. Mas a risada não combinava com aquela noite. Ela estava muito séria quando chegou à casa entre os salgueiros. Tudo estava muito silencioso. A parte da frente da casa parecia escura e deserta, por isso Anne se dirigiu para a porta lateral, que se abria da varanda para uma pequena sala de estar. Lá ela parou, sem fazer ruído.

A porta estava aberta. Além, na sala mal iluminada, estava Leslie Moore, com os braços estendidos sobre a mesa e a cabeça inclinada sobre eles. Estava chorando de modo horrível... com soluços baixos, ferozes e sufocantes, como se alguma agonia em sua alma estivesse tentando se libertar. Um velho cachorro preto estava sentado ao lado dela, com o focinho pousado sobre o próprio colo, com seus grandes olhos mudos, implorando simpatia e devoção. Anne recuou consternada. Sentiu que não poderia interferir nessa amargura. Seu coração doía por uma simpatia que não conseguia expressar. Entrar agora seria fechar a porta para sempre a qualquer possível ajuda ou amizade. Algum instinto avisou Anne de que a menina orgulhosa e amarga jamais perdoaria quem a surpreendesse em seu abandono ao desespero.

Anne saiu da varanda sem fazer barulho e foi pelo caminho que atravessava o pátio. Além, ela ouviu vozes na escuridão e viu o brilho fraco de uma luz. No portão, ela encontrou dois homens... o capitão Jim com uma lanterna e outro que ela sabia ser Dick Moore... um homem alto, exageradamente gordo, com um rosto largo, redondo e vermelho e olhos vagos. Mesmo com a luz fraca, Anne teve a impressão de que havia algo incomum nos olhos dele.

– É você, senhora Blythe? – perguntou o capitão Jim. – Bem, você não deveria estar vagando sozinha, a essa hora, numa noite como esta. Poderia se perder nessa névoa mais facilmente do que nunca. Espere até eu pôr Dick a salvo dentro de casa e vou voltar e iluminar seu caminho de retorno para casa. Não vou permitir que o Dr. Blythe, ao voltar para casa, descubra que você despencou do Cabo Leforce, no meio do nevoeiro. Uma mulher caiu uma vez, 40 anos atrás.

– Então esteve aí para ver Leslie – disse ele, depois de se juntar a ela.

– Não entrei – replicou Anne, e contou o que tinha visto. O capitão Jim deu um suspiro.

– Pobre, pobre menina! Ela não chora muitas vezes, senhora Blythe... ela é corajosa demais para isso. Deve se sentir péssima quando chora. Uma noite como esta é difícil para mulheres pobres que têm desgostos. Há qualquer coisa numa noite dessas que traz à tona tudo o que sofremos... ou tememos.

– Está cheia de fantasmas – disse Anne, estremecendo. – Foi por isso que eu vim... queria apertar uma mão humana e ouvir uma voz humana. Parece haver tantas presenças *não humanas* nesta noite. Até minha querida casa estava cheia delas, que quase me empurraram para fora. Por isso vim para cá, em busca da companhia de minha espécie.

– Você fez bem em não entrar, senhora Blythe. Leslie não teria gostado. Não teria gostado que eu entrasse com Dick, como eu teria feito, se não tivesse encontrado você. Dick esteve comigo o dia todo. Eu o mantenho comigo tanto quanto posso para ajudar Leslie um pouco.

– Não há algo de estranho nos olhos dele? – perguntou Anne.

– Você reparou nisso? Sim, um é azul e o outro é castanho... o pai dele também os tinha assim. É uma peculiaridade dos Moore. Foi isso que me revelou que era Dick Moore quando o vi pela primeira vez em Cuba. Se não fossem os olhos dele, talvez eu não o tivesse reconhecido, com toda aquela barba e gordo como estava. Você sabe, creio, que fui eu que o encontrei e o trouxe para casa. A senhorita Cornélia sempre diz que eu não deveria ter feito isso, mas não posso concordar com ela. Era a coisa *certa* a fazer... e por isso foi a única coisa que fiz. Não há nenhuma dúvida em minha mente sobre *isso*. Mas meu velho coração sofre por Leslie. Ela tem apenas 28 anos e comeu mais pão com tristeza do que a maioria das mulheres de 80 anos.

Foram caminhando em silêncio, por uns momentos. Então Anne disse:

– Sabe, capitão Jim, não gosto de andar com uma lanterna. Tenho sempre a estranha sensação de que, fora do círculo da luz, logo na borda da escuridão, estou cercada por um anel de coisas furtivas e sinistras, que me observam do meio das sombras com olhos hostis. Tenho tido essa sensação desde a infância. Qual é a razão? Nunca me sinto assim quando estou realmente na escuridão... quando estou rodeada por ela... não fico nem um pouco assustada.

– Eu também tenho algo dessa sensação – admitiu o capitão Jim. – Acho que, ao estar a escuridão perto de nós, é como se fosse amiga. Mas quando de algum modo a empurramos para longe de nós... nos divorciamos dela, por assim dizer, com a luz da lanterna... e ela se torna inimiga. Mas a névoa está se dissipando. Há um vento forte soprando do oeste, se reparar. As estrelas estarão aparecendo quando você chegar em casa.

Eles estavam do lado de fora; e, quando Anne entrou em sua casa dos sonhos, as brasas vermelhas ainda brilhavam na lareira e todas as presenças assustadoras haviam desaparecido.

Capítulo 14

Dias de novembro

O esplendor de cores que tinha brilhado por semanas ao longo das margens do porto de Four Winds tinha desaparecido no suave azul-acinzentado das colinas do final do outono. Houve muitos dias em que os campos e praias ficavam sombrios com a chuva fina ou tremendo ante o sopro de um vento marinho melancólico... noites também de tempestade e vendaval, quando Anne às vezes acordava para rezar, a fim de que nenhum navio viesse a bater na severa costa norte, pois, se assim fosse, nem mesmo o grande e fiel farol, girando na escuridão sem medo, poderia servir para guiá-lo a um porto seguro.

– Em novembro, às vezes, sinto como se a primavera nunca mais pudesse voltar – suspirou ela, aflita com a desolada deformidade de seus canteiros de flores, congelados e sujos. O pequeno jardim alegre da noiva do professor era um lugar quase abandonado agora, e os álamos e as bétulas pareciam postes nus, como dizia o capitão Jim. Mas o bosque de abetos atrás da casinha era sempre verde e vigoroso; e, mesmo em novembro e dezembro, houve dias graciosos de sol e neblinas cor de púrpura, quando o porto dançava e brilhava tão alegremente, como no meio do verão, e o golfo era tão suavemente azul e tenro, que a tempestade e o vento selvagem pareciam apenas coisas de um longo pesadelo distante.

Anne e Gilbert passaram muitas noites de outono no farol. Era sempre um lugar alegre. Mesmo quando o vento leste soprava com menor intensidade e o mar estava morto e cinzento, os raios de sol pareciam estar espreitando por toda parte. Talvez fosse por isso que First Mate sempre se exibia em panóplia dourada. Ele era tão grande e vistoso que mal se dava pela falta do sol; e seus ronronados retumbantes constituíam um acompanhamento agradável para as risadas e conversas que ocorriam ao redor da lareira do capitão Jim. O capitão Jim e Gilbert tiveram muitas longas discussões e refinadas conversas sobre assuntos para além da compreensão de gatos ou de reis.

— Gosto de refletir sobre todos os tipos de problemas, embora não consiga resolvê-los — disse o capitão Jim. — Meu pai sustentava que nunca deveríamos falar de coisas que não poderíamos entender, mas se não o fizermos, doutor, os assuntos para conversa seriam muito poucos. Acho que os deuses riem muitas vezes ao nos ouvir, mas o que importa, contanto que nos lembremos de que somos apenas homens e não pensemos que somos deuses, conhecedores do bem e do mal. Acho que nossas conversas descompromissadas não vão fazer muito mal a nós nem a ninguém; por isso vamos jogar conversa fora, nesta noite, sobre o que bem entendermos, doutor.

Enquanto eles jogavam conversa fora, Anne ficava escutando ou sonhava. Às vezes, Leslie ia ao farol com eles e ela e Anne vagavam ao longo da costa no sinistro crepúsculo ou se sentavam nas rochas abaixo do farol, até que a escuridão as levasse de volta à alegria do fogo que ardia com a madeira devolvida pelo mar. Então o capitão Jim lhes servia um chá e lhes contava

"contos de terra e mar

E tudo o que poderia acontecer

No grande mundo esquecido lá fora."

Leslie parecia sempre gostar muito daquelas reuniões no farol e se abria por vezes em tiradas de humor e em belas risadas ou se recolhia no silêncio com brilho nos olhos. Havia certo gosto e sabor na conversa quando Leslie estava presente, de que eles sentiam falta quando ela estava ausente. Mesmo quando ela não falava, parecia inspirar os outros ao brilhantismo. O capitão Jim contava suas histórias melhor, Gilbert era mais rápido nos argumentos e réplicas, Anne sentia pequenos eflúvios e gotas de fantasia e imaginação borbulhando em seus lábios sob a influência da personalidade de Leslie.

— Essa menina nasceu para ser uma líder nos círculos sociais e intelectuais, longe de Four Winds — disse ela a Gilbert, enquanto caminhavam para casa certa noite. — Aqui, ela está simplesmente sendo desperdiçada... perdida.

— Você não estava ouvindo o capitão Jim e esse seu fiel servidor naquela noite em que discutíamos esse assunto? Chegamos à reconfortante conclusão de que o Criador provavelmente sabia como administrar o universo tão bem quanto nós e que, afinal de contas, não existem coisas como vidas "desperdiçadas", salvo e exceto quando um indivíduo deliberadamente esbanja e desperdiça a própria vida... o que Leslie Moore certamente não fez. E algumas pessoas poderiam pensar que uma bacharel de Redmond, a quem os editores estavam começando a dar crédito, era um desperdício como esposa de um médico batalhador na comunidade rural de Four Winds.

– Gilbert!

– Se você tivesse se casado com Roy Gardner, agora – continuou Gilbert, sem piedade – *você* poderia ser "líder em círculos sociais e intelectuais longe de Four Winds".

– Gilbert *Blythe*!

– Você *sabe* que esteve apaixonada por ele uma vez, Anne.

– Gilbert, isso é maldade... "pura maldade, típico de todos os homens", como diz a senhorita Cornélia. Eu *nunca* estive apaixonada por ele. Apenas imaginei que estava. *Você* sabe disso. Você *sabe* que eu preferia ser sua esposa em nossa casa dos sonhos e de realização do que uma rainha num palácio.

A resposta de Gilbert não foi em palavras; mas receio que os dois se esqueceram da pobre Leslie, que regressava percorrendo seu caminho solitário pelos campos para uma casa que não era um palácio nem a realização de um sonho.

A lua estava subindo sobre o triste e escuro mar atrás deles, transfigurando-o. Sua luz ainda não havia chegado ao porto, cujo lado mais distante era sombrio e sugestivo, com enseadas obscuras, ricas penumbras e luzes cintilantes.

– Como brilham as luzes das casas nesta noite, através da escuridão! – exclamou Anne. – Aquele círculo delas sobre o porto parece um colar. E que profusão lá em cima, em Glen! Oh, olhe, Gilbert; lá está nossa luz! Estou tão contente por ter deixado o fogo aceso. Detesto voltar para uma casa toda escura. Nossa luz de casa, Gilbert! Não é fantástico vê-la?

– Apenas um dos muitos milhões de lares da terra, Anne... menina... mas nosso...

o nosso... nosso farol "num mundo cruel". Quando um homem tem uma casa e uma querida esposa ruiva nela, o que mais precisaria pedir da vida?

– Bem, poderia pedir mais *uma* coisa – sussurrou Anne, feliz. – Oh, Gilbert, parece que simplesmente não consigo esperar mais pela primavera!

Capítulo 15

Natal em Four Winds

No início, Anne e Gilbert falaram em ir para casa, em Avonlea, no Natal; mas acabaram por decidir ficar em Four Winds.

– Quero passar o primeiro Natal de nossa vida juntos em *nossa* casa – decretou Anne.

Em decorrência disso, Marilla, a senhora Rachel Lynde e os gêmeos vieram passar o Natal em Four Winds. Marilla tinha o rosto de uma mulher que havia circum-navegado o globo. Ela nunca tinha se afastado 60 milhas de casa antes; e nunca tinha participado de uma ceia de Natal em qualquer lugar, a não ser em Green Gables.

A senhora Rachel havia feito e trouxe um enorme pudim de ameixa. Nada poderia ter convencido a senhora Rachel de que uma graduada da geração mais nova poderia fazer um pudim de ameixa de Natal da maneira apropriada; mas ela manifestou sua aprovação pela casa de Anne.

– Anne é uma boa dona de casa – disse ela a Marilla, no quarto de hóspedes, na noite da chegada. – Olhei na caixa de pão e no balde dos restos. Sempre julgo uma governanta por essas duas coisas, é isso. Não há nada no balde que não deveria ter sido jogado fora e nenhum pedaço de pão velho na caixa de pão. Claro, ela foi treinada por você... mas foi para a faculdade depois. Reparei que tem minha colcha de folha de tabaco aqui na cama e aquele grande tapete redondo trançado por você, diante da lareira da sala de estar. Isso faz com que eu me sinta em casa.

O primeiro Natal de Anne em sua própria casa foi tão agradável quanto podia ter desejado. O dia estava ótimo e ensolarado; a primeira camada de neve tinha caído na véspera de Natal e tornou o mundo maravilhoso; o porto ainda estava aberto e brilhando.

O capitão Jim e a senhorita Cornélia vieram para a ceia. Leslie e Dick foram convidados, mas Leslie se desculpou; mandou dizer que sempre iam passar o Natal na casa do tio Isaac West.

— Ela prefere que seja assim — disse a senhorita Cornélia a Anne. — Não suporta levar Dick onde há estranhos. O Natal é sempre uma época difícil para Leslie. Ela e o pai costumavam festejá-lo a rigor.

A senhorita Cornélia e a senhora Rachel não gostaram muito uma da outra. "Dois sóis não mantêm seus cursos numa única órbita." Mas elas não entraram em conflito, pois a senhora Rachel estava na cozinha ajudando Anne e Marilla com a ceia; e coube a Gilbert entreter o capitão Jim e a senhorita Cornélia... ou melhor, ser entretido por eles, pois um diálogo entre aqueles dois velhos amigos e antagonistas certamente nunca foi enfadonho.

— Faz muitos anos que houve uma ceia de Natal aqui, senhora Blythe — disse o capitão Jim. — A senhorita Russell sempre ia passar o Natal com os amigos da cidade. Mas eu estava aqui para a primeira ceia de Natal que foi preparada nesta casa... e foi a noiva do professor que a preparou. Isso foi há 60 anos, senhora Blythe... e um dia muito parecido com este... neve suficiente para deixar brancas as colinas e o porto tão azul como em junho. Eu era apenas um rapaz, nunca tinha sido convidado para uma ceia antes e era muito tímido para comer bastante. Mas já superei *isso*.

— Como a maioria dos homens — disse a senhorita Cornélia, costurando furiosamente. A senhorita Cornélia não ia ficar sentada com as mãos ociosas, nem mesmo no Natal.

Os bebês chegam sem qualquer consideração por feriados e havia um sendo esperado numa casa atingida pela pobreza em Glen St. Mary. A senhorita Cornélia tinha enviado a essa casa uma refeição substancial para seu pequeno enxame e, portanto, pretendia fazer a própria refeição de consciência tranquila.

— Bem, você sabe, o caminho para o coração de um homem passa através do estômago, Cornélia — explicou o capitão Jim.

— Acredito... quando o homem *tem* coração — retrucou a senhorita Cornélia. — Suponho que seja por isso que tantas mulheres se matam cozinhando... como a pobre Amélia Baxter. Ela morreu no último Natal, pela manhã, e disse que era o primeiro Natal desde que se havia casado que não precisava cozinhar uma grande refeição de vinte pratos. Deve ter sido uma verdadeira e agradável mudança para ela. Bem, ela morreu já faz um ano; por isso logo vai haver notícias de Horace Baxter correndo por aí.

— Já ouvi notícias dele — disse o capitão Jim, piscando o olho para Gilbert. — Ele não apareceu ultimamente em sua casa, num domingo, vestindo a roupa preta de funeral com colarinho engomado?

— Não, não apareceu. Tampouco precisava vir. Eu poderia ter ficado com ele há muito tempo, quando ele era novo. Não quero nenhuma mercadoria de segunda mão, acredite em *mim*. Quanto a Horace Baxter, ele estava em dificuldades financeiras um ano atrás, no verão passado, e ele orou ao Senhor Deus por ajuda; e quando a esposa dele morreu e conseguiu resgatar o dinheiro do seguro de vida dela, disse que acreditava que era a resposta à sua oração. Não é típico de um homem?

— Você tem provas de que ele disse isso, Cornélia?

— Eu tenho a palavra do ministro metodista a respeito... se você chamar isso de prova. Robert Baxter me disse a mesma coisa, mas admito que *isso* não é evidência. Robert Baxter não costuma dizer a verdade.

— Ora vamos, Cornélia, acho que ele geralmente fala a verdade, mas muda de opinião com tanta frequência que às vezes parece que não é verdade.

— Parece ser com extraordinária frequência, acredite em *mim*. Mas confie num homem para desculpar outro. Não estou interessada em Robert Baxter. Ele se tornou metodista só porque o coro presbiteriano estava cantando "*Eis que o noivo vem*" na hora da coleta quando ele e Margaret avançavam pelo corredor central da igreja, no domingo, depois de casados. Bem feito para ele por ter chegado atrasado! Sempre insistiu que o coro o fez de propósito para insultá-lo, como se ele tivesse tanta importância. Mas aquela família sempre achou que eles eram batatas muito maiores do que realmente eram. O irmão dele, Eliphalet, imaginava que o demônio estava sempre atrás dele... mas *eu* nunca acreditei que o diabo perdesse tanto tempo com ele.

— Eu... não... sei — disse o capitão Jim, pensativo. — Eliphalet Baxter vivia muito sozinho... não tinha nem mesmo um gato ou um cachorro para mantê-lo humano. Quando um homem está sozinho, é muito provável que esteja com o demônio... se não estiver com Deus. Ele tem de escolher que companhia prefere, suponho. Se o diabo andou sempre atrás de Life Baxter, deve ter sido porque Life gostava de tê-lo ali.

– Típico de um homem – exclamou a senhorita Cornélia, e ficou em silêncio, concentrada sobre um complicado arranjo de dobras até que o capitão Jim deliberadamente a instigou novamente, observando de forma casual:

– Eu fui à Igreja Metodista no domingo passado, pela manhã.

– Teria feito melhor se tivesse ficado em casa lendo sua *Bíblia* – foi a réplica da senhorita Cornélia.

– Ora, vamos, Cornélia, *eu* não vejo mal nenhum em ir à Igreja Metodista quando não há pregação na sua. Sou presbiteriano há 76 anos e não é provável que minha teologia vá levantar âncora nessa idade avançada.

– Está dando mau exemplo – disse a senhorita Cornélia, severamente.

– Além disso – continuou o malicioso capitão Jim –, eu queria ouvir um bom canto. Os metodistas têm um bom coro; e não pode negar, Cornélia, que o canto em nossa igreja é horrível, desde a divisão do coro.

– Que diferença faz, se o canto não for bom? Eles estão fazendo o melhor que podem e Deus não vê diferença entre a voz de um corvo e a voz de um rouxinol.

– Vamos, vamos lá, Cornélia – prosseguiu o capitão Jim, meigamente –, eu tenho uma opinião melhor sobre o ouvido do Todo-poderoso para música do que *esse*.

– O que foi que causou problemas em nosso coro? – perguntou Gilbert, que estava quase sufocando por reprimir o riso.

– Remonta à época da edificação da nova igreja, três anos atrás – respondeu o capitão Jim. – Tivemos sérios contratempos na construção dessa igreja... tudo girava em torno do novo local. Os dois locais não ficavam a mais de duzentas jardas um do outro, mas se podia pensar que eram mil pela intensidade dessa luta. Estávamos divididos em três facções... uma queria o local leste, outra, o do sul, e a última queria o mesmo local da antiga igreja. Foi uma luta travada na cama e na mesa, na igreja e no mercado. Todos os antigos escândalos de três gerações foram arrancados de seus túmulos e divulgados. E as reuniões que tivemos para tentar resolver a questão! Cornélia, haveria de esquecer aquela em que o velho Luther Burns se levantou e fez um discurso? Ele expôs sua opinião de modo enérgico.

– Classifique isso como quiser, capitão. Você quer dizer que ele ficou louco de raiva e descompôs a todos eles, de um jeito e de outro. E eles mereciam... bando de incapazes. Mas o que você haveria de esperar de uma comissão de homens? Essa comissão da construção realizou 27 reuniões e, no final da 27ª, não estava mais perto de ter uma igreja do que quando esses membros da comissão começaram... não tão perto, de fato, pois num ataque de pressa, eles se puseram a trabalhar e demoliram a velha igreja, de modo que lá estávamos nós sem uma igreja e nenhum lugar a não ser o salão para o culto.

– Os metodistas nos ofereceram a igreja deles, Cornélia.

– A igreja de Glen St. Mary não teria sido construída até hoje – continuou a senhorita Cornélia, ignorando o capitão Jim –, se nós, mulheres, não tivéssemos intervindo e assumido o comando. Dissemos que *nós* queríamos ter uma igreja, se os homens pretendessem brigar até o dia do juízo final; e estávamos cansadas de ser motivo de chacota dos metodistas. Fizemos *uma* reunião, elegemos uma comissão e angariamos subscrições. Envolvemos os homens também. Quando algum homem tentava nos atrapalhar, dizíamos que eles haviam tentado construir uma igreja durante dois anos e agora era a nossa vez. Nós os pusemos no devido lugar, acredite em *mim*, e em seis meses tínhamos nossa igreja. É claro que, quando os homens viram que nós estávamos determinadas, pararam de brigar e começaram a trabalhar, como homens, tão logo perceberam que era preciso pôr mãos à obra e deixar de querer mandar. Oh, as mulheres não podem pregar ou ser conselheiras; mas podem construir igrejas e arrecadar dinheiro para tanto.

– Os metodistas permitem que as mulheres preguem – disse o capitão Jim.

A senhorita Cornélia olhou fixamente para ele.

– Eu nunca disse que os metodistas não tinham bom senso, capitão. O que eu digo é que duvido que eles tenham muita fé.

— Acho que é a favor do voto para as mulheres, senhorita Cornélia — interveio Gilbert.

— Não ando ansiosa pelo voto, acredite em *mim* — retrucou a senhorita Cornélia, com desdém. — *Eu* sei o que é remediar as besteiras dos homens. Mas algum dia, quando os homens perceberem que colocaram o mundo numa desordem, da qual não conseguem tirá-lo, ficarão contentes em nos dar o voto e transferir seus problemas para nós. Esse é o esquema *deles*. Oh, é bom que as mulheres sejam pacientes, acredite em *mim*!

— E o que diz de Jó?[14] — sugeriu o capitão Jim.

— Jó! É coisa tão rara encontrar um homem paciente que, quando um é realmente descoberto, fica decidido que não deve ser esquecido — replicou a senhorita Cornélia, triunfante. — De qualquer forma, a virtude não combina com o nome. Nunca existiu um homem tão impaciente como o velho Job Taylor, lá do lado de cima do porto.

— Bem, você sabe, ele teve de suportar uma grande provação, Cornélia. Nem você pode defender a esposa dele. Sempre me lembro do que o velho William MacAllister disse, no dia do funeral dela: "Não há dúvida de que era uma mulher cristã, mas tinha um temperamento dos diabos".

— Acho que ela *era* muito difícil — admitiu a senhorita Cornélia, com relutância —, mas isso não justifica o que Job disse quando ela morreu. Ele deixou o cemitério e voltou para casa no dia do funeral com meu pai. Não proferiu palavra até que os dois chegaram perto de casa. Então ele deu um grande suspiro e disse: "Você pode não acreditar, Stephen, mas este é o dia mais feliz de minha vida!" Não é típico de um homem?

— Creio que a pobre senhora Job tornou a vida um pouco difícil para ele — refletiu o capitão Jim.

— Bem, mas uma coisa chamada decência existe, não é? Mesmo que um homem esteja se alegrando em seu coração pela morte da falecida, não precisa proclamar isso

---

14 Referência à grande paciência e à total submissão de Jó aos desígnios de Deus, segundo relata o livro bíblico de *Jó*, nome que, em inglês, é *Job*, o que torna mais evidente a comparação com o cidadão chamado *Job Taylor*, mencionado nas linhas seguintes (NT).

aos quatro ventos. E dia feliz ou não, Job Taylor não demorou muito para se casar de novo, deveria observar. A segunda esposa conseguiu mudá-lo. Ela o fez andar nos trilhos, acredite em *mim*. A primeira coisa que fez foi que ele desse um jeito e colocasse uma lápide no túmulo da primeira senhora Job... e que deixasse nessa lápide um espaço livre para apor o nome dela. Ela disse que, se não agisse assim, não haveria ninguém que conseguisse obrigar Job a fazer uma tumba para *ela*.

– Falando dos Taylor, como está a senhora Lewis Taylor, em Glen, doutor? – perguntou o capitão Jim.

– Está melhorando lentamente... mas ela trabalha demais – respondeu Gilbert.

– O marido dela também trabalha muito... criando porcos de raça – disse a senhorita Cornélia. – Ele é conhecido por seus belos porcos. E tem muito mais orgulho de seus porcos do que de seus filhos. Mas certamente os porcos dele são da melhor qualidade, enquanto os filhos não valem grande coisa. Escolheu para eles uma pobre mãe e a fez passar fome enquanto os gerava e criava. Os porcos recebiam a nata e os filhos, o leite aguado.

– Há momentos, Cornélia, em que tenho de concordar com você, embora isso me custe – disse o capitão Jim. – Essa é exatamente a verdade sobre Lewis Taylor. Quando vejo aqueles pobres e miseráveis filhos dele, privados de tudo o que crianças deveriam ter, isso estraga meu dia e outros tantos a seguir.

Respondendo ao aceno de Anne, Gilbert foi para a cozinha. Anne fechou a porta e deu-lhe um sermão.

– Gilbert, você e o capitão Jim devem parar de provocar a senhorita Cornélia. Oh, andei escutando você... e simplesmente não vou permitir.

– Anne, a senhorita Cornélia está se divertindo muito. Você sabe como ela é.

– Bem, não importa. Vocês dois não precisam provocá-la desse jeito. A ceia está pronta e, Gilbert, *não* deixe a senhora Rachel cortar os *gansos*. Eu sei que ela pretende se oferecer para fazê-lo, porque ela pensa que você não sabe fazer isso corretamente. Mostre-lhe que sabe.

– Creio que vou conseguir. Estive estudando uns diagramas detalhados de corte no mês passado – ponderou Gilbert. – Só não fale comigo enquanto estiver fazendo isso, Anne, caso contrário vai me atrapalhar e vou ficar mais confuso do que você na velha geometria quando o professor trocava os diagramas.

Gilbert cortou os gansos com perfeição. Até a senhora Rachel teve de admiti--lo. E todos comeram e gostaram. A primeira ceia de Natal de Anne foi um grande sucesso e ela sorria orgulhosa como verdadeira dona de casa. Alegre e longa foi a festa; e quando tudo acabou, eles se reuniram em torno da lareira de chamas vermelhas e o capitão Jim lhes contou histórias até que o sol avermelhado se pôs por sobre o porto de Four Winds e as longas sombras azuis dos álamos caíram sobre a neve da alameda.

– Tenho de voltar para meu farol – disse ele, finalmente. – Vou conseguir chegar antes que o sol se ponha. Obrigado por este maravilhoso Natal, senhora Blythe. Leve o menino Davy até o farol uma noite dessas, antes que ele volte para casa.

– Eu quero ver aqueles deuses de pedra – disse Davy, ansioso.

Capítulo 16

Véspera de Ano-Novo no farol

O pessoal de Green Gables voltou para casa depois do Natal, com Marilla prometendo solenemente que haveria de vir passar um mês na primavera. Mais neve caiu antes do Ano-Novo e o porto congelou, mas o golfo ainda estava livre, além dos campos brancos e aprisionados. O último dia do ano velho foi um daqueles dias claros, frios e deslumbrantes de inverno, que nos bombardeiam com seu brilho e merecem nossa admiração, mas nunca nosso amor. O céu estava límpido e azul; os diamantes de neve brilhavam insistentemente; as árvores estavam despidas e sem vergonha, com uma espécie de beleza descarada; as colinas disparavam lanças de cristal de assalto.

Até mesmo as sombras eram nítidas, rígidas e bem definidas, como nenhuma sombra adequada deveria ser. Tudo o que era bonito parecia dez vezes mais bonito e menos atraente no gritante esplendor; e tudo o que era feio parecia dez vezes mais feio, e tudo era bonito ou feio. Não havia nenhuma mistura suave, ou obscuridade gentil, ou névoa indescritível naquele brilho penetrante. As únicas coisas que mantinham a própria individualidade eram os abetos... pois o abeto é a árvore do mistério e da sombra e nunca se rende às intromissões de rude brilho.

Mas finalmente o dia começou a perceber que estava envelhecendo. Então, certa melancolia caiu sobre sua beleza, que o ofuscou, mas o intensificou; ângulos agudos, pontos brilhantes, derreteram-se em curvas e brilhos atraentes. O porto branco adquiriu tons suaves de cinza e rosa; as colinas distantes tornaram-se da cor de ametista.

– O ano velho está partindo de forma esplendorosa – disse Anne.

Ela, Leslie e Gilbert estavam a caminho do cabo de Four Winds, tendo combinado com o capitão Jim para passar o Ano-Novo no farol. O sol se havia posto e no céu sudoeste pairava Vênus, gloriosa e dourada, tendo se aproximado tão perto de sua irmã Terra quanto possível. Pela primeira vez, Anne e Gilbert viram a sombra lançada por aquela brilhante estrela vespertina, aquela sombra tênue e misteriosa, nunca vista, exceto quando há neve branca para revelá-la e, mesmo assim, indiretamente, desaparecendo quando se olha diretamente para ela.

– É como o espírito de uma sombra, não é? – sussurrou Anne. – Pode-se vê-la claramente assombrando seu lado quando se olha de frente; mas quando você se vira e tenta olhar para ela... desapareceu.

– Ouvi dizer que se pode ver a sombra de Vênus apenas uma vez na vida e que, um ano depois de vê-la, recebe-se o presente mais maravilhoso da vida – disse Leslie. Mas ela falou de uma forma bastante rude; talvez pensasse que até mesmo a sombra de Vênus não poderia lhe trazer qualquer presente na vida. Anne sorriu no suave crepúsculo; tinha certeza do que a sombra mística lhe prometia.

Encontraram Marshall Elliott no farol. De início, Anne sentiu-se incomodada com a intrusão daquele excêntrico de cabelo comprido e barba longa no pequeno círculo familiar. Mas Marshall Elliott logo provou sua legítima reivindicação de membro do núcleo familiar de Joseph. Era um homem espirituoso, inteligente e letrado, rivalizando com o próprio capitão Jim na habilidade de contar uma boa história. Todos ficaram contentes quando ele concordou em passar o último dia do ano com eles.

O pequeno sobrinho do capitão Jim, Joe, tinha vindo passar o Ano-Novo com o tio-avô e havia adormecido no sofá com First Mate enrolado numa enorme bola dourada a seus pés.

– Não é um homenzinho querido? – exclamou o capitão Jim, exultante. – Adoro ficar olhando uma criança dormindo, senhora Blythe. É a mais bela visão do mundo, eu acho. Joe gosta muito de passar aqui a noite, porque eu o deixo dormir comigo. Em casa, tem de dormir com os outros dois irmãos, e ele não gosta. "Por que não posso dormir com papai, tio Jim?", perguntou ele. "Todos na *Bíblia* dormiam com os pais." Quanto às perguntas que faz, o próprio ministro não consegue respondê-las. Elas simplesmente me confundem. "Tio Jim, se eu não fosse *eu*, quem seria?" e "Tio Jim, o que aconteceria se Deus morresse?" Ele disparou as duas esta noite, antes de dormir. Quanto à imaginação, ele navega por todos os mares. Inventa as histórias mais notáveis... então a mãe o fecha no quartinho de utensílios domésticos por causa dessas histórias que conta. E ele fica sentado lá dentro e inventa outra e a tem pronta para contar quando ela o deixa sair. Tinha uma para mim quando veio esta noite. "Tio Jim", começou ele, solene como uma lápide, "eu tive uma aventura em Glen, hoje." "Sim, e o que foi?", perguntei, esperando algo bastante surpreendente, mas de forma alguma preparado para o que realmente contou. "Encontrei um lobo na rua", contou ele, "um enorme lobo com uma grande boca vermelha e dentes *terrivelmente* longos, tio Jim." "Eu não sabia que havia lobos em Glen", interrompi. "Oh, ele veio de muito, muito longe", continuou Joe, "e eu lutei porque senão ele ia me comer, tio Jim." "Você estava com medo?", perguntei. "Não, porque eu tinha uma grande arma" disse Joe, "e atirei no lobo e o matei, tio Jim... deixei-o inteiramente morto... e então ele subiu ao céu e mordeu Deus". Bem, eu fiquei bastante atordoado, senhora Blythe.

As horas floresceram em alegria em torno da fogueira alimentada com madeira trazida pelas águas do mar. O capitão Jim contava histórias e Marshall Elliott cantava antigas baladas escocesas com uma bela voz de tenor; finalmente, o capitão Jim tirou sua velha rabeca marrom da parede e começou a tocar. Ele tinha um jeito tolerável de tocar, que todos apreciaram, menos First Mate, que saltou do sofá como se tivesse levado um tiro, soltou um grito de protesto e saiu correndo escada acima.

– Não consigo cultivar um ouvido musical nesse gato, de maneira alguma – disse o capitão Jim. – Ele não fica muito tempo ouvindo para aprender a gostar. Quando pusemos o órgão na igreja de Glen, o velho Élder Richards saltou da cadeira no minuto em que o organista começou a tocar, foi correndo pelo corredor central e saiu da igreja sem dar atenção a ninguém. Lembrou-me de tal forma First Mate, fugindo a toda logo que começo a tocar, que estive muito perto de ter um ataque de riso dentro da igreja como nunca tive, nem antes, nem depois.

Havia algo de tão contagiante nas melodias divertidas que o capitão Jim tocava que logo os pés de Marshall Elliott começaram a se contorcer. Ele tinha sido um notável dançarino em sua juventude. Então se levantou e estendeu as mãos a Leslie. Ela respondeu instantaneamente. Rodaram e rodaram pela sala, iluminada pelo fogo, com uma graça rítmica que era maravilhosa. Leslie dançou como uma inspirada; o selvagem e doce abandono à música parecia ter penetrado nela e a possuía. Anne a observava com fascinada admiração. Ela nunca a tinha visto assim. Toda a riqueza inata, a cor e o encanto de sua natureza pareciam ter se espalhado e transbordado nas faces vermelhas, nos olhos brilhantes e na graça dos movimentos. Mesmo o aspecto de Marshall Elliott, com sua longa barba e cabelo, não poderia estragar a imagem. Pelo contrário, parecia realçá-la. Marshall Elliott se assemelhava a um viking dos tempos antigos, dançando com uma das filhas de olhos azuis e cabelos dourados das terras do Norte.

— A dança mais pura que já vi, e já vi algumas em minha vida — declarou o capitão Jim, quando por fim o arco caiu de sua mão cansada. Leslie deixou-se cair na cadeira, rindo sem fôlego.

— Eu adoro dançar — disse ela, à parte, para Anne. — Não danço desde os 16 anos... mas adoro. A música parece correr em minhas veias como mercúrio e esqueço tudo... tudo... exceto o prazer de manter o ritmo. Não há nenhum chão abaixo de mim, nem paredes a meu redor, nem teto acima de mim... fico flutuando entre as estrelas.

O capitão Jim dependurou o instrumento em seu lugar, ao lado de uma grande moldura contendo várias cédulas.

— Existe mais alguém conhecido seu que pode se permitir dependurar, nas paredes da própria casa, quadros contendo cédulas? — perguntou ele. — Há vinte notas de dez dólares ali, que não valem o vidro que as cobre. São notas antigas do Banco da Ilha do Príncipe Eduardo. Eu as tinha quando o banco faliu e as emoldurei e dependurei, em parte como um lembrete de que não se deve confiar nos bancos e, em parte, para me dar uma sensação realmente de luxo e de um milionário. Olá, Matey, não tenha medo. Pode voltar agora. A música e a folia acabaram por esta noite. O ano velho só tem mais uma hora para ficar conosco. Vi 76 anos novos chegando sobre este golfo, senhora Blythe.

— Você vai ver cem — disse Marshall Elliott.

O capitão Jim meneou a cabeça.

— "Não; e eu não quero... pelo menos, penso que não quero. A morte fica mais amigável à medida que envelhecemos. Não que um de nós realmente queira morrer, Marshall. Tennyson falou a verdade quando disse isso. Há a velha senhora Wallace em Glen. Teve inúmeros problemas durante toda a vida, pobre alma, e perdeu quase todos os que amava. E está sempre dizendo que ficará contente quando sua hora chegar e não quer mais permanecer nesse vale de lágrimas. Mas quando fica doente, que confusão! Chegam médicos da cidade, uma enfermeira treinada e remédios suficientes para matar um cachorro. A vida pode ser um vale de lágrimas, certo, mas há algumas pessoas que gostam de chorar, eu acho.

Eles passaram a última hora do ano velho, bem quietos, em torno da lareira. Poucos minutos antes da meia-noite, o capitão Jim se levantou e abriu a porta.

– Devemos deixar o Ano Novo entrar – disse ele.

Lá fora estava uma bela noite azul. Uma faixa cintilante de luar enfeitava o golfo. Dentro da barra, o porto brilhava como um pavimento de pérolas. Eles pararam diante da porta e esperaram... o capitão Jim com sua experiência plena e madura, Marshall Elliott em sua vigorosa mas vazia meia-idade, Gilbert e Anne com suas preciosas memórias e primorosas esperanças, Leslie com seu histórico de anos de fome e seu futuro sem esperança. O relógio na pequena prateleira acima da lareira bateu meia-noite.

– Bem-vindo, Ano Novo – exclamou o capitão Jim, curvando-se enquanto a última batida do relógio morria. – Desejo a todos vocês o melhor ano de suas vidas, companheiros. Acho que tudo o que o Ano Novo vai nos trazer será o melhor que o Grande Capitão tem para nós... e de uma forma ou de outra, todos nós vamos chegar a um bom porto.

Capítulo 17

Um inverno em Four Winds

O inverno se instalou vigorosamente depois do Ano-Novo. Grandes montes de neve se acumulavam ao redor da casinha e camadas de gelo cobriam as janelas. O gelo do porto foi ficando mais duro e mais espesso, até que as pessoas de Four Winds começaram as suas habituais caminhadas sobre ele. As trilhas seguras foram "assinaladas" por um governo benevolente e, noite e dia, se ouvia o alegre tilintar dos sinos do trenó. Nas noites de luar, Anne os ouvia em sua casa dos sonhos como sinos de fada. O golfo congelou e o farol de Four Winds não brilhava mais. Durante os meses em que a navegação era interrompida, o escritório do capitão Jim era uma sinecura.

– First Mate e eu não teremos nada para fazer até a primavera, exceto nos aquecer e nos divertir. O último faroleiro costumava se mudar para Glen no inverno; mas eu prefiro ficar no cabo. First Mate pode ser envenenado ou mordido por cães em Glen. É um pouquinho solitário, com certeza, sem luz nem água como companhia, mas se nossos amigos vierem nos ver com frequência, vamos ficar bem.

O capitão Jim tinha um barco para deslizar no gelo e, com ele, Gilbert, Anne e Leslie deram muitas voltas selvagens e gloriosas sobre o gelo escorregadio do porto. Anne e Leslie também fizeram longas caminhadas com botas de neve pelos campos ou pelo porto depois das tempestades ou pelos bosques do outro lado de Glen. Eram ótimas companheiras em suas andanças e em suas reuniões em torno da lareira. Cada uma tinha algo a dar à outra... cada uma sentia a vida mais rica com a troca amigável de ideias ou imersas no amigável silêncio; cada uma olhava para os campos brancos entre suas casas com agradável consciência de ter uma amiga do outro lado. Mas, apesar de tudo isso, Anne sentia que sempre havia uma barreira entre ela e Leslie... um constrangimento que nunca desaparecia totalmente.

– Não sei por que não consigo me aproximar mais dela – disse Anne uma noite ao capitão Jim. – Gosto tanto dela... e a admiro tanto... *quero* que entre em meu coração e que me deixe entrar no dela. Mas não consigo cruzar a barreira.

– Tem sido muito feliz a vida toda, senhora Blythe – disse o capitão Jim, pensativo. – Acho que é por isso que você e Leslie não podem ficar realmente próximas em suas almas. A barreira entre vocês é a experiência dela de tristeza e dificuldades. Ela não é responsável por isso nem você; mas a barreira existe e nenhuma de vocês duas pode ultrapassá-la.

– Minha infância não foi muito feliz antes de eu chegar a Green Gables – disse Anne, olhando sobriamente pela janela, para a beleza imóvel, triste e morta das sombras das árvores sem folhas na neve iluminada pela lua.

– Talvez não... mas era apenas a infelicidade usual de uma criança que não tem ninguém para cuidar dela adequadamente. Não houve nenhuma *tragédia* em sua vida, senhora Blythe. E a vida da pobre Leslie foi quase *toda* uma tragédia. Ela sente, creio, embora talvez mal saiba que sente, que há uma grande parte da vida dela que você não pode penetrar nem entender... e então tem de mantê-la afastada disso... afastada, por assim dizer, para não magoá-la. Você sabe que, se tivermos algo em nós que nos machuque, evitamos que alguém toque na ferida ou que chegue perto. Isso vale tanto para nossas almas quanto para nossos corpos, eu acho. A alma de Leslie deve estar quase em carne viva... não é de admirar que ela a esconda.

– Se isso fosse realmente tudo, não me importava, capitão Jim. Haveria de entender. Mas há momentos... nem sempre, mas de vez em quando... em que quase tenho de acreditar que Leslie não... não gosta de mim. Às vezes, surpreendo uma expressão nos olhos dela que parece mostrar ressentimento e antipatia... passa tão rápido... mas eu vi, tenho certeza disso. E me dói, capitão Jim. Não estou acostumada a ser detestada... e tenho tentado tanto conquistar a amizade de Leslie.

– Mas já a conquistou, senhora Blythe. Não vá acalentando qualquer ideia tola de que Leslie não gosta de você. Se ela não gostasse, não teria nada a ver com você, muito menos andaria com você, como faz. Conheço Leslie Moore bem demais para ter certeza que não se trata disso.

– A primeira vez que a vi, levando seus gansos colina abaixo no dia em que cheguei a Four Winds, ela olhou para mim com a mesma expressão – insistiu Anne. – Senti isso, mesmo em meio à minha admiração pela beleza dela. Mas ela olhou para mim com ressentimento... verdade, capitão Jim.

– O ressentimento deveria estar relacionado a outra coisa, senhora Blythe, e você simplesmente captou parte dele, porque ia passando por ali. Leslie *tem* realmente reações sombrias de vez em quando, pobre menina. Não posso culpá-la, quando sei o que ela tem de aguentar. Não sei porque ocorre. O médico e eu conversamos muito sobre a origem do mal, mas ainda não descobrimos tudo sobre ele. Há muitas coisas incompreensíveis na vida, não é, senhora Blythe? Às vezes, as coisas parecem correr muito bem, da mesma forma que ocorre com você e o médico. E então, de novo, parecem que vão de mal a pior. Lá está Leslie, tão inteligente e bonita, que poderia pensar que foi feita para ser rainha e, em vez disso, está confinada lá em cima, privada de quase tudo o que uma mulher valorizaria, sem perspectiva a não ser a de cuidar de Dick Moore por toda a vida. Embora, veja bem, senhora Blythe, atrevo-me a dizer que ela ainda prefere a vida agora tal como é do que a vida que viveu com Dick antes de ele partir. *Isso* é algo em que a língua de um velho marinheiro desajeitado não deve se meter. Mas você tem ajudado muito a Leslie... ela é uma criatura diferente desde que você veio para Four Winds. Nós, velhos amigos, vemos a diferença nela, que você não consegue perceber. A senhorita Cornélia e eu estávamos conversando outro dia, e é um dos poucos pontos evidentes em que concordamos. Por isso deve tirar de sua cabeça a ideia de que ela não gosta de você.

Anne dificilmente poderia descartar essa ideia completamente, pois sem dúvida havia momentos em que ela sentia, com um instinto que não devia ser combatido pela razão, que Leslie nutria um ressentimento estranho e indefinível em relação a ela. Às vezes, essa consciência secreta prejudicava o prazer de sua companhia; em outras, era quase esquecida; mas Anne sempre sentia que o espinho escondido estava lá e poderia picá-la a qualquer momento. Sentiu uma pontada cruel dele no dia em que contou a Leslie o que esperava que a primavera trouxesse para a casinha dos sonhos. Leslie olhou para ela com olhos fixos, amargos e hostis.

– Então você vai ter *isso* também – disse ela, com a voz embargada. E sem outra palavra, virou-se e atravessou os campos de volta para casa. Anne ficou profundamente magoada; no momento, sentiu como se nunca pudesse gostar de Leslie novamente. Mas quando Leslie apareceu algumas noites depois, estava tão agradável, tão amigável, tão franca, espirituosa e cativante, que Anne se sentiu impelida para o perdão e o esquecimento. Só que ela nunca mais mencionou sua querida esperança a Leslie; nem Leslie se referiu a isso. Mas uma noite, quando o fim do inverno estava esperando o anúncio da primavera, Leslie foi até a casinha para uma conversa, na hora do crepúsculo; e quando foi embora, deixou uma pequena caixa branca sobre a mesa. Anne a encontrou depois que ela saiu e, curiosa, a abriu. Nela estava um pequeno vestido branco de acabamento requintado... bordado bem delicado, pregas maravilhosas, a coisa mais linda. Cada ponto era feito à mão; e os pequenos babados de renda na gola e nas mangas eram de autêntico estilo de *Valenciennes*[15]. Sobre ele, havia um cartão... "Com o amor de Leslie".

— Quantas horas de trabalho deve ter gasto — disse Anne. — E o material deve ter custado mais do que ela realmente podia se permitir pagar. É muito amável da parte dela.

Mas Leslie foi brusca e lacônica quando Anne lhe agradeceu, e mais uma vez esta última se sentiu rejeitada.

O presente de Leslie não estava sozinho na casinha. A senhorita Cornélia havia, de momento, desistido de costurar para oito bebês indesejados e indesejáveis e passou a costurar para um primeiro filho muito desejado, cujas boas-vindas não deixariam nada a desejar. Philippa Blake e Diana Wright enviaram, cada uma delas, uma vestimenta maravilhosa; e a senhora Rachel Lynde enviou várias, em que o bom material e a confecção aprimorada substituíam bordados e babados. A própria Anne fez muitas roupinhas, sem qualquer toque de máquina, passando em sua confecção as horas mais felizes daquele ditoso inverno.

O capitão Jim era o hóspede mais frequente da casinha e ninguém era mais bem-vindo. A cada dia que passava, Anne gostava mais do velho marinheiro de alma simples e coração sincero. Ele era tão refrescante como a brisa do mar, tão interessante como uma crônica antiga. Ela nunca se cansava de ouvir as histórias e as curiosas observações e comentários dele eram um contínuo deleite para ela. O capitão Jim

---

15 Rendado típico da cidade francesa de *Valenciennes*, de onde se difundiu com esse designativo (NT).

era uma daquelas pessoas raras e interessantes que "nunca falam, mas estão sempre dizendo alguma coisa". O leite da bondade humana e a sabedoria da serpente estavam misturados em sua composição em proporções deliciosas.

Nada parecia incomodar o capitão Jim ou deprimi-lo de alguma forma.

– Eu meio que adquiri o hábito de apreciar as coisas – observou ele, uma vez, quando Anne comentou sobre sua invariável alegria. – Tornou-se tão crônico que acredito que até gosto das coisas desagradáveis. É muito divertido pensar que não podem durar. "Velho reumatismo", digo eu, quando vem com força, "*deve* parar de doer algum dia. Quanto mais doer, mais cedo há de parar, talvez. Estou fadado a levar a melhor sobre você a longo prazo, seja no corpo ou fora dele."

Uma noite, ao lado da lareira, lá no farol, Anne viu o "livro da vida" do capitão Jim. Ele não precisou de persuasão para mostrá-lo e orgulhosamente o entregou para que ela o lesse.

– Eu o escrevo para deixá-lo ao pequeno Joe – disse ele. – Não gosto da ideia de tudo o que fiz e vi ser esquecido depois que tiver embarcado para minha última viagem. Joe vai se lembrar e contará tudo aos filhos.

Era um livro velho, encadernado com capa de couro, com o registro de suas viagens e aventuras. Anne pensou que tesouro seria para um escritor. Cada frase era uma pepita. Em si, o livro não tinha mérito literário; o encanto de contar histórias do capitão Jim falhou quando teve de empunhar papel e tinta; ele só conseguia anotar toscamente o esboço de seus famosos contos e, tanto a ortografia quanto a gramática, eram tristemente distorcidas. Mas Anne sentiu que, se alguém que possuísse o dom pudesse tomar aquele simples registro de uma vida corajosa e aventureira, lendo nas entrelinhas as histórias de perigos enfrentados com firmeza e deveres honradamente cumpridos, uma história maravilhosa poderia ser elaborada a partir dali. Rica comédia e emocionante tragédia estavam escondidas no "livro da vida" do capitão Jim, aguardando o toque da mão de um mestre para despertar o riso, a dor e o horror de milhares.

Anne disse algo a respeito disso a Gilbert, enquanto iam caminhando de volta para casa.

– Por que você mesma não tenta fazer isso, Anne?

Anne meneou a cabeça.

– Não. Eu só desejaria poder fazê-lo. Mas não é meu dom. Você sabe qual é meu forte, Gilbert... as fantasias, os contos de fadas, o belo. Escrever o livro da vida do capitão Jim como deveria ser escrito, deve-se ser um mestre de estilo vigoroso, mas sutil, um psicólogo perspicaz, um humorista nato e um trágico nato. É necessária uma rara combinação de dons. Paul poderia fazer isso, se fosse mais velho. De qualquer maneira, vou pedir a ele que venha no próximo verão para conhecer o capitão Jim.

– Venha para esta costa – escreveu Anne a Paul. – Receio que você não possa encontrar aqui Nora ou a Dama Dourada ou os Marinheiros Gêmeos; mas você vai encontrar um velho marinheiro que pode lhe contar histórias maravilhosas.

Paul, no entanto, respondeu dizendo com pesar que não poderia ir naquele ano. Estava indo para o exterior para estudar, por dois anos.

– Quando eu voltar, vou a Four Winds, querida professora – escreveu ele.

– Mas enquanto isso, o capitão Jim está envelhecendo – disse Anne com tristeza – e não há ninguém para escrever o livro da vida dele.

Capítulo 18

Dias de primavera

O gelo no porto ficou preto e lamacento sob os dias de sol a pino de março; em abril, havia águas azuis e um golfo ventoso e coberto de branco novamente; e o farol de Four Winds voltou a cintilar no crepúsculo.

– Estou tão contente por vê-lo mais uma vez – disse Anne, na primeira noite de seu reaparecimento. – Senti tanta falta dele durante todo o inverno. O céu do noroeste parecia vazio e solitário sem ele.

A terra estava macia com folhinhas novas que brotavam com um verde dourado. Havia uma névoa esmeralda nos bosques, para além de Glen. Os vales em direção do mar estavam cobertos de neblinas encantadas ao amanhecer.

Ventos vibrantes iam e vinham com espuma salgada em sua passagem. O mar ria e brilhava, altivo e sedutor, como uma bela mulher namoradeira. O arenque crescera e a vila dos pescadores despertava para a vida. O porto estava vivo, fervilhando de velas brancas rumando em direção do canal. Os navios começavam a navegar para fora e para dentro novamente.

– Num dia de primavera como esse – disse Anne –, eu sei exatamente como minha alma vai se sentir na manhã da ressurreição.

– Há momentos na primavera em que tenho a sensação de que poderia ter sido poeta, se tivesse sido estimulado quando jovem – observou o capitão Jim. – Eu me surpreendo às vezes repetindo velhas rimas e versos que ouvia o professor recitar há 60 anos. Não me vêm à memória em outras ocasiões. Agora sinto como se tivesse de sair para as rochas ou para os campos ou para a água e declamá-los.

O capitão Jim viera naquela tarde para trazer a Anne uma carga de conchas para o jardim dela e um pequeno ramo de erva-doce que havia encontrado numa caminhada pelas dunas.

– Está ficando muito escassa ao longo desta costa agora – disse ele. – Quando era menino, havia grande quantidade dessa erva. Mas agora é só de vez em quando que se encontra alguns pés... e jamais quando está procurando por ela. Só tropeçando nela... pode estar caminhando pelas dunas sem pensar em erva-doce... e de repente o ar está impregnado de aroma... e aí está a erva sob seus pés. Gosto muito do cheiro dessa erva. Sempre me faz pensar em minha mãe.

– Ela gostava do aroma? – perguntou Anne.

– Não que eu saiba. Nem sei se ela alguma vez viu erva-doce. Não, é porque tem uma espécie de perfume maternal... não muito novo, entende... algo meio temperado e saudável, confiável... exatamente como uma mãe. A noiva do professor sempre a mantinha entre seus lenços. Poderia colocar esse raminho entre os seus, senhora Blythe. Não gosto desses aromas que vendem por aí... mas um aroma dessa erva cai bem numa dama em qualquer lugar que esteja.

Anne não ficou especialmente entusiasmada com a ideia de cercar seus canteiros de flores com conchas do mar; como decoração, não a atraíram à primeira vista. Mas não iria ferir os sentimentos do capitão Jim por nada; assim, reconheceu um efeito que de início não havia percebido e por isso agradeceu de coração ao capitão. E quando o capitão Jim cercou orgulhosamente cada canteiro com uma borda de grandes conchas brancas como leite, Anne descobriu, para sua surpresa, que gostou do efeito. No relvado de uma casa da cidade, ou mesmo em Glen, não seriam apropriadas, mas aqui, no jardim antiquado e à beira-mar da casinha dos sonhos, elas *caíam bem*.

– Ficam *realmente* muito bem – disse ela, com sinceridade.

– A noiva do professor sempre tinha conchas em volta dos canteiros – disse o capitão Jim. – Ela tinha uma mão de ouro para flores. *Olhava* para elas... tocava-as... *assim*... e elas cresciam como doidas. Algumas pessoas têm esse talento... eu acho que você também tem, senhora Blythe.

– Oh, não sei... mas adoro meu jardim e adoro trabalhar nele. Trabalhar com coisas verdes, vê-las crescendo, observando cada dia os belos e novos rebentos brotando, é como dar uma mão à criação, eu acho. Agora mesmo, meu jardim é como a fé... a substância das coisas que se espera. Mas aguarde um pouco.

– Sempre me surpreende olhar para as pequenas sementes marrons enrugadas e pensar nos arco-íris que têm nelas – disse o capitão Jim. – Quando penso nas sementes, não acho difícil acreditar que temos almas que viverão em outros mundos. Você dificilmente acreditaria que havia vida naquelas coisas minúsculas, algumas do tamanho de grãos de areia, quanto mais cor e cheiro, se não tivesse visto o milagre, não é?

Anne, que contava os dias como contas de prata num rosário, agora não podia fazer a longa caminhada até o farol ou pela estrada de Glen. Mas a senhorita Cornélia e o capitão Jim iam com frequência à casinha. A senhorita Cornélia era a alegria da existência de Anne e Gilbert. Eles riam convulsivamente dos discursos dela após cada visita. Quando, por acaso, o capitão Jim e ela visitavam a casinha ao mesmo tempo, havia muito a ouvir. Os dois travavam uma guerra de palavras, ela atacando, ele defendendo. Uma vez, Anne chegou a recriminar o capitão por provocar tanto a senhorita Cornélia.

– Oh, eu adoro vê-la se defendendo, senhora Blythe – riu o pecador impenitente. – É a maior diversão que tenho na vida. Aquela língua dela poderia furar uma pedra. E você e seu jovem doutorzinho gostam de ouvi-la tanto quanto eu.

O capitão Jim apareceu outra noite trazendo algumas flores-de-maio para Anne. O jardim estava cheio do ar úmido e perfumado de uma noite marítima de primavera. Havia uma névoa branca como leite na beira do mar, com uma lua nova beijando-a e uma alegria prateada de estrelas sobre Glen. O sino da igreja do outro lado do porto tocava docemente. O som suave do carrilhão flutuava através do crepúsculo para se misturar ao suave gemido primaveril do mar. As flores do capitão Jim deram o toque final ao encanto da noite.

– Eu não tinha visto nenhuma dessas flores nessa primavera, e sentia falta delas – disse Anne, enterrando o rosto nelas.

– Não se consegue encontrá-las em torno de Four Winds, apenas nos baixios, lá por trás de Glen. Fiz uma pequena viagem hoje para a terra-do-nada-a-fazer e consegui colher estas para você. Eu acho são as últimas que poderá ver nesta primavera, pois estão quase desaparecendo.

– Como é gentil e atencioso, capitão Jim. Ninguém mais... nem mesmo Gilbert – com um aceno de cabeça para ele – se lembrou de que eu sempre anseio por flores-de-maio na primavera.

– Bem, eu tinha outra missão também... queria levar ao senhor Howard, lá de cima, um prato de trutas. Ele gosta de uma truta, de vez em quando, e é tudo o que posso fazer por uma gentileza que ele me fez há tempo. Fiquei a tarde toda falando com ele. E ele gosta de falar comigo, embora seja um homem muito instruído e eu seja apenas um velho marinheiro ignorante; ele é uma dessas pessoas que *tem* de falar ou não se sente bem, mas encontra poucos ouvintes por aqui. As pessoas de Glen evitam conversar com ele, porque acham que é ateu. Mas ele não é exatamente infiel, longe disso... poucos homens o são, acho... ele é o que se pode chamar de herege. Os hereges são malvados, mas são extremamente interessantes. É que deixaram de procurar a Deus, por terem a impressão de que ele é difícil de encontrar... o que nunca é. A maioria deles retorna a ele depois de um tempo, creio. Não acho que ouvir os argumentos do senhor Howard possa me fazer muito mal. Veja bem, eu acredito que fui criado para acreditar. Isso me poupa muitos aborrecimentos... e além de tudo, Deus é bom. O problema com o senhor Howard é que ele é um pouco esperto *demais*. Pensa que tem obrigação de viver de acordo com a inteligência dele e que é mais inteligente descobrir uma nova maneira de chegar ao céu do que seguir a velha trilha que as pessoas comuns e ignorantes percorrem. Mas algum dia ele vai chegar lá, com certeza, e então vai rir de si mesmo.

– Para começar, o senhor Howard era metodista – disse a senhorita Cornélia, como se achasse que só esse fato não o deixava muito longe da heresia.

– Você sabe, Cornélia – disse o capitão Jim, sério –, muitas vezes tenho pensado que, se eu não fosse presbiteriano, seria metodista.

– Oh, muito bem – concedeu a senhorita Cornélia –, se não fosse presbiteriano, não me importaria muito com o que você fosse. Por falar em heresia, lembrei-me, doutor... trouxe de volta o livro que me emprestou... aquele da "Lei natural no mundo espiritual"... não li mais que um terço dele. Posso ler coisas que fazem sentido e posso ler bobagens, mas esse livro não trata nem de uma nem de outra coisa.

– *É* considerado um tanto herético em alguns círculos – admitiu Gilbert –, mas eu lhe disse isso antes que o levasse, senhorita Cornélia.

— Oh, eu não teria me importado se fosse herético. Posso suportar a maldade, mas não posso suportar tolices — retrucou a senhorita Cornélia, calmamente e com ar de ter dito a última coisa que havia a dizer sobre a lei natural.

— Por falar em livros, "*Um louco amor*" chegou ao fim há duas semanas — observou o capitão Jim, pensativo. — Chegou aos 103 capítulos. Quando eles se casaram, o livro parou imediatamente; por isso acho que seus problemas acabaram de vez. É muito bom que seja assim nos livros, não é, mesmo que não seja assim em qualquer outro lugar.

— Nunca li romances — disse a senhorita Cornélia. — Você foi ver como estava Geordie Russell hoje, capitão Jim?

— Sim, fui visitá-lo quando me dirigia para casa. Está se recuperando bem... mas ainda enrolado em muitos problemas, como sempre, pobre homem. É claro que é ele mesmo que se envolve na maioria deles, mas acho que isso não os torna mais fáceis de suportar.

— Ele é um terrível pessimista — disse a senhorita Cornélia.

— Bem, não, não é exatamente um pessimista, Cornélia. Ele só não encontra nunca algo que lhe agrade.

— E isso não é ser pessimista?

— Não, não. Pessimista é aquele que nunca espera encontrar algo que se adapte a ele. Geordie ainda não chegou a *esse ponto*.

— Você encontraria algo de bom para dizer sobre o próprio diabo, Jim Boyd.

— Bem, você ouviu a história da velha dama que disse que ele era perseverante. Mas não, Cornélia, não tenho nada de bom a dizer sobre o diabo.

— Você acredita nele? — perguntou a senhorita Cornélia, séria.

— Como é que você pode perguntar uma coisa dessas, sabendo que sou um bom presbiteriano, Cornélia? Como é que um presbiteriano poderia viver sem um demônio?

— Mas *acredita*? — insistiu a senhorita Cornélia.

O capitão Jim ficou subitamente muito sério.

– Eu acredito no que ouvi um ministro certa vez chamar de "um formidável, maligno e *inteligente* poder do mal operando no universo" – respondeu ele, solenemente. – Acredito *nisso*, Cornélia. Pode chamá-lo de diabo ou de "princípio do mal" ou de velho enganador ou com qualquer outro nome que quiser. Ele *existe* e nem todos os infiéis e hereges do mundo podem fazê-lo deixar de existir com suas argumentações, como não podem fazer com que Deus não exista. Está ali e está operando. Mas, veja bem, Cornélia, eu acredito que, no fim, vai levar a pior.

– Certamente espero que assim seja – disse a senhorita Cornélia, sem muita esperança. – Mas falando no demônio, tenho certeza de que Billy Booth está possuído por ele. Já ouviu falar da última que Billy aprontou?

– Não, e qual foi?

– Tomou e queimou o vestido novo marrom, de tecido fino, da esposa, pelo qual ela pagara 25 dólares em Charlottetown, porque, diz ele, os homens a olhavam admirando-a demais quando ela o usou pela primeira vez, para ir à igreja. Não é típico de um homem?

– A senhora Booth *é* muito bonita, e o marrom lhe cai muito bem – observou o capitão Jim, pensativo.

– E esse é lá um bom motivo para enfiar o vestido novo dela dentro do fogão da cozinha? Billy Booth é um idiota ciumento e torna a vida da esposa um inferno. Ela chorou a semana toda por causa do vestido. Oh, Anne, gostaria de poder escrever como você, acredite em *mim*. Bem que eu haveria de desmascarar alguns homens daqui!

– Esses Booth são todos um tanto esquisitos – comentou o capitão Jim. – Billy parecia o mais sensato de todos até se casar e então essa estranha onda de ciúmes tomou conta dele. O irmão dele, Daniel, sempre foi estranho.

– Tinha acessos de raiva a cada poucos dias e não saía da cama – disse a senhorita Cornélia, com gosto. – A mulher dele tinha de fazer todo o trabalho no celeiro até que ele se recuperasse do ataque. Quando ele morreu, as pessoas escreveram cartas de condolências para ela, mas se eu tivesse escrito algumas palavras para ela, teriam sido de parabéns. O pai deles, o velho Abram Booth, era um detestável beberrão. Estava bêbado no funeral da esposa e não parava de andar cambaleando e de soluçar.

"Eu não be... be... bi muito, mas me... me sinto... te... terrivelmente estranho." Dei-lhe uma boa pancada nas costas com meu guarda-chuva quando ele se aproximou de mim e isso o deixou um pouco mais sóbrio, até que tiraram o caixão de casa. O jovem Johnny Booth deveria ter se casado ontem, mas não pôde, porque contraiu caxumba. Não é coisa típica de um homem?

– Como é que o pobre coitado poderia ter evitado contrair caxumba?

– Eu haveria de tratá-lo de pobre coitado, acredite em *mim*, se eu fosse Kate Sterns. Não sei como poderia ter evitado apanhar a caxumba, mas *sei* que o banquete de núpcias foi preparado e tudo vai se estragar antes que ele se recupere da doença. Que desperdício! Deveria ter tido caxumba quando menino.

– Vamos, vamos, Cornélia, não acha que está sendo pouco razoável?

A senhorita Cornélia não se dignou responder e, em vez disso, voltou-se para Susan Baker, uma velha solteirona de Glen, de rosto sombrio e de bom coração, que tinha sido contratada como empregada doméstica na casinha durante algumas semanas. Susan tinha ido a Glen para fazer uma visita a um doente e acabara de voltar.

– Como está a pobre tia Mandy, nesta noite? – perguntou a senhorita Cornélia.

Susan deu um suspiro.

– Muito mal... muito mal, Cornélia. Receio que logo mais vai estar no céu, coitadinha!

– Oh, com certeza, não é tão ruim assim! – exclamou a senhorita Cornélia, com simpatia.

O capitão Jim e Gilbert se entreolharam. Então repentinamente se levantaram e saíram.

– Há momentos – disse o capitão Jim, entre espasmos –, em que seria pecado *não* rir. Essas duas excelentes mulheres!

Capítulo 19

Alvorecer e anoitecer

No início de junho, quando as dunas eram uma grande glória de rosas selvagens e Glen estava coberta de flores de macieira, Marilla chegou à casinha, acompanhada de um baú preto de couro de cavalo, enfeitado de cravos de latão, que havia repousado imperturbado no sótão de Green Gables por meio século. Susan Baker, que, durante sua estada de poucas semanas na casinha, tinha começado a adorar a "jovem senhora do doutor", como chamava Anne, com cego fervor, de início olhou para Marilla de soslaio e com certo ciúme. Mas, como Marilla não tentou interferir nos assuntos da cozinha e não mostrou nenhum desejo de interromper os serviços de Susan à jovem senhora do doutor, a boa criada se conformou com a presença dela e disse às amigas de Glen que a senhorita Cuthbert era uma boa dama e sabia qual era seu lugar.

Numa noite, quando a abóbada límpida do céu se encheu de resplendor avermelhado e os tordos cantavam, no crepúsculo dourado, jubilosos hinos às estrelas da noite, houve uma comoção repentina na casinha dos sonhos. Mensagens telefônicas foram enviadas para Glen, o Dr. Dave e uma enfermeira de boné branco vieram apressadamente, Marilla caminhava pelo jardim entre os canteiros rodeados de conchas, murmurando orações entre os lábios cerrados e Susan permanecia sentada na cozinha, com algodão nos ouvidos e o avental jogado sobre a cabeça.

Leslie, olhando da casa situada riacho acima, viu que todas as janelas da casinha estavam iluminadas e não dormiu naquela noite.

A noite de junho foi curta; mas pareceu uma eternidade para aqueles que esperavam e vigiavam.

– Oh, será que *nunca* vai terminar? – exclamou Marilla; então viu como a enfermeira e o Dr. Dave pareciam sérios, e não se atreveu a fazer perguntas. Se Anne... mas Marilla não podia se entregar a essas suposições.

– Não me diga – exclamou Susan ferozmente, respondendo à angústia estampada nos olhos de Marilla – que Deus haveria de ser tão cruel a ponto de nos levar aquela querida cordeirinha quando todos a amamos tanto!

– Ele já levou outros, também muito amados – retrucou Marilla, com voz rouca.

Mas ao amanhecer, quando o sol nascente afastava as brumas que pairavam sobre o barra de areia e as transformava em arco-íris, a alegria invadiu a casinha. Anne estava a salvo e uma pequenina dama branca, com os grandes olhos da mãe, estava deitada ao lado dela. Gilbert, com o rosto cinzento e abatido pela agonia da noite, desceu para dizê-lo a Marilla e Susan.

– Graças a Deus – estremeceu Marilla.

Susan se levantou e tirou o algodão dos ouvidos.

– E agora ao café da manhã – disse ela, bruscamente. – Sou da opinião de que todos devemos nos refestelar com um pouco de comida. Digam à jovem senhora do doutor que não se preocupe com nada... Susan está no comando. Digam-lhe que só pense no bebê.

Gilbert sorriu de modo um tanto triste enquanto se afastava. Anne, com o rosto empalidecido pelo batismo da dor, de olhos brilhantes com a paixão sagrada da maternidade, não precisava que lhe dissessem para pensar no bebê. Ela não pensava em mais nada. Por algumas horas, provou da felicidade tão rara e requintada que chegou a se perguntar se os anjos no céu não a invejavam.

– Pequena Joyce – murmurou ela, quando Marilla entrou para ver o bebê. – Planejamos chamá-la assim, se fosse menina. Havia tantos nomes que gostaríamos de lhe dar; não conseguíamos escolher entre tantos e então decidimos por Joyce... podemos chamá-la Joy, de forma abreviada... Joy... fica tão bem. Oh, Marilla, antes eu pensava que era feliz. Agora sei que acabei de ter um agradável sonho de felicidade. *Essa* é a realidade.

– Você não deve falar, Anne... espere até ficar mais forte – disse Marilla, em advertência.

– Você sabe como é difícil para mim *não* falar – sorriu Anne.

De início, ela estava muito fraca e feliz demais para notar que Gilbert e a enfermeira pareciam sérios e Marilla triste. Então, de maneira tão sutil, fria e implacável como uma névoa marinha que se aproxima da terra, o medo invadiu seu coração. Por que Gilbert não se mostrava mais feliz? Por que não falava sobre o bebê? Por que eles não a deixaram ficar com ele depois daquele primeiro momento celestial... feliz? Havia... havia algo errado?

– Gilbert – sussurrou Anne, suplicante –, o bebê... está bem... não está? Diga-me... diga-me!

Gilbert demorou muito tempo para se virar; então ele se curvou sobre Anne e olhou nos olhos dela. Marilla, escutando com medo do lado de fora da porta, ouviu um gemido lamentoso, de coração partido, e fugiu para a cozinha, onde Susan chorava.

– Oh, pobre cordeirinha... pobre cordeirinha! Como vai poder suportar isso, senhorita Cuthbert? Temo que vai matá-la. Ela estava tão forte e feliz, desejando aquele bebê e fazendo planos para ele. Não há nada que possa ser feito, senhorita Cuthbert?

– Receio que não, Susan. Gilbert diz que não há esperança. Ele sabia desde o início que a pobrezinha não poderia sobreviver.

– E é um bebê tão doce! – soluçou Susan. – Eu nunca vi um tão branco... na maioria das vezes são vermelhos ou amarelados. E abriu seus olhos grandes como se tivesse meses. A pequena, a pequeninha! Oh, pobre e jovem senhora do Doutor!

Ao pôr do sol, a pequena alma que viera com o amanhecer foi embora, deixando um coração partido atrás de si. A senhorita Cornélia tomou a pequenina dama branca das mãos gentis mas estranhas da enfermeira e vestiu a pequenina com o lindo vestido que Leslie fizera para ela. Leslie havia pedido para fazê-lo. Depois levou o bebê de volta e o colocou ao lado da pobre mãe, destroçada e cega pelas lágrimas.

– O Senhor a deu e o Senhor a levou, querida – disse ela, entre lágrimas. – Bendito seja o nome do Senhor.

Então saiu, deixando Anne e Gilbert sozinhos, junto com a filha.

No dia seguinte, a pequena Joy foi colocada num caixão de veludo, que Leslie tinha forrado com flores de macieira, e foi levada para o cemitério da igreja do outro lado do porto. A senhorita Cornélia e Marilla guardaram todas as roupinhas feitas com tanto amor, juntamente com o berço forrado de rendas e cheio de laços para receber o frágil corpinho de uma recém-nascida. Mas a pequena Joy nunca haveria de dormir ali; ela havia sido posta numa cama mais fria e estreita.

– Esse foi um terrível desapontamento para mim – suspirou a senhorita Cornélia. – Tinha esperado tanto por esse bebê... e eu realmente queria que fosse menina.

– Só posso agradecer que a vida de Anne tenha sido poupada – disse Marilla, com um calafrio, relembrando aquelas horas de escuridão quando a menina que ela amava passava pelo vale das sombras.

– Pobre, pobre jovem mãe! O coração dela está partido – disse Susan.

– Eu *invejo* Anne – disse Leslie, repentina e rispidamente – e a invejaria mesmo se tivesse morrido! Ela foi mãe por um único e lindo dia. Eu daria minha vida de bom grado por *isso*!

– Eu não falaria assim, Leslie querida – replicou a senhorita Cornélia, de forma suplicante. Ela temia que a digna senhorita Cuthbert achasse que Leslie era desalmada.

A convalescença de Anne foi longa e amarga em razão de muitas coisas. A exuberância e o sol do mundo de Four Winds a irritavam profundamente; e ainda assim, quando a chuva caía pesada, ela a imaginava batendo impiedosamente naquela pequena sepultura do outro lado do porto; e quando o vento soprava em torno dos beirais, ela ouvia vozes tristes que nunca tinha ouvido antes.

Visitas de condolências a magoavam também, mesmo com a bem-intencionada gentileza com que se esforçavam para encobrir a crueza da perda. Uma carta de Phil Blake foi mais um espinho cruel. Phil tinha ouvido falar do nascimento do bebê, mas não da morte, e ela escreveu a Anne uma carta de felicitações, expressando toda a sua alegria, o que a machucou terrivelmente.

– Eu teria rido tão feliz, se tivesse minha filha – soluçou ela para Marilla. – Mas quando não a tenho mais, parece uma crueldade desenfreada... embora eu saiba que Phil não haveria de me magoar por nada desse mundo. Oh, Marilla, não vejo como vou poder ser feliz *de novo*... *todas as coisas* vão me machucar pelo resto de minha vida.

– O tempo vai ajudá-la – ponderou Marilla, que estava tomada pela compaixão, mas que nunca haveria de aprender a expressá-la, a não ser com fórmulas desgastadas pelo tempo.

– Não parece *justo* – disse Anne, com rebeldia. – Os bebês nascem e vivem onde não são desejados... onde serão negligenciados... onde não terão chance. Eu teria amado meu bebê tão... e cuidado dele com tanta ternura... e teria tentado dar a ele todas as chances para sempre. E ainda assim, não me foi concedido ficar com minha pequena.

– Foi a vontade de Deus, Anne – disse Marilla, impotente diante do enigma do universo... do *porquê* da dor imerecida. – E a pequena Joy está melhor assim.

– Não posso acreditar *nisso* – exclamou Anne, amargamente. Então, vendo que Marilla parecia chocada, acrescentou com veemência: – Por que ela deveria nascer, afinal... por que alguém deveria nascer, afinal... se ela está melhor morta? *Não* acredito que seja melhor para uma criança morrer ao nascer do que viver sua vida... e amar e ser amada... e desfrutar e sofrer... e fazer seu trabalho... e desenvolver um caráter que lhe daria uma personalidade na eternidade. E como você sabe que era a vontade de Deus? Talvez deva ter sido apenas uma obstrução do propósito dele pelo poder do mal. Não podemos nos resignar com *isso*.

– Oh, Anne, não fale assim – retrucou Marilla, genuinamente alarmada de medo que Anne estivesse à deriva em águas profundas e perigosas. – Não podemos entender... mas devemos ter fé... *devemos* acreditar que tudo é pelo melhor. Eu sei que você acha difícil pensar assim, agora. Mas tente ser corajosa... pelo bem de Gilbert. Ele está tão preocupado com você e você não está tentando se fortalecer como deveria.

– Oh, sei que tenho sido muito egoísta – suspirou Anne. – Amo Gilbert mais do que nunca... e quero viver para o bem dele. Mas parece que parte de mim foi enterrada lá naquele pequeno cemitério do porto... e dói tanto que tenho medo da vida.

– Não vai doer tanto para sempre, Anne.

– O pensamento de que pode parar de doer às vezes me dói mais do que tudo, Marilla.

– Sim, eu sei, eu também senti isso por outras coisas. Mas todos nós a amamos, Anne. O capitão Jim vem para cá todos os dias para perguntar por você... e a senhora Moore não sai daqui de perto... e a senhorita Bryant passa a maior parte do tempo, acho, cozinhando coisas boas para você. Susan não gosta muito disso. Ela acha que pode cozinhar tão bem quanto a senhorita Bryant.

– Querida Susan! Oh, todos têm sido tão queridos, bons e amáveis comigo, Marilla. Não sou ingrata... e talvez... quando essa dor horrível diminuir um pouco... eu descubra que consigo continuar vivendo.

Capítulo 20

A Margaret perdida

Anne descobriu que poderia continuar vivendo; chegou o dia em que ela voltou a sorrir com uma das conversas da senhorita Cornélia. Mas havia algo no sorriso dela que nunca tinha estado antes e que nunca mais estaria ausente.

No primeiro dia em que passou a se sentir capaz de dar um passeio, Gilbert a levou até o cabo de Four Winds e a deixou lá, enquanto remava pelo canal para visitar um paciente na vila dos pescadores. Um vento forte soprava pelo porto e pelas dunas, chicoteando a água até levantar espuma e lavando a costa com longas linhas de ondas prateadas.

– Estou muito orgulhoso de vê-la aqui novamente, senhora Blythe – disse o capitão Jim. – Sente-se... sente-se. Receio que tudo esteja muito empoeirado aqui hoje... mas não precisa olhar para a poeira quando pode olhar para esse cenário, não é?

– Não me importo com a poeira – respondeu Anne –, mas Gilbert diz que devo ficar ao ar livre. Acho que vou sentar nas pedras lá embaixo.

– Gostaria de companhia ou prefere ficar sozinha?

– Se por companhia quer dizer a sua, prefiro muito mais tê-la do que ficar sozinha – disse Anne, sorrindo. Então deu um suspiro. Nunca antes se importava em ficar sozinha. Agora tinha medo. Agora, quando ficava sozinha, se sentia terrivelmente só.

– Esse aqui é um pequeno local agradável, onde o vento não chega a incomodá-la – disse o capitão Jim, quando alcançaram as rochas. – Costumo sentar aqui. É um ótimo lugar para sentar e sonhar.

— Oh... sonhos — suspirou Anne. — Não consigo sonhar agora, capitão Jim... meus sonhos já eram!

— Oh, não, não, senhora Blythe... oh, não, não é bem assim — disse o capitão Jim, pensativo. — Eu sei como se sente agora... mas se continuar vivendo, vai tornar a ficar contente e a primeira coisa que vai fazer é sonhar de novo... graças ao bom Deus! Se não fosse por nossos sonhos, bem que poderíamos ser enterrados. Como poderíamos viver, se não fosse por nosso sonho de imortalidade? E esse é um sonho que deve se tornar realidade, senhora Blythe. Haverá de ver sua pequena Joyce um dia.

— Mas ela não será meu bebê — disse Anne, com os lábios trêmulos. — Oh, ela pode ser, como diz Longfellow[16], "uma bela donzela vestida com a graça celestial"... mas vai ser uma estranha para mim.

— Deus sabe das coisas e fará melhor que *isso*, acredito — disse o Capitão Jim.

Ambos ficaram em silêncio por breve tempo. Então o capitão Jim disse, com toda a suavidade:

— Senhora Blythe, posso lhe contar sobre a Margaret perdida?

— Claro — respondeu Anne, amavelmente. Ela não sabia quem era a "Margaret perdida", mas sentia que haveria de ouvir o romance da vida do capitão Jim.

— Muitas vezes, pensei em lhe contar a respeito dela — continuou o capitão Jim. — Sabe por que, senhora Blythe? Porque eu quero que alguém se lembre e pense nela por algum tempo depois que eu partir. Não posso suportar que o nome dela seja esquecido por todas as almas vivas. E agora ninguém se lembra da Margaret perdida, a não ser eu.

Então o capitão Jim contou a história... uma velha, velha história esquecida, pois fazia mais de 50 anos desde que Margaret adormecera um dia no pequeno barco do pai e vagou à deriva... ou assim se supôs, pois nada mais se soube do destino dela... fora do canal, para além da barra, para morrer na negra tempestade de trovões que tinha surgido tão repentinamente naquela tarde de verão, havia muito tempo. Mas para o capitão Jim aqueles 50 anos eram como se fossem o dia de ontem.

---

16   Henry Wadsworth Longfellow (1807-1882), poeta norte-americano; entre suas publicações se destacam *Evangeline* e *A canção de Hiawatha* (NT).

— Caminhei pela costa por meses depois disso — disse ele, tristemente —, procurando encontrar o querido e meigo corpinho dela; mas o mar nunca a devolveu para mim. Mas vou encontrá-la um dia, senhora Blythe... vou encontrá-la um dia. Ela está esperando por mim. Gostaria de poder lhe contar como ela era, mas não consigo. Já vi uma fina névoa prateada pairando sobre a barra ao nascer do sol, que se parecia com ela... depois vi uma bétula branca no bosque lá atrás, que me fez pensar nela. Tinha cabelos castanhos claros e um rostinho branco e doce, dedos longos e finos como os seus, senhora Blythe, só que mais morenos, porque ela era uma menina da costa. Às vezes acordo no meio da noite e ouço o mar me chamando daquele jeito antigo, e parece que é Margaret perdida que me chama. E quando há uma tempestade e as ondas estão soluçando e gemendo, eu a ouço lamentando entre elas. E quando riem num dia alegre, é a risada *dela*... a risadinha sagaz e malandra de Margaret. O mar a tirou de mim, mas um dia vou encontrá-la, senhora Blythe. Ele não pode nos separar para sempre.

— Estou muito contente por ter me falado dela — disse Anne. — Muitas vezes me perguntei por que você viveu toda a sua vida sozinho.

— Eu nunca poderia me interessar por mais ninguém. A Margaret perdida levou meu coração com ela... lá para longe — disse o velho apaixonado, que havia sido fiel por 50 anos à namorada que se afogou. — Não vai se importar, se eu falar muito sobre ela, não é, senhora Blythe? É um prazer para mim... pois toda a dor da lembrança dela sumiu há anos e fiquei apenas com a bênção. Sei que nunca vai esquecê-la, senhora Blythe. E se os anos, como espero, trouxerem outros pequeninos à sua casa, quero que me prometa que vai lhes contar a história da Margaret perdida, para que o nome dela não seja esquecido pela humanidade.

Capítulo 21

Caem as barreiras

— Anne — disse Leslie, rompendo abruptamente um breve silêncio —, você não sabe como é *bom* estar sentada aqui com você novamente... trabalhando... e conversando... e ficando em silêncio juntas.

Elas estavam sentadas entre gramíneas de flores azuladas na margem do riacho, no jardim de Anne. A água cintilava e sussurrava enquanto passava por elas; as bétulas lançavam sombras manchadas sobre elas; rosas floresciam ao longo das trilhas. O sol estava começando a baixar e o ar estava cheio de músicas que se misturavam. Ouvia-se uma música do vento nos abetos atrás da casa, outra que vinha das ondas da barra e outra ainda do distante sino da igreja, perto da qual a pequenina dama branca dormia. Anne adorava aquele sino, embora trouxesse pensamentos tristes.

Ela olhou com curiosidade para Leslie, que largou a costura e falou com uma falta de contenção que era verdadeiramente incomum nela.

— Naquela noite horrível em que você estava tão doente — continuou Leslie — fiquei pensando que talvez não tivéssemos mais conversas, caminhadas e *trabalhos* juntas. E percebi o que sua amizade tinha passado a significar para mim... exatamente o que *você* pretendia... e que besta odiosa eu fui.

— Leslie! Leslie! Jamais admito que alguém xingue meus amigos.

— Mas é verdade. É exatamente isso que sou... uma besta odiosa. Há algo que *tenho* de lhe dizer, Anne. Creio que vai fazer com que você me despreze, mas *devo* confessá-lo. Anne, houve momentos nesse passado inverno e na primavera, quando eu a *odiei*.

— Eu sabia — disse Anne, calmamente.

– Você *sabia*?

– Sim, eu via em seus olhos.

– E ainda assim continuou gostando de mim e sendo minha amiga.

– Bem, foi só vez ou outra que você chegou a me detestar, Leslie. Entre as tantas vezes que você realmente gostava de mim, eu acho.

– Certamente que gostava de você, mas aquele outro horroroso sentimento sempre estava lá, estragando tudo, no fundo de meu coração. Eu o mantinha sob controle... às vezes esquecia... mas às vezes ele ressurgia e tomava posse de mim. Eu a odiava porque a *invejava*... oh, ficava doente de inveja de você, às vezes. Você tinha uma casinha querida... e amor... e felicidade... e sonhos felizes... tudo o que eu queria... e nunca tive... e nunca poderia ter. Oh, nunca poderia ter! *Isso* era o que me doía. Eu não teria invejado você, se tivesse alguma *esperança* de que a vida seria diferente para mim. Mas não tinha... eu não tinha... e não parecia *justo*. Isso me tornou rebelde... e me machucava... e então eu odiei você, às vezes. Oh, eu tive tanta vergonha disso... estou morrendo de vergonha agora... mas não conseguia vencer isso. Naquela noite, quando tive medo de que você não vivesse... pensei que seria punida por minha maldade... e a amei tanto então... Anne, Anne, nunca tive nada para amar desde que minha mãe morreu, exceto o velho cachorro de Dick... e é tão terrível não ter nada para amar... a vida é tão *vazia*... e não há *nada* pior do que o vazio... e eu poderia tê-la amado tanto... e essa coisa horrível tinha estragado tudo...

Leslie estava tremendo e ficando quase incoerente com a violência de sua emoção.

– Não, Leslie – implorou Anne. – Oh, não. Eu entendo... não fale mais nisso.

– Eu devo... eu devo. Quando soube que você haveria de sobreviver, jurei que lhe contaria assim que estivesse bem... que eu não continuaria aceitando sua amizade e companheirismo sem lhe dizer como eu era indigna disso. E eu fiquei com tanto medo... que isso voltasse você contra mim.

– Não precisa ter medo disso, Leslie.

– Oh, fico tão contente... tão contente, Anne. – Leslie apertou as próprias mãos bronzeadas e endurecidas pelo trabalho para evitar que continuassem tremendo. –

Mas eu quero lhe contar tudo, agora que comecei. Você não se lembra da primeira vez que a vi, suponho... não foi naquela noite na praia...

– Não, foi na noite em que Gilbert e eu viemos para casa. Você estava levando seus gansos colina abaixo. Lembro-me *muito* bem! Achei você tão bonita... passei semanas desejando descobrir quem você era.

– Eu sabia *quem* você era, embora nunca tivesse visto vocês dois antes. Tinha ouvido falar do novo médico e sua noiva que estavam vindo morar na casinha da senhorita Russell. Eu... eu a odiei naquele exato momento, Anne.

– Senti o ressentimento em seus olhos... então fiquei na dúvida... pensei que devia estar enganada... *por que* motivo seria?

– Era porque você parecia tão feliz. Oh, vai concordar comigo agora que *eu sou* uma detestável besta... odiar outra mulher só porque ela é feliz... e quando a felicidade dela nada tirou de mim! Foi por isso que nunca fui visitá-la. Eu sabia muito bem que devia ir... até mesmo nossos simples costumes de Four Winds o exigiam. Mas eu não me sentia capaz. Costumava observá-la de minha janela... podia vê-la junto com seu marido passeando pelo jardim à noite... ou você correndo pela viela do álamo para encontrá-lo. E isso me machucava. E, no entanto, eu queria ir. Sentia que, se não fosse tão infeliz, poderia gostar de você e encontrar em você o que nunca tive na vida... uma amiga íntima e *real* de minha idade. E então você se lembra daquela noite na praia?

Você estava com medo de que eu a achasse tresloucada. Você deve ter pensado que *eu* era.

– Não, mas não consegui entender você, Leslie. Em dado momento me atraía para junto de você... no seguinte, me afastava.

– Eu estava muito infeliz naquela noite. Tinha tido um dia complicado. Dick tinha sido muito... muito difícil de controlar naquele dia. Geralmente ele é bem humorado e fácil de controlar, você sabe, Anne. Mas em alguns dias é muito diferente. Eu estava tão desgastada... que fugi para a praia assim que ele adormeceu. Era meu único refúgio. Fiquei sentada ali, pensando em como meu pobre pai havia acabado com a vida dele e me perguntando se eu não estaria levada a isso algum dia. Oh, meu coração estava cheio de pensamentos sombrios! E então você veio dançando pela enseada como uma criança alegre e despreocupada. Eu... eu a odiei mais do que havia odiado alguém em minha vida. E, no entanto, ansiava por sua amizade. Um sentimento me invadia num momento; o outro sentimento, no seguinte. Quando cheguei em casa naquela noite, chorei de vergonha do que você devia ter pensado de mim. Mas sempre tinha sido a mesma coisa quando vinha para cá. Às vezes me parecia que ficaria feliz e desfrutaria de minha visita. E em outras ocasiões, aquela sensação horrível estragava tudo. Houve momentos em que tudo sobre você e sua casa me machucava. Você tinha tantas coisinhas queridas que eu não poderia ter. Você sabe... é ridículo... mas eu tinha uma raiva peculiar daqueles seus cachorros de porcelana. Houve momentos em que eu queria tomar Gog e Magog e bater aqueles narizes pretos um contra o outro! Oh, você sorri, Anne... mas não era nada engraçado para mim. Eu vinha aqui e via você e Gilbert com seus livros e suas flores, e seus deuses domésticos, e suas piadinhas de família... e seu amor um pelo outro, mostrado em cada olhar e em cada palavra, mesmo quando você não sabia... e eu ia para casa... você sabe para que eu ia para casa! Oh, Anne, não acredito que eu seja ciumenta e invejosa por natureza. Quando eu era menina, faltavam-me muitas coisas que meus colegas de escola tinham, mas nunca me importei... nunca deixei de gostar deles por isso. Mas parece que fui me tornando tão rancorosa...

– Leslie, querida, pare de se culpar. Você *não* é rancorosa, nem ciumenta, nem invejosa. A vida que você tem de viver a desvirtuou um pouco, talvez... mas teria arruinado uma natureza menos refinada e nobre que a sua. Estou deixando que você me conte tudo isso porque acredito que é melhor para você desabafar e livrar sua alma disso. Mas não se culpe mais.

– Bem, não vou. Só queria que você me conhecesse como sou. Naquela vez em que você me disse que sua esperança para a primavera era a pior de todas, Anne. Nunca vou me perdoar a maneira como me comportei então. Eu me arrependi com lágrimas. E pus muito amor e carinho no vestidinho que fiz. Mas eu deveria ter sabido que qualquer coisa que eu fizesse só poderia se tornar numa mortalha, no final.

– Ora, Leslie, isso é amargo e mórbido... tire esses pensamentos de sua cabeça. Fiquei tão contente quando você trouxe o vestidinho e, uma vez que tinha de perder a pequena Joyce, gosto de pensar que ela usava, ao partir, esse vestidinho que você fez para ela quando se permitiu me amar.

– Anne, acredito que depois disso vou amá-la para sempre. Não acho que vá sentir novamente esse sentimento horrível com relação a você. Falar sobre ele parece tê-lo feito desaparecer, de alguma forma. É muito estranho... e o achei tão real e amargo. É como abrir a porta de um quarto escuro para mostrar alguma criatura hedionda que acreditava estar lá... e quando os raios de luz entram, o monstro se revela apenas uma sombra, que desaparece com a luz. Isso nunca mais vai persistir entre nós.

– Não, agora somos amigas de verdade, Leslie, e fico muito contente.

– Espero que não me entenda mal, se eu disser mais alguma coisa. Anne, fiquei profundamente triste quando você perdeu seu bebê; e se pudesse tê-lo salvado para você cortando uma de minhas mãos, eu o teria feito. Mas sua tristeza nos aproximou muito mais. Sua felicidade perfeita não é mais uma barreira. Oh, não entenda mal, querida... *não* estou feliz que sua felicidade já não seja mais perfeita... posso dizê-lo com sinceridade; mas uma vez que não é mais, não existe esse abismo entre nós.

– *Entendo* isso também, Leslie. Agora, vamos encerrar o passado e esquecer o que teve de desagradável. Tudo vai ser diferente. Nós duas somos da raça de Joseph agora. Eu acho que você tem sido maravilhosa... maravilhosa. E, Leslie, não posso deixar de acreditar que a vida ainda tem algo bom e bonito para você.

Leslie meneou a cabeça.

– Não – disse ela, tristemente. – Não há esperança. Dick nunca vai melhorar... e mesmo que recuperasse a memória... oh, Anne, seria pior, ainda pior, do que é agora. Isso é algo que você não pode compreender, você noiva feliz. Anne, a senhorita Cornélia já lhe contou como foi que cheguei a me casar com Dick?

– Sim.

– Fico contente... queria que você soubesse... mas não conseguiria falar sobre isso, se você não soubesse. Anne, parece-me que, desde os meus 12 anos, a vida tem sido amarga. Antes, tive uma infância feliz. Éramos muito pobres... mas não nos importávamos. O pai era tão esplêndido... tão inteligente, amoroso e compreensivo.

Éramos amigos desde que me lembro. E a mãe era tão doce. Era muito, muito bonita. Eu me pareço com ela, mas não sou tão bonita quanto ela era.

– A senhorita Cornélia disse que você é muito mais bonita.

– Ela está enganada... ou é preconceituosa. Acho que meu corpo é mais elegante... minha mãe era frágil e curvada pelo trabalho duro... mas tinha o rosto de um anjo. Eu costumava apenas olhar para ela em adoração. Todos nós a venerávamos... o pai, Kenneth e eu.

Anne lembrou-se de que a senhorita Cornélia lhe havia dado uma versão bem diferente da mãe de Leslie. Mas o amor não tinha a visão mais verdadeira? Ainda assim, foi um ato de egoísmo da parte de Rose West fazer com que a filha se casasse com Dick Moore.

– Kenneth era meu irmão – continuou Leslie. – Oh, não posso lhe dizer como o amava. E ele foi cruelmente morto. Você sabe como?

– Sim.

– Anne, eu vi o rostinho dele quando a roda passou por cima. Ele caiu de costas. Anne... Anne... posso vê-lo agora. Sempre o verei. Anne, tudo o que peço aos céus é que essa lembrança seja apagada de minha memória. Oh, meu Deus!

– Leslie, não fale nisso. Eu conheço a história... não entre em detalhes, porque só vai atormentar sua alma inutilmente. Ela *será* apagada.

Depois de um momento de luta, Leslie recuperou um pouco de autocontrole.

– Então a saúde de meu pai piorou e ele ficou desesperado... sua mente ficou desequilibrada... você também ouviu tudo isso?

– Sim.

– Depois disso, eu tinha apenas a mãe para quem viver. Mas eu era muito ambiciosa. Pretendia lecionar e me sustentar durante meus estudos na faculdade. Pretendia chegar até o topo... oh, não vou falar disso também. Não adianta. Você sabe o que aconteceu. Não podia ver minha querida mãe de coração partido, que tinha sido uma escrava durante toda a vida, saindo de sua casa. Claro, eu podia ter ganho o suficiente para vivermos. Mas a mãe *não podia* sair da casa dela. Tinha entrado nela como noiva... e tinha amado tanto o pai... e todas as recordações dela estavam lá. Mesmo assim, Anne, quando penso que a deixei feliz no último ano da vida dela, não lamento o que fiz. Quanto a Dick... eu não o detestava quando me casei com ele... apenas sentia por ele o indiferente sentimento de amizade que eu tinha pela maioria de meus colegas de escola. Sabia que ele bebia um pouco... mas nunca tinha ouvido a história da moça da aldeia dos pescadores. Se a tivesse ouvido, *jamais* teria me casado com ele, nem por causa de minha mãe. Depois... eu passei *realmente* a odiá-lo... mas minha mãe nunca soube. Ela morreu... e então eu fiquei sozinha. Tinha apenas 17 anos e estava sozinha. Dick tinha partido no navio Four Sisters. Esperava que ele não passasse mais muito tempo em casa. O mar sempre esteve no sangue dele. Eu não tinha outra esperança. Bem, o capitão Jim o trouxe para casa, como você sabe... e isso é tudo o que há a dizer. Agora, você me conhece, Anne... o pior de mim... todas as barreiras ruíram. E você ainda quer ser minha amiga?

Anne olhou para cima, por entre as bétulas, para a luz esbranquiçada de uma meia-lua que ia descendo em direção do golfo, ao pôr do sol. O rosto dela era todo meiguice.

– Sou sua amiga e você é minha amiga, para sempre – respondeu ela. – Uma amiga como nunca tive antes. Tive muitas amigas queridas e amadas... mas há algo em você, Leslie, que nunca encontrei em ninguém mais. Você tem mais a me oferecer nessa sua natureza rica, e eu tenho mais para dar a você do que tive em minha juventude descuidada. Nós duas somos mulheres... e amigas para sempre.

Elas apertaram as mãos e sorriram uma para a outra através das lágrimas que enchiam os olhos cinzentos e os azuis.

Capítulo 22

A senhorita Cornélia resolve alguns assuntos

Gilbert insistia, dizendo que Susan deveria ficar na casinha durante o verão. No início, Anne protestou.

– A vida aqui só com nós dois é tão doce, Gilbert. Estraga um pouco ter outra pessoa em casa. Susan é uma alma querida, mas é uma estranha. Não vou ficar doente fazendo o trabalho de casa.

– Você deve seguir o conselho do médico – disse Gilbert. – Há um velho provérbio que diz que as esposas dos sapateiros andam descalças e as dos médicos morrem jovens. Não gostaria que isso acontecesse em minha casa. Você vai manter Susan até que se recupere completamente e até que essas covinhas em suas faces se preencham.

– Vá com calma, senhora querida – disse Susan, entrando abruptamente. – Descanse mais que puder e não se preocupe com a despensa. Susan está no comando. Não adianta manter um cachorro em casa, se for você que tem que latir. Vou levar a seu quarto o café da manhã todos os dias.

– Certamente que não vai – riu Anne. – Concordo com a senhorita Cornélia que diz que é um escândalo para uma mulher que não está doente tomar o café da manhã na cama, escândalo que quase a iguala aos homens em extravagâncias.

– Oh, Cornélia! – exclamou Susan, com inefável desprezo. – Acho que tem suficiente bom senso, senhora querida, para não dar atenção ao que diz Cornélia Bryant. Não vejo por que ela anda sempre criticando os homens, mesmo sendo uma velha solteirona. Eu sou uma solteirona, mas nunca me ouviu falar mal dos homens. Gosto deles. Teria me casado com um, se pudesse. Não é engraçado que nenhum tenha me pedido em casamento, senhora querida? Não sou nenhuma beldade, mas sou tão bonita quanto a maioria das mulheres casadas que se vê por aí. Mas nunca tive um namorado. Por que motivo acha que teria sido?

– Pode ser predestinação – sugeriu Anne, com misteriosa solenidade.

Susan concordou, com um aceno de cabeça.

– Isso é o que sempre pensei, querida senhora, e é um grande consolo. Não me importo que ninguém tenha desejado ficar comigo, se o Todo-poderoso assim o decretou por seus sábios propósitos. Mas às vezes a dúvida se insinua, querida senhora, e me pergunto se talvez o velho satã não tenha mais a ver com isso do que qualquer outro. Não posso, *então*, me sentir resignada. Mas talvez – acrescentou Susan, animando-se –, ainda deva ter alguma chance de me casar. Muitas vezes penso nos antigos versos que minha tia costumava repetir:

> *Nunca houve uma gansa tão cinza que, em algum momento, cedo ou tarde,*
> *Um ganso honesto apareceu em seu caminho e a tomou por companheira!*

Uma mulher nunca pode ter certeza de não se casar enquanto não for enterrada, querida senhora, mas nesse momento vou me ocupar em fazer uma porção de tortas de cereja. Percebi que o doutor as aprecia e *eu realmente* gosto de cozinhar para um homem que se delicia com uma boa mesa.

A senhorita Cornélia apareceu naquela tarde, um tanto ofegante.

– Não me importo muito nem com o mundo nem com o diabo, mas *é* o peso que me incomoda bastante – admitiu ela. – Você sempre parece viçosa com uma bela hortaliça, Anne querida. Será que estou sentindo cheiro de torta de cereja? Se for verdade, convide-me para ficar para o chá. Não provei uma torta de cereja sequer nesse verão. Minhas cerejas foram todas roubadas por aqueles patifes dos meninos Gilman, de Glen.

– Ora, ora, Cornélia – protestou o capitão Jim, que estava lendo uma novela num canto da sala de estar –, você não deveria dizer isso daqueles dois pobres meninos Gilman, órfãos de mãe, a menos que tenha provas conclusivas. Só porque o pai deles não é muito honesto, não é motivo para chamá-los de ladrões. É mais provável que devam ter sido os tordos que devoraram suas cerejas. O número deles é terrivelmente grande neste ano.

— Tordos! — repetiu a senhorita Cornélia, com desdém. — Hum! Tordos de duas pernas, acredite em *mim*!

— Bem, todos os tordos de Four Winds *são* constituídos fisicamente com base nesse princípio — disse o capitão Jim, sério.

A senhorita Cornélia olhou para ele por um momento. Então se recostou na cadeira de balanço e desatou a rir, bem disposta.

— Bem, finalmente *ganhou* uma de mim, Jim Boyd, devo admitir. Veja como ele está satisfeito, Anne querida, sorrindo como um garoto peralta. Quanto às pernas dos tordos, se os tordos têm grandes pernas nuas e queimadas de sol, com calças esfarrapadas em torno nelas, como vi em minha cerejeira certa manhã ao nascer do sol, na semana passada, então vou pedir perdão aos meninos Gilman. Quando cheguei ao pé da árvore, eles tinham sumido. Não consegui entender como desapareceram tão rapidamente, mas o capitão Jim me esclareceu. Eles voaram, é claro.

O capitão Jim riu e saiu, declinando com muito pesar do convite para ficar para a ceia e para comer uma torta de cereja.

— Vou até a casa de Leslie e perguntar se ela aceita um hóspede — continuou a senhorita Cornélia. — Recebi uma carta ontem de uma senhora Daly, de Toronto, que se hospedou em minha casa, dois anos atrás. Queria que eu recebesse um amigo dela no verão. Trata-se de Owen Ford; é jornalista e parece que é neto do professor que construiu esta casa. A filha mais velha de John Selwyn se casou com um homem de Ontário, chamado Ford, e este é filho dela. Quer ver o antigo lugar onde os avós dele moravam. Esteve bastante doente, com febre tifoide, na primavera, e não se recuperou bem ainda; então o médico o aconselhou a passar uns tempos à beira do mar. Mas ele não quer ir para o hotel... prefere ficar numa sossegada casa de família. Não posso recebê-lo, pois devo viajar em agosto. Fui nomeada delegada da convenção da W.F.M.S. em Kingsport e eu vou. Não sei se Leslie vai querer assumir o incômodo de hospedá-lo, mas não há mais ninguém que eu possa indicar. Se ela não puder recebê-lo, ele vai ter de se hospedar lá do outro lado do porto.

— Depois de ter falado com ela, volte e nos ajude a comer nossas tortas de cereja — disse Anne. — Traga Leslie e Dick também, se puderem vir. E então você vai para

Kingsport? Vai desfrutar de bons momentos, sem dúvida. Vou lhe dar uma carta para entregar a uma amiga minha de lá... a senhora Jonas Blake.

– Convenci a senhora Thomas Holt a ir comigo – disse a senhorita Cornélia, complacente. – Já está na hora de ela tirar umas pequenas férias, acredite em *mim*. Está quase morrendo de tanto trabalhar. Tom Holt sabe fazer crochê que é uma maravilha, mas não consegue ganhar o suficiente para sustentar a família. Parece que nunca consegue acordar bastante cedo para fazer qualquer trabalho, mas reparei que pode se levantar bem cedo para ir pescar. Não é típico de um homem?

Anne sorriu. Tinha aprendido a dar grande desconto às opiniões da senhorita Cornélia sobre os homens de Four Winds. Caso contrário, deveria acreditar que eles constituíam o mais desesperado grupo de réprobos e vagabundos do mundo, com verdadeiras escravas e mártires como esposas. Esse Tom Holt em particular, por exemplo, sabia ser um marido amável, um pai benquisto e um excelente vizinho. Se tinha inclinação à preguiça, se gostava mais da pesca, para a qual tinha nascido, do que da agricultura, para a qual não tinha nascido, e se tinha a inofensiva excentricidade de se dedicar a trabalhos extravagantes, como fazer crochê, ninguém a não ser a senhorita Cornélia parecia sempre pronta a recriminá-lo. A esposa dele era uma "batalhadora incansável", que se orgulhava de ser assim; a família dele tinha uma vida confortável, proporcionada pelo cultivo dos campos; e seus robustos filhos e filhas tinham herdado a energia da mãe e todos eles estavam bem encaminhados para se dar bem na vida. Não havia família mais feliz em Glen St. Mary do que a dos Holt.

A senhorita Cornélia voltou satisfeita da casa situada riacho acima.

– Leslie vai recebê-lo – anunciou ela. – Ficou toda contente com a oportunidade. Quer ganhar um pouco de dinheiro para reformar o telhado da casa nesse outono e não sabia como haveria de fazê-lo. Espero que o capitão Jim fique mais do que interessado quando souber que um neto dos Selwyn está vindo para cá. Leslie me pediu para lhe dizer que ansiava por torta de cereja, mas não pode vir para o chá, porque tem de ir procurar os perus que fugiram. Mas disse, se sobrar um pedaço, que o guardem na despensa e virá buscá-lo ao anoitecer, quando tudo estiver em ordem na casa dela. Você não sabe, Anne querida, que bem fez a meu coração ouvir Leslie lhe enviar uma mensagem como essa, rindo como fazia muito tempo atrás. Há uma grande mudança nela ultimamente. Ri e brinca como uma menina e, pelo que anda falando, deduzo que ela vem seguidamente aqui.

– Todos os dias... ou então eu vou lá – disse Anne. – Não sei o que faria sem Leslie, especialmente agora, quando Gilbert está tão ocupado. Ele quase nunca está em casa, exceto por algumas horas na madrugada. Está realmente se matando de tanto trabalhar. Há muita gente do outro lado de porto que manda chamá-lo.

– Seria melhor que se contentassem com o próprio médico deles – disse a senhorita Cornélia. – Embora, com toda a certeza, não possa criticá-los, porque ele é um metodista. Desde que o Dr. Blythe curou a senhora Allonby, as pessoas pensam que ele pode ressuscitar os mortos. Acredito que até o Dr. Dave anda um pouquinho ciumento... como é típico de um homem. Ele acha que o Dr. Blythe tem muitas ideias novas! "Bem", eu lhe disse, "foi uma ideia inovadora que salvou Rhoda Allonby. Se *o senhor* a estivesse atendendo, ela teria morrido e haveria uma lápide dizendo que tinha sido do agrado de Deus levá-la deste mundo". Oh, gosto *mesmo* de falar o que penso ao Dr. Dave! Ele mandou em Glen durante anos a fio e acha que se esqueceu do que outras pessoas sempre souberam. Por falar em médicos, gostaria que o Dr. Blythe desse uma olhada naquele furúnculo no pescoço de Dick Moore. Está desafiando a habilidade de Leslie em tratá-lo. Com toda a certeza não sei por que Dick Moore se meteu a arranjar furúnculos agora... como se não tivesse problemas demais sem esse!

– Sabe, Dick se apegou muito a mim – disse Anne. – Ele me segue como um cachorrinho e sorri como uma criança satisfeita quando lhe dou atenção.

– Isso não a deixa arrepiada?

– Nem um pouco. Gosto do pobre Dick Moore. Ele me dá tanta pena e, de certa forma, é tão atraente.

– Você não o acharia muito atraente, se o visse nos dias de grande perturbação, acredite em *mim*. Mas fico bem contente pelo fato de ele não a incomodar... tanto melhor para Leslie. Ela terá mais do que fazer quando o hóspede chegar. Espero que seja uma criatura decente. Você provavelmente vai gostar dele... é um escritor.

– Eu me pergunto por que as pessoas comumente supõem que, se dois indivíduos são escritores, eles devem necessariamente ter grande afinidade – disse Anne, com desdém. – Ninguém haveria de esperar que dois ferreiros se sentissem violentamente atraídos um pelo outro simplesmente porque ambos são ferreiros.

Apesar disso, Anne aguardava a chegada de Owen Ford com agradável expectativa. Se ele fosse jovem e simpático, poderia representar uma bela aquisição para a sociedade de Four Winds. A porta da pequena casa estava sempre destrancada para a raça de Joseph.

Capítulo 23

Owen Ford chega a Four Winds

Certa noite, a senhorita Cornélia telefonou para Anne.

– O escritor acabou de chegar aqui. Vou levá-lo até sua casa e você pode lhe mostrar o caminho até a casa de Leslie. É um percurso mais curto do que dirigir pela outra estrada e estou com uma pressa mortal. O bebê dos Reese caiu numa panela de água quente em Glen e quase morreu escaldado e eles querem que eu vá até lá imediatamente... para colocar uma nova pele na criança, presumo. A senhora Reese é sempre tão descuidada e depois espera que outras pessoas consertem os erros dela. Você não vai se importar, não é, querida? A bagagem dele pode seguir amanhã.

– Muito bem – disse Anne. – Como é que ele é, senhorita Cornélia?

– Vai ver como ele é por fora quando o levar até você. Quanto à como ele é por dentro, só o Senhor que o fez sabe *disso*. Não vou dizer mais nada, pois todos os telefones estão com defeito, em Glen.

– A senhorita Cornélia evidentemente não conseguiu encontrar muitos defeitos na aparência do senhor Ford, ou os teria descrito, apesar dos problemas com os telefones – disse Anne. – Concluo, portanto, Susan, que o senhor Ford é bastante bonito, e não o contrário.

– Bem, querida senhora, eu *realmente* gosto de ver um homem de boa aparência – disse Susan, com toda a franqueza. – Não seria melhor eu preparar um lanche para ele? Há uma torta de morango que derrete na boca.

– Não, Leslie está esperando por ele e tem o jantar pronto. Além disso, quero aquela torta de morango para meu pobre marido. Só vai chegar tarde, então deixe a torta e um copo de leite para ele, Susan.

– Farei isso, senhora querida. Susan está no comando. Afinal, é melhor dar torta para o próprio marido do que para estranhos, que podem estar apenas procurando comer alguma coisa, e o doutor é um homem de tão boa aparência como qualquer outro.

Quando Owen Ford apareceu, Anne admitiu secretamente, enquanto a senhorita Cornélia o apresentava, que ele era verdadeiramente muito "elegante". Era alto, de ombros largos, cabelos castanhos espessos, nariz e queixo bem desenhados, olhos grandes e brilhantes de um cinza-escuro.

– E reparou nas orelhas e nos dentes dele, senhora querida? – perguntou Susan, mais tarde. – Tem as orelhas mais bem feitas que já vi na cabeça de um homem. Sou fascinada por orelhas. Quando eu era jovem, tinha medo de ter de me casar com um homem com orelhas de abano. Mas não precisava me preocupar, pois nunca tive chance com qualquer tipo de orelha.

Anne não tinha reparado nas orelhas de Owen Ford, mas nos dentes, quando os lábios dele se separaram num franco e amigável sorriso. Sem sorrir, seu rosto era bastante triste e ausente na expressão, não muito diferente do herói melancólico e inescrutável dos antigos sonhos de Anne; mas alegria, humor e charme o iluminavam quando ele sorria. Certamente, por fora, como disse a senhorita Cornélia, Owen Ford era um indivíduo bem apresentável.

– Não pode imaginar como estou encantado por estar aqui, senhora Blythe – disse ele, olhando em derredor com olhos ansiosos e interessados. – Estou com uma estranha sensação de estar voltando para casa. Minha mãe nasceu e passou a infância aqui, bem sabe. Ela costumava me falar muito da antiga casa. Conheço o interior dela tão bem como se fosse a casa em que morei e, é claro, minha mãe me contou a história da construção dessa casa e da agonizante vigília de meu avô pela chegada do navio Royal William. Cheguei a pensar que uma casa tão velha tivesse desaparecido anos atrás; deveria ter vindo antes para vê-la.

– Casas velhas não desaparecem facilmente nessa costa encantada – sorriu Anne. – Esta é uma "terra onde todas as coisas parecem sempre iguais"... quase sempre, pelo menos. A casa de John Selwyn não mudou muito e, do lado de fora, as roseiras que seu avô plantou para sua noiva estão florescendo neste exato momento.

– Como o pensamento me liga a elas! Com sua licença, tenho de explorar todo o lugar em breve.

– Nossa casa estará sempre inteiramente aberta para você – prometeu Anne. – E sabia que o velho capitão do mar, que cuida do farol de Four Winds, conhecia John Selwyn e sua noiva, quando ele era menino? Ele me contou a história deles na noite em que vim para cá... a terceira noiva da velha casa.

– Será possível? *É* uma verdadeira descoberta. Tenho de me encontrar com ele.

– Não vai ser difícil; somos todos amigos do capitão Jim. Ele vai estar tão ansioso em vê-lo quanto você poderia estar com relação a ele. Sua avó brilha como uma estrela na memória dele. Mas acho que a senhora Moore está esperando você. Vou lhe mostrar nosso atalho.

Anne o acompanhou até a casa, situada riacho acima, por um campo que estava branco como a neve com margaridas. Um barco, cheio de gente que cantava, passava do outro lado do porto. O som flutuava sobre a água como uma música fraca e sobrenatural, soprada pelo vento num mar iluminado pelas estrelas. A grande luz do farol brilhava e girava. Owen Ford olhou em volta com satisfação.

– E então esse recanto é Four Winds – disse ele. – Não estava preparado para achá-lo tão bonito, apesar de todos os elogios de minha mãe. Que cores... que cenário... que encanto! Em pouco tempo vou ficar forte como um cavalo. E se a inspiração vier da beleza, certamente vou conseguir começar meu grande romance canadense aqui.

– Não o começou ainda? – perguntou Anne.

– Infelizmente, não. Nunca consegui encontrar a ideia central certa para ele. Refugia-se para além de mim... atrai... e acena... e retrocede... quase a agarro e some. Talvez no meio desta paz e beleza, eu consiga capturá-la. A senhorita Bryant me disse que você escreve.

– Oh, escrevo algumas coisinhas para crianças. Não fiz muito desde que me casei. E... não tenho planos para um grande romance canadense – riu Anne. – Isso está muito além de minha capacidade.

Owen Ford também riu.

– Ouso dizer que também está além de minhas capacidades. Mesmo assim, pretendo tentar algum dia, se conseguir ter tempo. Um jornalista não tem muita chance para esse tipo de coisa. Escrevi muitos contos para revistas, mas nunca tive o tempo que me parece necessário para escrever um livro. Com três meses de liberdade, deveria começar... se conseguir encontrar o motivo central... a *alma* do livro.

Uma ideia passou pela mente de Anne com uma rapidez que a fez saltar. Mas não disse nada, pois haviam chegado à casa dos Moore. Assim que entraram no pátio, Leslie saiu pela porta lateral da varanda, espiando na penumbra em busca de algum sinal de seu hóspede. Ela ficou exatamente onde a luz amarela e morna a inundava, vinda da porta aberta. Usava um vestido simples e barato de algodão tingido de creme, com o usual cinto vermelho. Leslie nunca ficava sem seu toque de carmesim. Dizia a Anne que nunca se sentia satisfeita sem um brilho vermelho em algum lugar de sua roupa, mesmo que fosse apenas uma flor. Para Anne, sempre pareceu simbolizar a personalidade brilhante e camuflada de Leslie, que ocultava toda expressão, exceto naquele brilho flamejante. O vestido de Leslie tinha um corte um pouco abaixo do pescoço e mangas curtas. Seus braços brilhavam como mármore puxando a marfim. Cada curva delicada de suas formas aparecia delineada na escuridão suave contra a luz. Seu cabelo brilhava como chamas. Atrás dela estava um céu púrpura, todo florido com estrelas pairando acima do porto.

Anne ouviu o companheiro dela dar um suspiro. Mesmo no crepúsculo, ela podia ver espanto e admiração no rosto dele.

– Quem é essa linda criatura? – perguntou ele.

– É a senhora Moore – respondeu Anne. – Ela é muito bonita, não é?

– Eu... eu nunca vi nada como ela – respondeu ele, um pouco atordoado. – Não estava preparado... não esperava... meu Deus, *nunca* se espera uma deusa como estalajadeira! Ora, se estivesse usando um vestido de púrpura marinho, com um diadema de ametistas no cabelo, ela seria uma verdadeira rainha do mar. E recebe hóspedes!

– Até mesmo as deusas têm de viver – disse Anne. – E Leslie não é uma deusa. É apenas uma mulher muito bonita, tão humana quanto o resto de nós. A senhorita Bryant lhe contou sobre o senhor Moore?

– Sim... ele é mentalmente deficiente, ou algo parecido, não é? Mas ela não disse nada sobre a senhora Moore e achava que era uma dona de casa normal, que trabalha no campo e recebe hóspedes para ganhar honestamente mais alguns trocados.

– Bem, é exatamente o que Leslie está fazendo – disse Anne, secamente. – E não é muito agradável para ela também. Espero que você não se importe com Dick. Se o fizer, por favor, não deixe Leslie perceber. Isso a machucaria terrivelmente. Ele é apenas um bebê grande e, às vezes, um tanto aborrecedor.

– Oh, não vou ligar para ele. De qualquer maneira, acho que não vou ficar muito em casa, exceto para as refeições. Mas que pena! A vida dela deve ser difícil.

– É. Mas ela não gosta de que tenham pena dela.

Leslie tinha entrado em casa e agora os recebia na porta da frente. Cumprimentou Owen Ford com fria civilidade e disse-lhe em tom profissional que o quarto e o jantar estavam prontos para ele. Dick, com um sorriso satisfeito, subiu as escadas com a valise e Owen Ford foi instalado como hóspede da velha casa entre os salgueiros.

Capítulo 24

O livro da vida do capitão jim

—Tenho uma pequena ideia, como se fosse um minúsculo casulo marrom que pode se transformar numa magnífica borboleta, em sua realização – disse Anne a Gilbert quando chegou em casa. Ele tinha voltado mais cedo do que ela esperava e estava saboreando a torta de cereja de Susan. A própria Susan pairava no fundo, como um espírito guardião um tanto sombrio, mas benéfico, e sentia tanto prazer em assistir Gilbert comer a torta como ele próprio tinha ao comê-la.

– Qual é sua ideia? – perguntou ele.

– Não vou contar ainda... não até ver se consigo fazer a coisa acontecer.

– Que tipo de sujeito é Ford?

– Oh, muito simpático e de boa aparência.

– E que lindas orelhas ele tem, caro doutor– interrompeu Susan, com prazer.

– Ele tem entre 30 e 35 anos, eu acho, e pensa em escrever um romance. Tem voz agradável e sorriso encantador, e sabe como se vestir. Parece que a vida não foi totalmente fácil para ele, por algum motivo.

Owen Ford apareceu na tarde seguinte com um bilhete de Leslie para Anne; eles passaram a hora do pôr do sol no jardim e depois foram passear ao luar pelo porto, no pequeno barco que Gilbert havia arranjado para algumas saídas durante o verão. Gostaram imensamente de Owen e tinham aquela sensação de conhecê-lo havia muitos anos, o que o distinguia como membro da irmandade da casa de Joseph.

– Ele é tão atraente como as próprias orelhas dele, querida senhora – disse Susan, quando ele partiu; antes, lhe havia dito que nunca tinha provado nada como aquela torta de morango, conquistando o suscetível coração de Susan para sempre.

"Ele tem um jeito todo especial", pensava ela, enquanto tirava a mesa. "É muito estranho que não seja casado, pois um homem como esse poderia ter a mulher que quisesse. Bem, talvez seja como eu e ainda não encontrou a pessoa certa."

Susan realmente se mostrou bem romântica em suas reflexões, enquanto lavava a louça.

Duas noites depois, Anne levou Owen Ford até o cabo de Four Winds para apresentá-lo ao capitão Jim. Os campos de trevo ao longo da costa do porto estavam esbranquiçados com o vento do oeste e o capitão Jim tinha diante de si o melhor pôr do sol que poderia desejar. Ele próprio acabara de retornar de uma volta pelo porto.

– Tive de ir lá e dizer a Henry Pollack que ele estava morrendo. Todos os outros tinham medo de revelar isso a ele. Achavam que ele reagiria muito mal, pois tem estado terrivelmente determinado a viver e vinha fazendo planos de todo tipo para o outono. A esposa achava que ele deveria ser informado a respeito e que eu seria a melhor pessoa para lhe dizer que não tinha chance de melhorar. Henry e eu somos velhos camaradas... navegamos juntos durante anos no Gray Gull. Bem, fui e me sentei ao lado da cama de Henry e lhe disse, de forma direta e simples, pois se uma coisa tem de ser dita, é melhor dizê-la de imediato do que no fim, e falei: "Companheiro, acho que desta vez você recebeu ordens para navegar". Eu estava tremendo por dentro, pois é uma coisa horrível ter de dizer a um homem que não faz ideia de que está morrendo, mas que realmente está. Veja só, senhora Blythe, Henry olhou para mim, com aqueles olhos negros e brilhantes cravados naquele rosto enrugado e disse: "Conte-me alguma coisa que eu não saiba, Jim Boyd, se quiser me dar informações. Sei *disso* há uma semana". Fiquei surpreso demais para falar e Henry riu. "Ver você entrando aqui", continuou ele, "com o rosto tão solene quanto uma lápide tumular e sentar-se ali com as mãos cruzadas sobre o peito, passando-me uma notícia velha e mofada como essa! Isso faria um gato rir, Jim Boyd", concluiu. "Quem lhe contou?", perguntei, feito pateta. "Ninguém", respondeu. "Uma semana atrás, na noite de terça-feira, eu estava aqui deitado e acordado... e então percebi. Suspeitava disso antes, mas então *fiquei sabendo*. Andei disfarçando por causa de minha mulher.

Gostaria de poder construir aquele celeiro, porque Eben nunca vai fazê-lo de acordo. Mas, de qualquer forma, agora que você aliviou sua mente, Jim, sorria e me diga algo interessante." Bem, foi isso. Eles estavam com tanto medo de lhe contar e ele sabia disso o tempo todo. É estranho como a natureza cuida de nós, não é, e nos deixa saber o que devemos saber quando chegar a hora. Nunca lhe contei a história de Henry ter ficado com o anzol preso no nariz, senhora Blythe?

– Não.

– Bem, ele e eu ainda rimos por isso hoje. Aconteceu quase trinta anos atrás. Estávamos pescando um dia, junto com vários outros companheiros. Foi um grande dia... nunca mais vi um cardume tão grande de cavala no golfo... e na excitação geral, Henry fez um movimento brusco e acabou por ficar com um anzol preso no nariz. Bem, lá estava ele; com a ponta enfiada numa extremidade e um grande pedaço de chumbo na outra, e não havia como tirá-lo. Queríamos levá-lo em terra imediatamente, mas Henry estava decidido; disse que ficaria maluco se deixasse um cardume desses por algum motivo que fosse; então continuou pescando, manobrando com uma das mãos e gemendo de vez em quando. Finalmente, o cardume passou e voltamos com uma bela carga; apanhei uma lima e tentei limar aquele anzol. Tentei ser o mais cuidadoso possível, mas deviam ter ouvido Henry... não, realmente não deviam. Ainda bem que não havia damas por perto. Henry não era homem de proferir palavrões, mas ele já tinha ouvido alguns deles ao longo da costa durante seu tempo de marinheiro, e ele os pescou todos eles de sua memória e os gritava contra mim. Finalmente, declarou que não conseguia mais aguentar e que eu não tinha o mínimo de compaixão. Por isso resolvemos levá-lo a um médico em Charlottetown, a 35 milhas daqui... não havia outro mais perto naquela época... com aquele bendito anzol pendendo do nariz dele. Quando chegamos lá, o velho Dr. Crabb apanhou uma lima e limou o anzol exatamente da mesma maneira que eu havia tentado fazer, só que ele não teve preocupação alguma em ser muito cuidadoso!

A visita do capitão Jim a seu velho amigo reavivou muitas lembranças e agora ele estava em plena maré de reminiscências.

– Henry estava me perguntando hoje se me lembrava de quando o velho padre Chiniquy abençoou o barco de Alexander MacAllister. Outra história estranha... e verdadeira como o evangelho. Eu mesmo estava no barco. Certa manhã, ao nascer do sol, ele e eu saímos no barco de Alexander MacAllister. Além de nós, havia um menino francês no barco... católico, claro. Você sabe que o velho padre Chiniquy tinha se tornado protestante; por isso os católicos não recorriam mais a ele. Bem, ficamos ao largo no golfo, sob um sol escaldante, até o meio-dia, e não conseguimos apanhar um peixe sequer. Quando desembarcamos na praia, o velho padre Chiniquy teve de partir e então disse, com aquele seu jeito educado: "Lamento muito não poder sair com você nesta tarde, senhor MacAllister, mas deixo-lhe minha bênção. Vai apanhar mil peixes esta tarde". Bem, não apanhamos mil, mas exatamente 999... a maior pescaria para um pequeno barco em toda a costa Norte naquele verão. Curioso, não é? Alexander MacAllister disse a Andrew Peters: "Bem, e o que acha do padre Chiniquy agora?". Andrew resmungou: "Bem, acho que o velho diabo ainda tinha uma bênção sobrando". Nossa, e como Henry riu desse fato hoje!

– Você sabe quem é o senhor Ford, capitão Jim? – perguntou Anne, vendo que a fonte de reminiscências do capitão Jim tinha acabado por ora. – Quero que adivinhe.

O capitão Jim meneou a cabeça.

– Nunca tive jeito para adivinhar, senhora Blythe, mas de alguma forma, pensando bem... Onde foi que eu vi esses olhos antes?.... pois *já* os vi.

– Pense numa manhã de setembro, muitos anos atrás – disse Anne, suavemente. – Pense num navio entrando no porto... um navio há muito esperado e do qual a gente se desesperava. Pense no dia em que o navio Royal William chegou e na primeira vez que você viu a noiva do professor.

O capitão Jim se levantou de um salto.

– São os olhos de Persis Selwyn – quase gritou ele. – Você não pode ser filho dela... você deve ser...

– Neto; sim, sou filho de Alice Selwyn.

O capitão Jim se dirigiu para Owen Ford e apertou-lhe a mão novamente.

– Filho de Alice Selwyn! Meu Deus, mas é muito bem-vindo! Quantas vezes andei me perguntando onde estariam morando os descendentes do professor! Eu sabia que não havia nenhum na ilha. Alice... Alice... o primeiro bebê a nascer naquela casinha. Nenhum bebê trouxe mais alegria! Eu a embalei centenas de vezes. Foi de meu colo que ela desceu para dar os primeiros passos sozinha. Consigo ver o rosto da mãe olhando para ela... e foi quase 60 anos atrás. Ela está viva ainda?

– Não, ela morreu quando eu era menino.

– Oh, não parece justo que eu esteja vivo para ouvir isso – suspirou o capitão Jim. – Mas estou muito contente por ver você. Trouxe de volta minha juventude por um momento. Não pode imaginar que sensação é *essa*. A senhora Blythe aqui tem jeito para me pregar peças... ela faz isso comigo seguidamente.

O capitão Jim ficou ainda mais animado quando descobriu que Owen Ford era o que ele chamava de um "um verdadeiro escritor". Olhava para ele como um ser superior. O capitão Jim sabia que Anne escrevia, mas nunca tinha levado esse fato muito a sério. O capitão Jim achava que as mulheres eram criaturas encantadoras, que deveriam ter direito a voto e tudo o mais que quisessem, e que Deus as abençoasse; mas não acreditava que elas pudessem escrever bem.

– Basta ver o romance "*Um louco amor*" – protestava ele. – Uma mulher escreveu isso e vejam só... 103 capítulos quando tudo poderia ter sido contado em dez. Uma mulher que escreve nunca sabe quando parar; esse é o problema. O segredo da boa escrita é saber quando parar.

– O senhor Ford quer ouvir algumas de suas histórias, capitão Jim – disse Anne. – Conte a do capitão que enlouqueceu e imaginou que era o Holandês Voador[17].

Essa era a melhor história do capitão Jim. Era um misto de horror e de humor e, embora Anne já a tivesse ouvido várias vezes, ela ria com tanto entusiasmo e estremecia tanto quanto o senhor Ford. Outras histórias se seguiram, pois o capitão Jim tinha uma audiência garantida. Contou como seu barco foi abalroado por um navio a vapor; como tinha sido abordado por piratas malaios; como seu navio pegou fogo; como ajudou um prisioneiro político a escapar de uma república sul-africana; como

---

17   Referência à lenda do navio-fantasma holandês, chamado *Vliegende Hollander* em holandês e *Flying Dutchman*, em inglês, navio cuja sina era singrar pelos mares do mundo, sem parar e sem poder atracar em nenhum porto, até o fim dos tempos (NT).

naufragou nas Ilhas Madalena[18] num outono e ficou preso por lá durante o inverno; como um tigre se soltou a bordo do navio; como a tripulação se amotinou e o abandonou numa ilha deserta... essas e muitas outras histórias, trágicas ou engraçadas ou grotescas, foram relatadas pelo capitão Jim. O mistério do mar, o fascínio de terras distantes, a atração da aventura, o riso do mundo... seus ouvintes sentiram e imaginaram tudo isso. Owen Ford ouvia, com a cabeça apoiada na mão, e First Mate ronronava no colo com os olhos brilhantes fixos no rosto enrugado e eloquente do capitão Jim.

– Você não vai deixar o senhor Ford ver seu livro da vida, capitão Jim? – perguntou Anne, quando o capitão Jim finalmente declarou que suas histórias deviam ser encerradas por ora.

– Oh, ele não quer ser incomodado com *isso* – protestou o capitão Jim, que secretamente estava morrendo de vontade de mostrá-lo.

– Pelo contrário, gostaria imensamente de vê-lo, capitão Boyd – disse Owen. – Se for pela metade tão maravilhoso quanto suas histórias, valerá a pena ver.

Com fingida relutância, o capitão Jim tirou o livro da vida do velho baú e o entregou a Owen.

– Acho que não vai perder muito tempo com os escritos de minha velha mão. Nunca tive muita instrução – observou ele, descuidadamente. – Escrevi isso apenas para divertir meu sobrinho Joe. Está sempre me pedindo histórias. Veio para cá ontem e me disse, com ar de reprovação, enquanto eu tirava um bacalhau de 10 quilos de meu barco: "Tio Jim, o bacalhau não é um animal muito estúpido?". Então disse a ele que deve ser muito gentil com os animais tolos e nunca machucá-los sob hipótese alguma. Eu me safei dizendo que o bacalhau era bastante estúpido, mas que não era um animal; Joe não pareceu ter ficado satisfeito e eu tampouco. Deve-se ter muito cuidado com o que se diz a essas crianças. *Elas* percebem tudo.

Mesmo falando, o capitão Jim observava Owen Ford com o canto dos olhos, enquanto este examinava o livro de sua vida; e logo notando que seu convidado estava

---

18   *Iles de la Madeleine*, em francês, e *Magdalen Islands*, em inglês, é o designativo de um arquipélago situado no golfo de São Lourenço, no Canadá, a meio caminho entre a Ilha do Príncipe Eduardo e Terra Nova (NT).

entretido em suas páginas, ele se dirigiu sorridente para o guarda-louça e apanhou os ingredientes para preparar um bule de chá. Owen Ford largou o livro da vida com tanta relutância quanto um avarento larga seu ouro, tempo suficiente para beber o chá e então retornar avidamente ao livro.

– Oh, o senhor pode levar essa coisa para casa, se quiser – disse o capitão Jim, como se a "coisa" não fosse seu bem mais precioso. – Tenho de descer e puxar meu barco para um local seguro. Vêm aí fortes ventos. Já reparou no céu esta noite?

Céus cobertos de cirros e caudas de égua
Fazem os grandes barcos baixar as velas.

Owen Ford aceitou a oferta de levar o livro da vida de Jim, com prazer. No caminho de casa, Anne contou a ele a história de Margaret perdida no mar.

– Esse velho capitão é um camarada maravilhoso – disse ele. – Que vida levou! Ora, o homem teve mais aventuras numa semana de vida do que a maioria de nós numa vida inteira. Você realmente acha que as histórias dele são todas verdadeiras?

– Certamente que sim. Tenho certeza de que o capitão Jim não haveria de mentir; e, além disso, todas as pessoas por aqui dizem que tudo aconteceu como ele relata. Havia muitos antigos companheiros dele que, quando vivos, confirmavam esses relatos. Ele é um dos últimos capitães do mar da Ilha do Príncipe Eduardo. Estão quase extintos, hoje.

Capítulo 25

O livro passa a ser redigido

Owen Ford foi até a casinha, na manhã seguinte, muito empolgado.
– Senhora Blythe, este é um livro maravilhoso... absolutamente maravilhoso. Se eu pudesse ficar com ele e usar o material, tenho certeza de que poderia fazer dele o romance do ano. Você acha que o capitão Jim me deixaria fazer isso?

– Deixaria! E tenho certeza de que ele ficaria encantado – exclamou Anne. – Admito que era o que estava em minha cabeça quando o acompanhei até lá ontem à noite. O capitão Jim sempre desejou conseguir que alguém escrevesse o livro da vida dele de modo adequado.

– Poderia ir comigo até o cabo esta noite, senhora Blythe? Gostaria de falar com o capitão pessoalmente sobre o livro da vida dele, mas quero que lhe diga que já me contou a história da Margaret perdida e lhe peça se vai me deixar usar esse escrito como enredo de romance, com o qual tecer as histórias do livro da vida num todo harmonioso.

O capitão Jim ficou mais animado do que nunca quando Owen Ford lhe contou o plano que tinha em mente. Finalmente, seu sonho acalentado iria se realizar e seu "livro da vida" seria dado ao mundo. Estava satisfeito também com o fato de que a história da Margaret perdida deveria ser incluída nele.

– Isso evitará que o nome dela seja esquecido – disse ele, melancolicamente. – É por isso que eu quero que seja incluída no livro.

– Vamos fazer isso juntos – exclamou Owen, contente. – Você dará a alma e eu o corpo. Oh, vamos escrever um livro famoso, capitão Jim. E vamos começar a trabalhar imediatamente.

– E pensar que meu livro vai ser escrito pelo neto do professor! – exclamou o capitão Jim. – Rapaz, seu avô era meu melhor amigo. Achava que não havia ninguém como ele. Vejo agora por que tive de esperar tanto. Não poderia ser escrito até que o homem certo viesse. Você *pertence* a este lugar... você tem a alma dessa velha costa Norte dentro de você... você é o único que *poderia* escrevê-lo.

Ficou combinado que o minúsculo cômodo ao lado da sala de estar do farol fosse entregue a Owen como escritório. Era necessário que o capitão Jim ficasse por perto enquanto escrevia, para consultas sobre muitos assuntos de navegação marítima e sobre a vida e as tradições no golfo, que Owen desconhecia totalmente.

Começou a trabalhar no livro na manhã seguinte e mergulhou nele de corpo e alma. O capitão Jim, por sua vez, era um homem feliz naquele verão. Olhava para a pequena sala onde Owen trabalhava como um santuário sagrado. Owen conversava sobre tudo com o capitão Jim, mas não o deixava ver o manuscrito.

– Deve esperar até que seja publicado – disse ele. – Então terá tudo de uma só vez e em sua melhor forma.

Ele mergulhou nos tesouros do livro da vida e os usou livremente. Sonhou e meditou sobre Margaret perdida até que ela se tornasse uma realidade vívida para ele e revivesse em suas páginas. À medida que o livro progredia, tomou posse dele e trabalhou nele com ânsia febril. Deixou Anne e Leslie lerem o manuscrito e criticá--lo; e o capítulo final do livro, que os críticos, mais tarde, gostaram de chamá-lo de idílico, foi modelado com base em uma sugestão de Leslie.

Anne se sentia mais que orgulhosa com o sucesso de sua ideia.

– Fiquei sabendo assim que vi Owen Ford que ele era a pessoa certa para isso – disse ela à Gilbert. – Tanto humor quanto paixão estavam em seu rosto, e isso, junto com a arte da expressão, era exatamente o que fazia falta para escrever esse livro. Como diria a senhora Rachel, ele estava predestinado para esse papel.

Owen Ford escrevia de manhã. As tardes geralmente eram passadas em algum alegre passeio com os Blythe. Leslie também ia muitas vezes, pois o capitão Jim frequentemente tomava conta de Dick, a fim de deixá-la livre por uns momentos. Eles iam passear de barco no porto e subiam os três lindos rios que desaguavam nele;

comiam alguma coisa na barra e se deliciavam com mexilhões sobre as rochas; colhiam morangos nas dunas e iam em mar aberto para pescar bacalhau com o capitão Jim; caçavam aves nos campos da costa e patos selvagens na enseada... pelo menos os homens o faziam. À noite, perambulavam pelos campos costeiros baixos e cobertos de margaridas sob uma lua dourada ou se sentavam na sala de estar da casinha onde muitas vezes o frescor da brisa do mar justificava o fogo aceso da lareira, e falavam das mil e uma coisas que jovens felizes, ansiosos e espertos sempre têm para falar.

Desde o dia em que abrira seu coração a Anne, Leslie havia mudado. Não havia nenhum traço de sua velha frieza e reserva, nenhuma sombra de sua velha amargura. A mocidade que lhe tinha sido negada parecia voltar com a maturidade da idade adulta; ela se expandia como uma flor em fulgor e perfume; nenhuma risada estava mais pronta do que a dela, nenhuma inteligência mais rápida, nos círculos crepusculares daquele verão encantado. Quando não podia estar com eles, todos sentiam que algum sabor requintado estava faltando em suas relações. Sua beleza era iluminada pela alma desperta em seu interior, como uma lâmpada rosada brilharia através de um vaso de alabastro perfeito. Havia horas em que os olhos de Anne pareciam doer com o esplendor dela. Quanto a Owen Ford, a "Margaret" de seu livro, embora tivesse os cabelos castanhos macios e o rosto de duende da garota real que desaparecera há tanto tempo, "jazendo onde dorme a perdida Atlântida", tinha a personalidade de Leslie Moore, como esta se havia revelado naqueles dias felizes no porto de Four Winds.

Em resumo, foi um verão para nunca mais esquecer... um daqueles verões que raramente entram em nossa vida, mas, quando entram, deixam uma rica herança de belas lembranças em sua passagem... um daqueles verões que, numa feliz combinação de clima agradável, amigos encantadores e atividades deliciosas, chega tão perto da perfeição quanto qualquer coisa pode ser neste mundo.

– Bom demais para durar – disse Anne a si mesma com um pequeno suspiro, no dia de setembro em que certo vento forte e certo tom de azul intenso nas águas do golfo indicavam que o outono estava próximo.

Naquela noite, Owen Ford disse a eles que havia terminado o livro e que suas férias deveriam chegar ao fim.

– Ainda tenho muito a fazer... revisar, podar e assim por diante – disse ele –, mas o principal está feito. Escrevi a última frase esta manhã. Se eu conseguir encontrar um editor, provavelmente será lançado no próximo verão ou no outono.

Owen não tinha muitas dúvidas de que encontraria uma editora. Sabia que havia escrito um grande livro... um livro que teria maravilhoso sucesso... um livro que haveria de perdurar. Sabia que lhe traria fama e fortuna; mas quando escreveu a última linha, abaixou a cabeça sobre o manuscrito e assim ficou por longo tempo. E seus pensamentos não se concentravam sobre o bom trabalho que havia feito.

Capítulo 26

A confissão de Owen Ford

— Lamento que Gilbert não esteja em casa – disse Anne. – Teve de ir... Allan Lyons, de Glen, sofreu um acidente grave. Provavelmente, ele só vai voltar muito tarde. Mas me disse para lhe falar que acordaria cedo para vê-lo antes de você partir. É uma pena. Susan e eu tínhamos planejado uma festinha tão agradável para sua última noite aqui.

Ela estava sentada ao lado do riacho do jardim, no pequeno banco rústico que Gilbert havia montado. Owen Ford estava diante dela, encostado na coluna de bronze de uma bétula amarela. Estava muito pálido e seu rosto trazia as marcas da noite anterior sem dormir. Anne, olhando para ele, se perguntava se, afinal, o verão dele havia lhe trazido a energia de que precisava. Será que havia trabalhado demais no livro? Ela se lembrou de que fazia uma semana que ele não parecia estar bem.

— Estou até contente que o doutor não esteja em casa – disse Owen, lentamente. – Eu queria mesmo que estivesse sozinha, senhora Blythe. Há algo que devo contar a alguém, caso contrário, creio que vou enlouquecer. Estou tentando há uma semana encarar isso com coragem... e não consigo. Sei que posso confiar em você... e, além disso, você vai entender. Uma mulher com olhos como os seus sempre entende. Você é uma das pessoas a quem instintivamente as pessoas confiam segredos. Senhora Blythe, eu amo Leslie. Eu a *amo*! E essa me parece uma palavra muito fraca para expressar o que sinto por ela!

A voz dele sumiu de repente com a reprimida paixão de sua declaração. Virou a cabeça e escondeu o rosto no braço. Todo o seu corpo tremia. Anne ficou olhando para ele, pálida e chocada. Nunca tinha pensado nisso! E ainda... como é que nunca tinha pensado nisso? Agora parecia uma coisa natural e inevitável. Ela se perguntou sobre a própria cegueira. Mas... mas... coisas como essa não aconteciam em Four Winds. Em outras partes do mundo, as paixões humanas podem desafiar as convenções e as leis humanas... mas *aqui*, certamente não. Leslie vinha recebendo hóspedes durante o verão havia dez anos e nada parecido havia acontecido. Mas talvez eles não fossem como Owen Ford; e a vívida, *viva* Leslie daquele verão não era a moça fria e taciturna de outros anos. Oh, *alguém* deveria ter pensado nisso! Por que a senhorita Cornélia não tinha pensado nisso? A senhorita Cornélia estava sempre pronta para soar o alarme no que diz respeito aos homens. Anne sentiu um ressentimento irracional contra a senhorita Cornélia. Então deu um pequeno gemido interior. Não importava de quem fosse a culpa, o mal estava feito. E Leslie... o que seria de Leslie? Era por Leslie que Anne mais se sentia preocupada.

– Leslie sabe disso, senhor Ford? – perguntou ela, em voz baixa.

– Não... não... a menos que ela deva ter adivinhado. Você certamente não acha que eu ia ser malcriado e canalha para dizê-lo a ela, senhora Blythe. Não pude deixar de amá-la... isso é tudo... e meu sofrimento é maior do que posso suportar.

– E *ela* corresponde? – perguntou Anne. No momento em que a pergunta cruzou seus lábios, ela sentiu que não deveria tê-la feito. Owen Ford respondeu com exacerbado protesto.

– Não... não, claro que não. Mas eu poderia fazê-la corresponder, se ela fosse livre... sei que conseguiria.

"Ela o ama também... e ele sabe disso", pensou Anne. Em voz alta, com simpatia, mas decididamente, ela disse:

– Mas ela não é livre, senhor Ford. E a única coisa que você pode fazer é ir embora em silêncio e deixá-la viver a vida dela.

– Eu sei... eu sei – gemeu Owen. Sentou-se na relva da margem e ficou olhando melancolicamente para a água âmbar mais abaixo. – Eu sei que não há nada a fazer... nada a não ser dizer convencionalmente, "Adeus, senhora Moore. Obrigado por toda sua gentileza para comigo neste verão", assim como teria dito para a dona de casa agitada e perspicaz que esperava que ela fosse quando cheguei. Então vou pagar minha estada como qualquer hóspede honesto e partir! Oh, é muito simples.

Sem dúvida... sem perplexidade... uma estrada direta para o fim do mundo! E vou percorrê-la... não precisa temer que eu não vá, senhora Blythe. Mas seria mais fácil andar sobre ferro em brasa.

Anne vacilou ante a dor da voz dele. E havia tão pouco que ela pudesse dizer que fosse adequado à situação. A culpa estava fora de questão... o conselho não era necessário... a simpatia era ridicularizada pela agonia do homem. Ela só podia sentir com ele num labirinto de compaixão e pesar. O coração dela doía por Leslie! Aquela pobre menina já não tinha sofrido bastante sem isso?

– Não seria tão difícil ir e deixá-la, se ela pelo menos fosse feliz – continuou Owen, apaixonadamente. – Mas pensar em sua morte em vida... perceber para o que é que a deixo! *Isso* é o pior de tudo. Daria minha vida para fazê-la feliz... e nada posso fazer inclusive para ajudá-la... nada. Ela está ligada para sempre àquele pobre coitado... sem nenhuma perspectiva, a não ser envelhecer numa sucessão de anos vazios, sem sentido e estéreis. Fico louco só de pensar nisso. Mas devo seguir com minha vida, sem nunca vê-la, mas sabendo sempre o que ela está passando. É horroroso... horroroso!

– É muito difícil – disse Anne, com tristeza. – Nós... os amigos dela aqui... todos sabemos como é duro para ela.

– E ela está tão bem preparada para a vida – disse Owen, com rebeldia. – A beleza dela é o menor de seus dotes... e ela é a mulher mais linda que já conheci. A risada dela! Eu me dediquei todo o verão para evocar aquela risada, apenas pelo prazer de ouvi-la. E os olhos... são tão profundos e azuis quanto o abismo lá fora. Nunca vi azul igual... é ouro! Você já viu o cabelo dela solto, senhora Blythe?

– Não.

– Eu vi... uma vez. Tinha ido ao cabo para pescar com o capitão Jim, mas o mar estava muito revolto para sair, então voltei. Ela aproveitou a oportunidade do que esperava ser uma tarde em que estaria sozinha para lavar o cabelo; estava de pé na varanda sob o sol para secá-lo. Caía-lhe quase até os pés como uma fonte de ouro vivo. Quando me viu, entrou correndo, mas o vento bateu em seus cabelos e os girou em volta dela... Dânae[19] em sua nuvem. De alguma forma, foi precisamente nesse momento que senti que a amava... e percebi que a amava desde o momento em que a tinha visto pela primeira vez em pé, contra a escuridão, naquele brilho de luz. E ela deve viver aqui... acariciando e acalmando Dick, trabalhando e poupando para viver uma mera existência, enquanto eu passo minha vida ansiando em vão por ela, e impedido, por isso mesmo, de até mesmo dar a ela a pequena ajuda que um amigo lhe poderia dar. Andei pela praia ontem à noite, quase até o amanhecer, e remoí tudo isso sem parar. E ainda assim, apesar de tudo, não consigo ficar arrependido de ter vindo a Four Winds. Parece-me que, por pior que seja tudo isso, seria ainda pior se nunca tivesse conhecido Leslie. É uma dor ardente e lancinante amá-la e deixá-la... mas não tê-la amado é impensável. Suponho que tudo isso possa parecer loucura... todas essas emoções terríveis sempre parecem loucas quando as colocamos em nossas palavras inadequadas. Elas não surgem para serem expressas em palavras... apenas sentidas e suportadas. Eu não deveria ter falado... mas ajudou... um pouco. Pelo menos me deu forças para ir embora de forma respeitável amanhã de manhã, sem fazer cena. Você vai me escrever de vez em quando, não é, senhora Blythe, e me dar notícias dela?

– Sim – respondeu Anne. – Oh, sinto muito que tenha de ir... vamos sentir muito sua falta... todos temos sido tão amigos! Se não fosse por isso, você poderia voltar em outros verões. Talvez, mesmo assim... mais tarde... quando esquecer, talvez...

– Nunca vou esquecer... e nunca mais vou voltar para Four Winds – replicou Owen, secamente.

O silêncio e o crepúsculo caíram sobre o jardim. Ao longe, o mar batia suave e monotonamente na barra. O vento da noite nos choupos parecia uma runa triste e estranha... um sonho desfeito de antigas memórias. Um choupo esguio e bem formado se erguia diante deles contra o rosa pálido e esmeralda do céu do poente, que transformava cada folha e ramo numa beleza escura, trêmula e encantadora.

---

19   Referência à lenda da mitologia grega, segundo a qual um oráculo havia previsto que o filho da bela princesa Dânae haveria de matar o avô; Acrísio, pai de Dânae, atemorizado e precavido, encerrou a filha numa caverna (numa torre, segundo outra versão) para que ela não fosse desposada por ninguém. Mas Zeus, o deus supremo, se apaixonou pela estonteante beleza de Dânae e, transformando-se em chuva ou bruma dourada, penetrou na caverna (ou torre) e a engravidou. Anos depois, o jovem filho dela, Perseu, participando de uma disputa em jogos comemorativos, disparou seu arco e a flecha acertou o avô Acrísio, que assistia ao espetáculo na plateia, matando-o (NT).

– Não é lindo? – exclamou Owen, apontando para ele com o ar de um homem que deixa determinada conversa para trás.

– É tão bonito que dói – disse Anne, meigamente. – Coisas perfeitas como essa sempre me doeram... lembro de chamá-la de "dor esquisita" quando era criança. Por que uma dor como essa parece inseparável da perfeição? É a dor da finalidade... quando percebemos que não pode haver nada mais além, a não ser retrocesso?

– Talvez – ponderou Owen, com ar sonhador – seja o infinito aprisionado em nós, clamando por seu infinito afim, expresso naquela perfeição visível.

– Você parece estar com resfriado. É melhor esfregar um pouco de óleo no nariz quando for para a cama – disse a senhorita Cornélia, que acabava de entrar pelo pequeno portão entre os abetos, a tempo de ouvir o último comentário de Owen. A senhorita Cornélia gostava de Owen; mas, para ela, era uma questão de princípios se valer de uma linguagem "espalhafatosa" quando em contato com um homem esnobe.

A senhorita Cornélia personificava a comédia que sempre espia a tragédia da vida. Anne, cujos nervos estavam bastante tensos, riu histericamente e até Owen sorriu. Certamente, sentimento e paixão costumavam sumir de vista na presença da senhorita Cornélia. E, no entanto, para Anne nada parecia tão desesperador, escuro e doloroso como tinha parecido alguns momentos antes. Mas o sono ficou longe de seus olhos naquela noite.

Capítulo 27

Na barra de areia

Owen Ford partiu de Four Winds na manhã seguinte. À noite, Anne foi ver Leslie, mas não encontrou ninguém. A casa estava trancada e não havia luz em nenhuma janela. Parecia uma casa sem alma. Leslie não foi vê-la no dia seguinte... o que Anne considerou um mau sinal.

Como Gilbert tinha de ir até a enseada de pesca ao anoitecer, Anne decidiu acompanhá-lo até o cabo, com a intenção de passar uns momentos com o capitão Jim. Mas o grande farol, espargindo seus feixes de luz da névoa vespertina de outono, estava aos cuidados de Alec Boyd e o capitão Jim estava ausente.

– O que vai fazer? – perguntou Gilbert. – Vem comigo?

– Não quero ir para a enseada... mas vou atravessar o canal com você e vagar pela areia da costa até que você volte. A costa rochosa está muito escorregadia e sombria esta noite.

Sozinha nas areias da barra, Anne se entregou ao misterioso encanto da noite. Fazia calor para setembro e o fim da tarde estava muito enevoado; mas a lua cheia diminuía em parte o nevoeiro e transformava o porto, o golfo e as costas circundantes num mundo estranho, fantástico e irreal de pálida névoa prateada, através da qual tudo parecia fantasmagórico. A escuna negra do capitão Josiah Crawford, que navegava pelo canal carregada de batatas para os portos de Bluenose, parecia um navio espectral com destino a uma terra desconhecida, afastando-se sempre, para nunca ser alcançado. Os gritos das invisíveis gaivotas no alto pareciam os clamores das almas dos marinheiros à deriva. Os pequenos caracóis de espuma que voavam pela areia pareciam adereços de duendes roubados das cavernas marinhas. As grandes dunas de ombros arredondados eram gigantes adormecidos de alguma antiga lenda do Norte. As luzes que brilhavam palidamente através do porto eram os faróis ilusórios de alguma costa da terra das fadas. Anne se entreteve prazerosamente com centenas de fantasias enquanto vagava pela névoa. Era delicioso... romântico... misterioso estar vagando aqui sozinha nessa costa encantada.

Mas estava sozinha? Algo surgiu na névoa diante dela... foi tomando forma... de repente moveu-se em sua direção pela areia ondulada.

– Leslie! – exclamou Anne, com espanto. – O que está fazendo... *aqui*... esta noite?

– Falando disso, o que *você* está fazendo aqui? – retrucou Leslie, tentando rir. O esforço foi um fracasso. Ela parecia muito pálida e cansada; mas os belos cachos sob seu boné escarlate se enrolavam em seu rosto e em seus olhos como pequenos anéis de ouro cintilantes.

– Estou esperando Gilbert... ele está lá pelos lados da enseada. Eu pretendia ficar no farol, mas o capitão Jim está fora.

– Bem, *eu* vim aqui, porque queria caminhar... caminhar... *caminhar* – disse Leslie, inquieta. – Não podia andar pela costa rochosa... a maré estava muito alta e as rochas me aprisionavam. Tive de vir aqui... ou iria enlouquecer, eu acho. Vim pelo canal no barco do capitão Jim. Estou por aqui há uma hora. Venha... venha... vamos caminhar. Não consigo ficar parada. Oh, Anne!

– Leslie, querida, qual é o problema? – perguntou Anne, embora ela já soubesse muito bem do que se tratava.

– Não posso dizer... não me pergunte. Não me importaria, se você soubesse... gostaria que soubesse... mas não posso dizer... não posso contar isso a ninguém. Fui uma idiota, Anne... e oh, dói terrivelmente bancar a idiota. Não há nada mais doloroso no mundo.

Ela riu amargamente. Anne passou o braço em volta dela.

– Leslie, será que é porque você se deixou envolver afetivamente pelo senhor Ford?

Leslie se voltou, subitamente.

– Como soube? – exclamou ela. – Anne, como chegou a saber? Oh, está escrito em minha testa para que todos vejam? É tão claro assim?

– Não, não. Eu... eu não posso dizer como fiquei sabendo. De alguma forma, isso simplesmente veio à minha mente. Leslie, não me olhe assim!

– Você me despreza? – perguntou Leslie, num tom ardente e baixo. – Acha que sou desumana... sem caráter? Ou acha que sou simplesmente idiota?

– Não acho nada disso. Venha, querida, vamos falar a respeito com sensatez, como poderíamos falar sobre qualquer outra das grandes crises da vida. Você tem alimentado isso e se deixou levar por uma visão mórbida desse pendor. Você sabe que tem uma leve tendência a agir assim em tudo o que dá errado e você me prometeu que lutaria contra isso.

– Mas... oh, é tão... tão vergonhoso – murmurou Leslie. – Amá-lo... instintivamente... e quando não estou livre para amar ninguém.

– Não há nada de vergonhoso nisso. Mas sinto muito que você tenha passado a gostar de Owen, porque, do jeito que as coisas estão, só vai deixá-la mais infeliz.

– Eu *não* me interessei por ele – disse Leslie, caminhando e falando apaixonadamente. – Se fosse assim, poderia ter evitado. Nunca sonhei com tal coisa até aquele dia, uma semana atrás, em que ele me disse que havia terminado o livro e logo deveria ir embora. Então... então eu soube. Senti como se alguém tivesse me desferido um golpe terrível. Não disse nada... não conseguia falar... mas não sei como fiquei. Tenho tanto medo de que meu rosto deva ter me traído. Oh, morreria de vergonha, se pensasse que ele soubesse... ou suspeitasse.

Anne estava abatida e silenciosa, em situação complicada por causa das deduções de sua conversa com Owen. Leslie continuou febrilmente, como se encontrasse alívio ao desabafar.

– Eu estava tão feliz durante todo esse verão, Anne... mais feliz do que nunca em minha vida. Pensei que era porque tudo tinha ficado claro entre você e eu e que era nossa amizade que fazia a vida parecer tão bela e plena mais uma vez. E assim foi, em parte... mas não era tudo... oh, nem quase tudo. Agora sei por que tudo era tão diferente. E agora está tudo acabado... e ele foi embora. Como posso viver, Anne? Quando voltei para casa esta manhã, depois que ele se foi, a solidão me atingiu como um golpe em pleno rosto.

– Não vai parecer tão difícil em breve, querida – disse Anne, que sempre sentia a dor de suas amigas tão intensamente que não conseguia proferir palavras fáceis e fluentes de consolo. Além disso, ela se lembrava de como os discursos bem-intencionados a tinham magoado em sua própria tristeza; e estava com medo.

– Oh, parece que vai ficar cada vez mais difícil – exclamou Leslie, totalmente infeliz. – Não tenho nada a esperar. A uma manhã seguir-se-á outra... e ele não voltará... nunca mais voltará. Oh, quando penso que nunca mais o verei, sinto como se uma grande e brutal mão arrancasse meu coração e o destroçasse. Uma vez, há muito tempo, sonhei com o amor... e pensei que devia ser lindo... e *agora*... é assim. Quando foi embora ontem de manhã, ele estava tão frio e indiferente. Disse "Adeus, senhora Moore'", no tom mais frio do mundo... como se nem tivéssemos sido amigos... como se eu não significasse absolutamente nada para ele. Sei que nada significava... eu não queria que ele demonstrasse interesse por mim... mas *poderia* ter sido um pouco mais gentil.

"Oh, gostaria que Gilbert chegasse", pensou Anne. Ela estava dividida entre sua simpatia por Leslie e a necessidade de evitar qualquer coisa que traísse a confiança de Owen. Sabia por que o adeus de Owen tinha sido tão frio... por que não poderia ter a cordialidade que sua camaradagem exigia... mas não podia revelá-lo a Leslie.

– Não pude evitar, Anne... não pude evitar – disse a pobre Leslie.

– Eu sei.

– Você me culpa por isso?

– Não a culpo de forma alguma.

– E não vai... não vai contar a Gilbert?

– Leslie! Você acha que eu faria uma coisa dessas?

– Oh, não sei... você e Gilbert são tão *íntimos*. Não vejo como poderia deixar de contar tudo a ele.

– Tudo sobre minhas próprias preocupações... sim. Mas não os segredos de meus amigos.

– Eu não poderia deixar que *ele* soubesse. Mas estou contente que *você* saiba. Eu me sentiria culpada se houvesse alguma coisa que tivesse vergonha de lhe dizer. Espero que a senhorita Cornélia não descubra. Às vezes sinto como se aqueles terríveis e amáveis olhos castanhos dela penetrassem até em minha alma. Oh, gostaria que essa névoa nunca se dissipasse... gostaria de poder ficar nela para sempre, escondida de todos os seres vivos. Não vejo como posso continuar com minha vida. Esse verão foi tão pleno. Nunca me senti sozinha por um momento sequer. Antes de Owen chegar, eu tinha momentos horríveis... quando eu estava com você e Gilbert... e então tinha de deixá-los. Vocês dois iam embora juntos e eu ia embora *sozinha*. Depois que Owen chegou aqui, ele estava sempre lá para voltar para casa comigo... nós conversávamos e ríamos como você e Gilbert faziam... não havia mais momentos de solidão, momentos de inveja para mim. E *agora*! Oh, sim, fui uma tola. Vamos parar de falar de minha tolice. Nunca mais vou aborrecê-la com isso.

— Aí vem Gilbert e você vai voltar com a gente — disse Anne, que não tinha intenção de deixar Leslie vagando sozinha na barra de areia naquela noite e com aquele humor. — Há espaço suficiente em nosso barco para três e vamos amarrar o pequeno barco do capitão atrás.

— Oh, suponho que devo me conformar em ser a estranha de novo — disse a pobre Leslie, com outra risada amarga. — Perdoe-me, Anne... aquilo foi odioso. Deveria estar agradecida... e *estou*... por ter dois bons amigos que estão contentes em me contar como um terceiro. Não se importe com minhas falas amargas. Pareço ser a encarnação da dor e tudo me machuca.

— Leslie parecia muito quieta esta noite, não é? — observou Gilbert, quando ele e Anne chegaram em casa. — O que diabos ela estava fazendo ali na barra sozinha?

— Oh, ela estava cansada... e você sabe que ela gosta de ir para a praia depois de um dos péssimos dias de Dick.

— Que pena que ela não tivesse conhecido e se casado com um tipo como Ford, há muito tempo — resmungou Gilbert. — Eles teriam sido um casal ideal, não é?

— Pelo amor de Deus, Gilbert, não se transforme em casamenteiro. É uma profissão abominável para um homem — exclamou Anne, de forma bastante incisiva, com medo de que Gilbert pudesse tropeçar na verdade, se continuasse nessa toada.

– Deus me livre, minha Anne, não sou casamenteiro – protestou Gilbert, bastante surpreso com o tom dela. – Só estava pensando num dos casais que poderia ter havido.

– Bem, não tente ser. É uma perda de tempo – disse Anne. E então, subitamente acrescentou:

– Oh, Gilbert, gostaria que todos pudessem ser tão felizes como nós.

Capítulo 28

Miscelânea

—A ndei lendo obituários – disse a senhorita Cornélia, largando o jornal *Daily Enterprise* e retomando sua costura.

O porto estava escuro e sombrio sob um céu pesado de novembro; as folhas mortas e molhadas se colavam encharcadas nos caixilhos das janelas; mas a casinha estava alegre com a luz da lareira e semelhante a uma primavera com as samambaias e os gerânios de Anne.

– É sempre verão aqui, Anne – dissera Leslie um dia; e todos os hóspedes daquela casa dos sonhos sentiam o mesmo.

– O *Enterprise* parece se dedicar somente a obituários por esses dias – disse a senhorita Cornélia. – Sempre traz um par de colunas deles e eu os leio linha por linha. É uma das minhas formas de distração, especialmente quando há alguma poesia original anexada a eles. Aqui está um exemplo para você:

"*Ela foi ter com seu Criador,*

Nunca mais vai vagar.

Ela costumava tocar e cantar com alegria

A canção Lar, doce Lar."

Quem disse que não temos nenhum talento poético na ilha! Já notou quantas pessoas boas morrem, querida Anne? É lamentável. Aqui estão dez obituários, e cada um deles é de santos e modelos, até mesmo os dos homens. Aqui está o do velho

Peter Stimson, que "deixou um grande círculo de amigos para lamentar sua perda prematura" Meu Deus, Anne querida, esse homem tinha 80 anos e todos os que o conheciam desejavam sua morte havia 30 anos. Leia obituários quando estiver triste, Anne querida... especialmente os de pessoas que você conhece. Se tiver algum senso de humor, eles vão animá-la, acredite em *mim*. Só gostaria de ter escrito os obituários de algumas pessoas. "Obituário" não é uma palavra horrivelmente feia? Esse mesmo Peter, de quem falei, tinha um rosto exatamente igual a um obituário... nunca o vi, mas pensei na palavra obituário imediatamente. Só há uma palavra mais feia que conheço, e é *viúva*. Meu Deus, Anne querida, posso ser uma velha solteirona, mas tenho um consolo... nunca serei *viúva* de nenhum homem.

– *É realmente* uma palavra feia – disse Anne, rindo. – O cemitério de Avonlea estava cheio de velhas lápides "dedicadas à memória de fulana de tal, *viúva* do falecido fulano de tal". Sempre me fez pensar em algo desgastado e carcomido por traças. Por que tantas palavras relacionadas com a morte são tão desagradáveis? Gostaria realmente de que o costume de chamar um cadáver de "restos mortais" pudesse ser abolido. Sinto verdadeiros arrepios quando ouço o agente funerário dizer num funeral: "Todos aqueles que desejam ver os restos mortais, por favor, venham por aqui". Sempre me dá a horrível impressão de que estou prestes a ver a cena de um banquete de canibais.

– Bem, tudo o que espero – continuou a senhorita Cornélia, calmamente – é que, depois que estiver morta, ninguém me chame de "nossa irmã que partiu". Tomei aversão a essa mania de chamar irmã e irmão a todos, há cinco anos, quando apareceu um evangélico ambulante fazendo reuniões em Glen. Não me senti atraída por ele desde o início. Percebi claramente que havia algo de errado com ele. E havia. Veja só, ele fingia ser presbiteriano... *presbiteriano*, dizia ele... e era, o tempo todo, um metodista. Chamava a todos de irmão e irmã. Esse homem tinha um grande círculo de relações. Certa noite, ele agarrou minha mão com fervor e disse suplicante: "Minha *querida* irmã Bryant, você é cristã?" Só olhei para ele um segundo e então disse calmamente: "O único irmão que já tive, *senhor* Fiske, foi enterrado há quinze anos e não adotei nenhum outro desde então. Quanto a ser cristã, sou, espero e acredito, desde que você estava engatinhando pelo assoalho usando fraldas". *Isso* o destemperou, acredite em *mim*. Lembre-se, Anne querida, não sou contra todos os evangélicos. Tivemos alguns homens realmente bons e sinceros, que fizeram muito bem e fizeram os velhos pecadores se contorcer. Mas esse Fiske não era um deles. Cansei de rir sozinha, certa noite. Fiske tinha pedido a todos os que eram cristãos para que se levantassem. *Eu* não me levantei, acredite em *mim*! Nunca achei muita graça nesse tipo de coisa. Mas a maioria deles se levantou e então ele pediu a todos os que desejavam ser cristãos para que se levantassem. Ninguém se mexeu por um momento; então Fiske começou a entoar um hino a plenos pulmões. Exatamente diante de mim, o pobre menino Ikey Baker estava sentado no banco dos Millison. Era um menino do orfanato, de 10 anos de idade, e os Millison o matavam de tanto trabalhar. O pobre menino estava sempre tão cansado que adormecia imediatamente sempre que ia à igreja ou a qualquer lugar onde pudesse ficar sentado bem quieto por alguns minutos. Ele ficou dormindo durante toda a reunião e eu estava contente por ver a pobre criança descansando, acredite em *mim*. Bem, quando a voz de Fiske se fez mais estridente e quase todos os presentes o acompanharam, o pobre Ikey acordou em sobressalto. Pensou que era apenas um canto comum e que todos deviam ficar de pé; então ele se levantou rapidamente, sabendo que haveria de levar uma surra de Maria Millison por ficar dormindo durante o culto da igreja. Fiske o viu, parou e gritou: "Outra alma salva! Glória, Aleluia!". E ali estava o pobre e assustado Ikey, semiacordado e bocejando, sem jamais pensar em sua alma. Pobre criança, não tinha tempo para pensar em nada, a não ser em seu corpinho morto de cansaço. Leslie foi uma noite à reunião e Fiske foi logo atrás dela... oh, ele estava especialmente preocupado com as almas das moças bonitas, acredite em mim!... e a magoou de tal modo em seus sentimentos que ela nunca mais voltou. Então, depois disso, ele passou a orar todas as noites pedindo, em público, que Deus abrandasse o duro coração dela. Finalmente, fui até o senhor Leavitt, nosso ministro na época, e disse-lhe que, se não fizesse esse Fiske parar, eu simplesmente me levantaria na noite seguinte e atiraria meu livro de hinos na cabeça dele quando ele mencionasse aquela "bela, mas impenitente jovem". Eu o teria feito, acredite em *mim*. O senhor Leavitt acabou com aquilo, mas Fiske continuou com suas reuniões até Charley Douglas pôr um fim à carreira dele em Glen. A senhora Charley tinha estado na Califórnia durante todo o inverno. Ela vinha sofrendo de profunda depressão no outono... depressão espiritual... era coisa de família. O pai dela andou se preocupando tanto ao acreditar que tinha cometido um pecado imperdoável, que acabou morrendo no hospício. Por isso, quando Rose Douglas entrou em depressão, o senhor Charley a mandou passar o inverno na casa da irmã em Los Angeles. Ficou totalmente curada e voltou para casa exatamente quando a pregação de Fiske estava em pleno andamento. Ela desceu do trem em Glen, toda sorridente e animada, e a primeira coisa que ela viu, ao voltar seu rosto para o beiral preto do galpão de cargas da estação, foi a pergunta em grandes letras brancas, de meio metro de altura, "Para onde vai... para o céu ou para o inferno?" Essa tinha sido uma das ideias de Fiske e ele pediu a Henry Hammond para pintá-la. Rose deu um grito e desmaiou; e quando a levaram para casa, ela estava pior do que nunca. Charley Douglas foi ter com o senhor Leavitt e lhe disse que todos os Douglas deixariam a igreja, se Fiske fosse mantido ali por mais tempo. O senhor Leavitt teve de ceder, pois os Douglas pagavam metade do salário dele; então Fiske partiu e tivemos de depender de nossas Bíblias mais uma vez para obter instruções sobre como chegar ao céu. Depois que ele foi embora, o senhor Leavitt descobriu que ele era um metodista disfarçado e se sentiu muito mal, acredite em *mim*. O senhor Leavitt falhou em alguns aspectos, mas era um bom e sólido presbiteriano.

– A propósito, recebi uma carta do senhor Ford ontem – disse Anne. – Ele me pediu para lhe transmitir cordiais saudações.

– Não quero saudações dele – disse a senhorita Cornélia, secamente.

– Por quê? – perguntou Anne, surpresa. – Achei que você gostasse dele.

– Bem, eu gostava, de certa maneira. Mas nunca vou perdoá-lo pelo que fez com Leslie. Ali está a pobre menina de coração despedaçado por causa dele... como se ela já não tivesse problemas demais... e ele divertindo-se tranquilamente em Toronto, sem dúvida, desfrutando de tudo como sempre. Bem típico de um homem.

– Oh, senhorita Cornélia, como é que descobriu?

– Meu Deus, Anne querida, eu tenho olhos, não é? E conheço Leslie desde que ela era bebê. Houve um novo tipo de desgosto em seus olhos durante todo o outono e sei que esse escritor estava por trás, de alguma forma. Nunca vou me perdoar por ter sido o meio de trazê-lo para cá. Mas nunca esperava que ele fosse como é. Pensei que seria apenas como os outros homens que Leslie havia hospedado... jovens presunçosos e idiotas, todos eles, para os quais ela nunca deu muita importância. Um deles tentou flertar com ela uma vez e ela lhe deu um fora tão grande... que acredito que ele nunca mais se recuperou do golpe. Por isso, nunca havia chegado a pensar em qualquer perigo.

– Não deixe Leslie suspeitar de que você conhece o segredo dela – disse Anne, apressadamente. – Acho que a magoaria muito.

– Confie em mim, Anne querida. *Eu* não nasci ontem. Oh, praga de homens! Um deles arruinou a vida de Leslie para começar e agora outro da tribo vem e a torna ainda mais miserável. Anne, este mundo é um lugar horrível, acredite em *mim*.

– Há algo errado no mundo que será decifrado aos poucos – falou Anne, com ar sonhador.

– Se for, será em um mundo onde não deverá haver homens – disse a senhorita Cornélia, em tom triste.

– O que os homens andaram aprontando agora? – perguntou Gilbert, que vinha entrando.

– Travessuras... travessuras! O que mais andaram fazendo?

– Foi Eva que comeu a maçã, senhorita Cornélia.

– Foi uma serpente macho que a tentou – retrucou a senhorita Cornélia, triunfante.

Leslie, depois que sua primeira angústia passou, descobriu que era possível continuar com a vida, afinal, como a maioria de nós, não importa qual deva ter sido nossa forma particular de tormento. É até possível que ela tivesse apreciado certos momentos quando fazia parte do alegre círculo de amigos da casinha dos sonhos. Mas se Anne algum dia teve esperança de que ela estava esquecendo Owen Ford, teria sido desenganada pela furtiva ansiedade nos olhos de Leslie sempre que o nome dele era mencionado. Infelizmente, Anne sempre calhava a contar ao capitão Jim ou a Gilbert trechos das cartas de Owen quando Leslie estava presente. O rubor e a palidez da moça nesses momentos falavam com toda a eloquência da emoção que lhe enchia a alma. Mas ela nunca falava dele para Anne, nem mencionava aquela noite na barra de areia.

Um dia, seu velho cão morreu e ela chorou amargamente.

– Ele era meu amigo há tanto tempo – disse ela tristemente a Anne. – Era o velho cão de Dick, como sabe... Dick o tinha desde antes de nosso casamento. Ele o deixou comigo quando embarcou no navio Four Sisters. Carlo se afeiçoou muito a mim... e o carinho dele me ajudou imensamente naquele primeiro ano terrível depois da morte de minha mãe, quando eu estava sozinha. Quando soube que Dick estava voltando, tive medo de que Carlo não fosse tanto meu. Mas ele nunca pareceu se importar com Dick, embora já tivesse gostado tanto dele uma vez. Ele até rosnava e latia para ele como se fosse um estranho. Eu fiquei contente. Era bom ter uma coisa cujo amor era todo meu. Aquele velho cachorro tem sido um grande conforto para mim, Anne. Ficou tão fraco no outono que tive medo de que não pudesse viver muito... mas esperava poder cuidar dele durante o inverno. Parecia estar muito bem esta manhã. Estava deitado no tapete diante da lareira; então, de repente, se levantou e rastejou até meus pés; depois pôs a cabeça em meu colo e me fitou com um olhar amoroso com seus grandes e meigos olhos de cachorro... e então estremeceu e morreu. Vou sentir muito a falta dele.

– Vou lhe dar outro cachorro, Leslie – disse Anne. – Vou comprar um adorável setter Gordon[20] de presente de Natal para Gilbert. Vou lhe dar um também.

Leslie meneou a cabeça.

– Não, por ora; obrigada, Anne. Não estou com vontade de ter outro cachorro ainda. Parece que não tenho mais nenhum afeto por outro. Talvez... com o tempo... esteja disposta a receber um de você. Na verdade, preciso de um como uma espécie de proteção. Mas havia algo quase humano em Carlo... não seria *decente* preencher o lugar, com muita pressa, de meu caro e velho companheiro.

Anne foi para Avonlea uma semana antes do Natal e ficou até depois das férias. Gilbert foi buscá-la e houve uma alegre celebração de Ano-Novo em Green Gables, quando os Barry, os Blythe e os Wright se reuniram para devorar um jantar que custou à senhora Rachel e a Marilla muito cuidado e preparação. Quando voltaram para Four Winds, a casinha estava quase abalroada, porque a terceira tempestade de

---

20   Raça de cães desenvolvida na Escócia entre os séculos XVII e XVIII (NT).

um inverno que se revelaria fenomenalmente tempestuoso havia se abatido sobre o porto e acumulado enormes montanhas de neve sobre tudo o que encontrava. Mas o capitão Jim havia desimpedido portas e caminhos, e a senhorita Cornélia tinha ido até lá e acendido o fogo da lareira.

– É bom vê-la de volta, Anne querida! Mas já viu alguma vez tempestade como essa? Não consegue mais ver a casa dos Moore, a menos que vá para o andar de cima. Leslie vai ficar muito contente ao saber que voltou. Ela está quase enterrada viva na casa dela. Felizmente Dick pode remover a neve com a pá e acha que é muito divertido. Susan me mandou um recado, avisando que estaria disponível amanhã. Para onde vai agora, capitão?

– Acho que vou até Glen e passar uns momentos com o velho Martin Strong. Ele não está longe de seu fim e está sozinho. Não tem muitos amigos... esteve muito ocupado a vida toda, para se dar o tempo de fazer algum. Mas conseguiu acumular muito dinheiro.

– Bem, ele pensou que, uma vez que não poderia servir a Deus e a *Mamon*[21], seria preferível se ater a *Mamon* – disse a senhorita Cornélia, secamente. – Por isso não deveria reclamar, se agora não encontra em *Mamon* uma bela companhia.

O capitão Jim saiu, mas se lembrou de algo no quintal e voltou por um momento.

– Recebi uma carta do senhor Ford, senhora Blythe, e ele disse que o livro da vida foi aceito e será publicado no próximo outono. Fiquei muito animado ao receber a notícia. Pensar que vou vê-lo finalmente impresso!

– Aquele homem anda completamente louco por esse seu livro da vida – disse a senhorita Cornélia, com comiseração. – De minha parte, acho que agora há livros em demasia no mundo.

---

21 Referência às palavras de Cristo: "Ninguém pode servir a dois senhores; ou odiará um e amará o outro, ou se apegará a um e desprezará o outro; vocês não podem servir a Deus e ao dinheiro" (Mateus 6, 24 e Lucas, 16, 13). O texto traz o termo original hebraico *Mamon*, que significa dinheiro e, em sentido figurado, cobiça, avareza; no cristianismo, houve interpretações que chegaram a classificar *Mamon* como uma divindade pagã ou a identificá-lo com o próprio demônio (NT).

Capítulo 29

Gilbert e Anne discordam

Gilbert largou o pesado livro de medicina que estivera estudando até que o crescente crepúsculo da noite de março o fez desistir. Recostou-se na cadeira e olhou pensativo para fora da janela. Era o início da primavera... provavelmente a época mais feia do ano. Nem mesmo o pôr do sol poderia redimir a paisagem morta e encharcada e o gelo enegrecido e sujo do porto, para o qual estava olhando. Nenhum sinal de vida era visível, exceto um grande corvo negro voando em seu caminho solitário por sobre um campo de chumbo. Gilbert especulou preguiçosamente sobre aquele corvo. Era um corvo de família, com uma fêmea negra, mas atraente, esperando por ele nos bosques além de Glen? Ou era um jovem corvo brilhante com pensamentos de galanteio e namoro? Ou era um corvo solteiro cínico, acreditando que quem viaja sozinho voa mais rápido? Fosse o que fosse, logo desapareceu numa escuridão agradável e Gilbert se voltou para a vista mais animada do interior.

A luz do fogo da lareira tremeluzia de ponta a ponta, brilhando na pelagem branca e verde de Gog e Magog, na cabeça castanha e lustrosa do belo setter deitado no tapete, nas molduras dos quadros das paredes, no vaso de narcisos da janela do jardim, na própria Anne, sentada em sua mesinha, com o material de costura ao lado e as mãos cruzadas sobre os joelhos, enquanto delineava figuras olhando para o fogo... castelos de areia, cujas torres arejadas perfuravam nuvens iluminadas pela lua e navios que partiam ao pôr do sol com preciosas cargas do ancoradouro da Boa Esperança diretamente para o porto de Four Winds. Porque Anne se entregava novamente a sonhos, embora uma forma sombria de medo a acompanhasse noite e dia para obscurecer e obnubilar suas visões.

Gilbert estava acostumado a se referir a si mesmo como "um velho homem casado". Mas ele ainda olhava para Anne com os olhos incrédulos de um apaixonado.

Ainda não podia acreditar totalmente que ela era realmente dele. Afinal, *poderia* ser apenas um sonho, parte integrante dessa casa mágica dos sonhos. A alma ainda andava na ponta dos pés diante dela, para que o encanto não fosse quebrado e o sonho desfeito.

– Anne – disse ele, lentamente –, dê-me um pouco de atenção. Quero falar com você sobre uma coisa.

Anne olhou para ele através da escuridão iluminada pelo fogo.

– O que é? – perguntou ela, alegre. – Você parece terrivelmente solene, Gilbert. Não fiz absolutamente nada de errado, hoje. Pergunte a Susan.

– Não é sobre você... ou sobre nós... que quero falar. É sobre Dick Moore.

– Dick Moore? – repetiu Anne, sentando-se alerta. – Ora, o que diabos você tem a dizer sobre Dick Moore?

– Andei pensando muito nele, ultimamente. Você se lembra daquela vez, no verão passado, em que o tratei por causa daqueles furúnculos no pescoço?

– Sim... sim.

– Aproveitei para examinar minuciosamente as cicatrizes na cabeça dele. Sempre achei Dick um caso muito interessante do ponto de vista médico. Ultimamente, andei estudando a história da trepanação e os casos em que ela tem sido empregada. Anne, cheguei à conclusão de que, se Dick Moore fosse levado para um bom hospital e o operação de trepanação realizada em vários lugares de seu crânio, a memória e as faculdades dele poderiam ser recuperadas.

– Gilbert! – A voz de Anne estava alterada pelo protesto. – Certamente você não pensa em fazer isso!

– Sim, sem dúvida. E decidi que é meu dever abordar o assunto com Leslie.

– Gilbert Blythe, você *não* deve fazer semelhante coisa – exclamou Anne, com veemência. – Oh, Gilbert, você não vai... não vai. Não poderia ser tão cruel. Prometa que não vai fazer isso.

– Ora, menina Anne, não achei que você fosse reagir desse modo. Seja razoável...

– Não vou ser razoável... não posso ser razoável... *eu sou* razoável. É você que não é razoável. Gilbert, alguma vez pensou no que significaria para Leslie, se Dick Moore recuperasse seu juízo perfeito? Pare e pense! Ela está mais que infeliz agora; mas a vida como enfermeira e assistente de Dick é mil vezes mais fácil para ela do que a vida como esposa de Dick. Eu sei... *eu sei*! É impensável. Não se meta nisso. Deixe-o exatamente como está.

– *Tenho* refletido muito sobre esse aspecto do caso, Anne. Mas acredito que um médico é obrigado a colocar a sanidade do corpo e da mente de um paciente acima de todas as outras considerações, não importa quais possam ser as consequências. Acredito que seja dever de um médico esforçar-se para restaurar a saúde e a sanidade, se houver alguma esperança de consegui-lo.

– Mas Dick não é seu paciente nesse aspecto – exclamou Anne, adotando outra abordagem. – Se Leslie tivesse lhe perguntado se havia algo que pudesse ser feito por ele, *então* seria seu dever dizer a ela o que você realmente pensa. Mas você não tem o direito de se intrometer.

– Não chamo isso intromissão. O tio Dave disse a Leslie, há doze anos, que nada poderia ser feito por Dick. Ela acredita nisso, é claro.

– E por que o tio Dave disse isso a ela, se não era verdade? – exclamou Anne, triunfante. – Ele não sabe tanto sobre isso quanto você?

– Eu acho que não... embora possa parecer presunçoso dizer isso. E você sabe tão bem quanto eu que ele tem preconceito contra o que ele chama de "essas ideias inovadoras de cortar e suturar". Ele até se opõe a operar paciente com apendicite.

– Ele tem razão – exclamou Anne, com uma mudança completa de atitude. – Acredito que vocês, médicos modernos, gostam demais de fazer experimentos com carne e sangue humanos.

– Rhoda Allonby não estaria viva hoje, se eu tivesse medo de fazer determinado experimento – argumentou Gilbert. – Corri o risco... e salvei a vida dela.

– Estou farta de ouvir falar de Rhoda Allonby – exclamou Anne... muito injustamente, pois Gilbert nunca mencionara o nome da senhora Allonby desde o dia em que havia contado a Anne sobre seu sucesso com ela. E ele não poderia ser culpado pela discussão de outras pessoas sobre o caso.

Gilbert se sentiu bastante magoado.

– Eu não esperava que você visse o assunto dessa forma, Anne – disse ele, um pouco tenso, levantando-se e dirigindo-se à porta do escritório. Foi a primeira vez que quase desencadearam uma briga.

Mas Anne voou atrás dele e o puxou de volta.

– Ora, Gilbert, você não vai embora daqui "louco de raiva". Sente-se aqui e eu vou me desculpar *completamente*; eu não deveria ter dito isso. Mas... oh, se você soubesse...

Anne se controlou bem a tempo. Estivera prestes a trair o segredo de Leslie.

– Se soubesse o que uma mulher sente a respeito de um assunto como esse – concluiu ela, sem muita convicção.

– Acho que sei, sim. Analisei o assunto sob todos os pontos de vista... e fui levado à conclusão de que é meu dever dizer a Leslie que acredito ser possível que Dick possa se recuperar; aí termina minha responsabilidade. Caberá a ela decidir o que fazer.

– Eu não acho que você tem o direito de colocar essa responsabilidade sobre ela. Creio que ela já tem o suficiente para suportar. Além disso, é pobre... como poderia pagar uma operação dessas?

– Isso cabe a ela decidir – persistiu Gilbert, teimosamente.

– Você diz que acha que Dick pode ser curado. Mas tem *certeza* disso?

– Certamente que não. Ninguém poderia ter certeza de semelhante coisa. Pode ter havido lesões no próprio cérebro, cujo efeito nunca pode ser removido. Mas se, como acredito, a perda de memória e de outras faculdades se deve apenas à pressão nos centros cerebrais de certas áreas comprimidas pela camada óssea, então ele pode ser curado.

– Mas é só uma possibilidade! – insistiu Anne. – Agora, suponha que você fale com Leslie e ela decida fazer a operação. Vai custar muito caro. Ela terá de pedir dinheiro emprestado ou vender sua pequena propriedade. E suponha que a operação seja um fracasso e Dick continue o mesmo. Como ela vai conseguir devolver o dinheiro emprestado ou ganhar a vida para si mesma e para aquela criatura indefesa, se vender a fazenda?

– Oh, eu sei... eu sei. Mas é meu dever falar com ela a respeito. Não posso fugir dessa convicção.

– Oh, conheço a teimosia dos Blythe – gemeu Anne. – Mas não faça isso por sua única e exclusiva responsabilidade. Consulte o Dr. Dave.

– *Já o* consultei – replicou Gilbert, com relutância.

– E o que ele disse?

– Em resumo... como você diz... deixe tudo como está. Além do preconceito dele contra a cirurgia inovadora, temo que ele veja o caso do ponto de vista que você defende... não faça isso, pelo bem de Leslie.

– Aí está! – exclamou Anne, triunfante. – Eu realmente acho, Gilbert, que você deve obedecer ao julgamento de um homem de quase 80 anos, que já viu muitas coisas e salvou inúmeras vidas... certamente a opinião dele deveria pesar mais do que a de um mero rapaz.

– Obrigado.

– Não ria. É por demais sério.

– Mas é exatamente isso que ando dizendo. É sério. Aqui está um homem que é um fardo imenso. Ele pode recuperar a razão e ser muito útil.

– Como se ele fosse muito útil antes – interrompeu Anne, com ar de desânimo.

– Ele pode ter a chance de consertar e redimir o passado. A esposa dele não sabe disso. Eu sei. É meu dever, portanto, dizer a ela que existe essa possibilidade. Essa, em resumo, é minha decisão.

– Não diga "decisão" ainda, Gilbert. Consulte outra pessoa. Pergunte ao capitão Jim sobre o que ele pensa a respeito.

– Muito bem. Mas não prometo acatar a opinião dele, Anne. – Isso é algo que um homem deve decidir por si mesmo. Minha consciência nunca haveria de ficar em paz, se me mantivesse calado sobre o assunto.

– Oh, sua consciência! – gemeu Anne. – Suponho que o tio Dave também tem consciência, não é?

– Sim. Mas eu não sou o guardião da consciência dele. Vamos, Anne, se esse caso não dissesse respeito a Leslie... se fosse um caso puramente abstrato, você concordaria comigo... você sabe que concordaria.

– Não haveria de concordar – afirmou Anne, tentando acreditar em si mesma. – Oh, você pode discutir a noite toda, Gilbert, mas não vai me convencer. Basta perguntar à senhorita Cornélia sobre o que ela acha disso.

– Você está descambando para o derradeiro fosso, Anne, ao buscar apoio na senhorita Cornélia. Ela só vai dizer, "Típico de um homem" e vai ficar furiosa. Não vem ao caso. Isso não é assunto para pedir a opinião da senhorita Cornélia. Leslie sozinha é que deve decidir.

– Você sabe muito bem como ela vai decidir – disse Anne, quase em lágrimas. – Ela tem ideais de dever também. Não vejo como você pode assumir tamanha responsabilidade sobre seus ombros. *Eu* não poderia.

– *"Porque é mais que correto seguir o certo, desde que a sabedoria não se importe com as consequências"*,[22] citou Gilbert.

– Oh, você acha que versos de poesia são argumento convincente! – zombou Anne. – Isso é tão típico de um homem!

E então ela riu, apesar de tudo. Parecia um eco da senhorita Cornélia.

– Bem, se você não aceitar Tennyson como autoridade, talvez acredite nas palavras de alguém maior do que ele – disse Gilbert, sério. *"Conhecereis a verdade e a verdade vos libertará"*[23]. Acredito nisso, Anne, de todo o coração. É o maior e mais grandioso versículo da *Bíblia*... ou de toda a literatura... e o *mais verdadeiro*, se houver graus de comparação com a verdade. E é o primeiro dever de um homem dizer a verdade, como ele a vê e nela acredita.

– Nesse caso, a verdade não libertará a pobre Leslie – suspirou Anne. – Provavelmente terminará numa escravidão ainda mais amarga para ela. Oh, Gilbert, *não consigo* me convencer de que você deva ter razão.

22 Alfred Tennyson (1809-1892), poeta inglês, que deixou vastíssima obra poética (NT).
23 Citação das palavras de Cristo, referidas no Evangelho de João, 8, 32 (NT).

Capítulo 30

Leslie decide

Um inesperado surto de um tipo virulento de gripe, em Glen e na vila dos pescadores, manteve Gilbert tão ocupado pelas duas semanas seguintes e não teve tempo de fazer a visita prometida ao capitão Jim. Anne desejava com todas as suas forças que ele tivesse abandonado a ideia sobre Dick Moore e, decidida a não despertar os cães adormecidos, não disse mais nada sobre o assunto. Mas pensava nele incessantemente.

"Eu me pergunto se seria correto eu dizer a ele que Leslie se preocupa com Owen", pensou ela. "Ele nunca a deixaria suspeitar de que sabia, então o orgulho dela não sofreria, e isso *poderia* convencê-lo de que deveria deixar Dick Moore em paz. Devo... devo? Não, afinal, não posso. Uma promessa é sagrada, e não tenho o direito de revelar o segredo de Leslie. Oh, nunca me senti tão preocupada com qualquer coisa em minha vida como me sinto com esse caso. Está estragando a primavera... está estragando tudo."

Certa noite, Gilbert propôs abruptamente fazer uma visita ao capitão Jim. Com o coração apertado, Anne concordou e eles partiram. Duas semanas de sol amável tinham feito milagres na paisagem desolada, sobre a qual o corvo de Gilbert havia voado. As colinas e os campos estavam secos, marrons e quentes, prontos para brotar e florescer; o porto era novamente sacudido pelas risadas; a longa estrada do porto era como uma faixa vermelha brilhante; nas dunas, um considerável grupo de rapazes, que se divertia em pescar, punha fogo à grama densa e seca das dunas do verão anterior. As chamas varriam as dunas rosadas, lançando suas chamas vivas contra o golfo escuro mais além e iluminando o canal e a vila dos pescadores. Era uma cena pitoresca que, em outras ocasiões, teria encantado os olhos de Anne; mas ela não estava gostando daquela caminhada. Nem Gilbert. A costumeira camaradagem e comunhão de gostos e de pontos de vista estavam tristemente ausentes. A desaprovação de Anne de todo o projeto se manifestava na postura altiva de sua cabeça e na polidez estudada de suas observações. A boca de Gilbert exprimia toda a obstinação dos Blythe, mas seus olhos estavam turbados. Ele pretendia fazer o que acreditava ser seu dever; mas entrar em conflito com Anne era um preço alto a pagar. Em que pese tudo isso, os dois estavam felizes quando chegaram ao farol... e com remorso por estarem contentes.

O capitão Jim guardou a rede de pescar em que estava trabalhando e deu-lhes as boas-vindas com alegria. À luz penetrante do entardecer de primavera, ele parecia mais velho do que Anne jamais o vira. O cabelo tinha ficado muito mais grisalho e a mão forte e velha tremia um pouco. Mas os olhos azuis continuavam claros e firmes e a alma vigorosa transparecia através deles, galante e destemida.

O capitão Jim escutava num estupefato silêncio, enquanto Gilbert lhe expunha o motivo da visita. Anne, que sabia como o velho adorava Leslie, tinha certeza de que ele ficaria do lado dela, embora não tivesse muita esperança de que isso pudesse influenciar Gilbert. Ela ficou, portanto, profundamente surpresa quando o capitão Jim, lenta e pesarosamente, mas sem hesitar, deu sua opinião de que Leslie deveria ser informada.

– Oh, capitão Jim, não achei que diria isso – exclamou ela, em tom de reprovação. – Pensei que você não gostaria de criar mais problemas para ela.

O capitão Jim meneou a cabeça.

– Eu não quero. Sei muito bem como você se sente com relação a isso, senhora Blythe... assim como eu me sinto. Mas não são nossos sentimentos que devem nos guiar na vida... não, não, haveríamos de naufragar inúmeras vezes, se fizéssemos isso. Há apenas uma bússola segura e temos de definir nosso curso por ela... o que é correto fazer. Concordo com o médico. Se houver uma chance para Dick, Leslie deve ser avisada. Não há dois lados nesse caso, segundo minha opinião.

– Bem – disse Anne, desistindo em desespero –, esperem até que a senhorita Cornélia passe a perseguir vocês dois.

– Cornélia vai nos incomodar de todo o jeito que puder, sem dúvida – concordou o capitão Jim. – Vocês, mulheres, são criaturas adoráveis, senhora Blythe, mas são um pouco ilógicas. Você é uma senhora altamente instruída e Cornélia não, mas vocês são exatamente iguais quando se trata disso, talvez pior ainda. A lógica é uma espécie de coisa dura e impiedosa, eu acho. Agora vou preparar uma xícara de chá; vamos tomá-la e conversar sobre coisas agradáveis, para acalmar um pouco nossas mentes.

Pelo menos, o chá e a conversa do capitão Jim acalmaram a mente de Anne a tal ponto que ela não fez Gilbert sofrer tanto no caminho de casa como ela deliberadamente pretendia fazer. Não se referiu à questão candente de maneira alguma, mas conversou amavelmente sobre outros assuntos e Gilbert compreendeu que fora perdoado sob protesto.

– O capitão Jim parece muito frágil e curvado nessa primavera. O inverno o envelheceu – disse Anne, com tristeza. – Receio que em breve ele vá procurar a Margaret perdida. Não suporto pensar nisso.

– Four Winds não será o mesmo lugar quando o capitão Jim "partir para o mar" – concordou Gilbert.

Na noite seguinte, ele foi até a casa situada riacho acima. Anne vagou tristemente pelos arredores até o retorno do marido.

– Bem, o que é que Leslie disse? – perguntou ela, quando ele chegou.

– Muito pouco. Acho que ela ficou bastante atordoada.

– E ela vai deixar fazer a operação?

– Vai pensar no caso e decidir muito em breve.

Gilbert se atirou pensativo na poltrona diante da lareira. Parecia cansado. Não tinha sido fácil para ele expor o caso a Leslie. E o terror que surgiu nos olhos dela, quando o significado do que ele lhe dizia ficou evidente, não era coisa agradável de lembrar. Agora que a sorte tinha sido lançada, ele se sentia assaltado por dúvidas sobre a própria sabedoria.

Anne olhou para ele com remorso; então deslizou no tapete ao lado dele e deitou a brilhante cabeça vermelha no braço do marido.

– Gilbert, tenho sido bastante malvada nesse caso. Não serei mais. Por favor, me chame de ruivinha e me perdoe.

Pelo que Gilbert entendeu, não importando o que pudesse acontecer, não haveria nenhum "eu-bem-que-o-avisei". Mas não ficou totalmente consolado. O dever no abstrato é uma coisa; o dever no concreto é outra bem diferente, especialmente quando o executor é confrontado pelos olhos feridos de uma mulher.

Algum instinto fez Anne ficar longe de Leslie nos três dias seguintes. Na terceira noite, Leslie desceu à pequena casa e disse a Gilbert que já havia decidido; levaria Dick para Montreal e pediria para fazer a operação.

Estava muito pálida e parecia ter se enrolado em seu velho manto de indiferença. Mas seus olhos haviam perdido o aspecto que atormentava Gilbert; eram frios e brilhantes; e ela passou a discutir detalhes com ele de maneira nítida e profissional. Havia planos a seguir e muitas coisas a pensar. Quando Leslie obteve a informação que queria, foi para casa. Anne queria acompanhá-la em parte do caminho.

– Melhor não – disse Leslie, secamente. – A chuva de hoje deixou o solo úmido. Boa noite.

– Será que perdi minha amiga? – perguntou-se Anne, com um suspiro. – Se a operação for bem-sucedida e Dick Moore se recuperar, Leslie vai se retirar para alguma remota fortaleza de sua alma, onde nenhum de nós jamais poderá encontrá-la.

– Talvez ela o deixe – disse Gilbert.

– Leslie nunca faria isso, Gilbert. O senso de dever que ela tem é muito forte. Ela me disse uma vez que sua avó West sempre insistia com ela que, caso assumisse qualquer responsabilidade, nunca deveria se esquivar, não importando quais fossem as consequências. Essa é uma de suas regras fundamentais. Acho que é um posicionamento à moda antiga.

– Não seja amarga, menina Anne. Você sabe que não acha isso antiquado... sabe que você mesma tem a mesma ideia de sacralidade com relação a responsabilidades assumidas. E tem razão. Fugir da responsabilidade é a maldição de nossa vida moderna... o segredo de toda a inquietação e de todo o descontentamento que está perturbando o mundo.

– Assim diz o pregador – zombou Anne. Mas sob a zombaria sentiu que ele tinha razão; e ela estava com o coração amargurado por causa de Leslie.

Uma semana depois, a senhorita Cornélia desceu como uma avalanche sobre a casinha. Gilbert estava ausente e Anne foi obrigada a suportar o choque do impacto, sozinha.

A senhorita Cornélia mal esperou para tirar o chapéu, antes de começar.

– Anne, você quer me dizer que é verdade o que ouvi... que o Dr. Blythe disse a Leslie que Dick pode ser curado e que ela vai levá-lo a Montreal para operá-lo?

– Sim, é verdade, senhorita Cornélia – respondeu Anne, corajosamente.

– Bem, é uma crueldade desumana, é o que é – disse a senhorita Cornélia, violentamente agitada. – Eu realmente achava que o Dr. Blythe era um homem decente. Não pensei que pudesse ser culpado disso.

– O Dr. Blythe achou que era dever dele de dizer a Leslie que havia uma chance para Dick – disse Anne, com ânimo – e – acrescentou ela, com a lealdade a Gilbert levando a melhor – concordo com ele.

– Oh, não, você não, querida – exclamou a senhorita Cornélia. – Nenhuma pessoa com entranhas de compaixão poderia concordar.

– O capitão Jim concorda.

– Não mencione esse velho idiota para mim – exclamou a senhorita Cornélia. – E não me importo com quem concorda com ele. Pense... *pense* no que isso significa para aquela pobre moça caçada e atormentada.

– Nós *pensamos* nisso. Mas Gilbert acredita que um médico deve colocar o bem-estar da mente e do corpo do paciente acima de todas as outras considerações.

– É bem típico de um homem. Mas eu esperava coisa melhor de você, Anne – disse a senhorita Cornélia, mais triste do que irada; então ela começou a bombardear Anne precisamente com os mesmos argumentos com os quais a última apresentara a Gilbert; e Anne defendeu valentemente o marido com as armas que ele usara para sua própria defesa. A discussão foi longa, mas a senhorita Cornélia, por fim, entregou os pontos.

– É uma vergonha iníqua – declarou ela, quase chorando. – É isso mesmo... uma iníqua vergonha. Pobre Leslie!

– Você não acha que Dick deveria ser considerado um pouco também? – perguntou Anne.

– Dick! Dick Moore! *Ele está* mais que feliz. É um membro da sociedade mais bem-comportado e mais respeitável agora do que era antes. Ora, ele era um bêbado e talvez pior. Vão soltá-lo de novo para rugir e devorar?

– Ele pode se reabilitar – disse a pobre Anne, acossada pelo inimigo externo e pela traidora interna.

– Reabilitar sua avó! – retorquiu a senhorita Cornélia. – Dick Moore teve os ferimentos que o deixaram como está, numa briga de bêbados. Ele *merece* seu destino. Foi enviado contra ele como punição. Não acredito que o médico deva ter algum direito de interferir nos desígnios de Deus.

– Ninguém sabe como Dick foi ferido, senhorita Cornélia. Pode não ter sido numa briga de bêbados, afinal. Pode ter caído numa emboscada e ter sido roubado.

– Os porcos também *podem* assobiar, mas têm boca que não se presta para isso – retrucou a senhorita Cornélia. – Bem, o ponto central do que andou me dizendo é que a coisa está resolvida e não adianta mais falar. Se for assim, fecho minha boca. Não pretendo usar *meus* dentes para roer fios de arame. Quando uma coisa tem de ser, eu me conformo. Mas gosto de ter certeza primeiro de que *tem* de ser. Agora vou dedicar *minhas* energias para confortar e ajudar Leslie. E, depois de tudo – acrescentou a senhorita Cornélia, animando-se, cheia de esperança –, talvez nada possa ser feito por Dick.

Capítulo 31

A verdade liberta

Leslie, uma vez que decidiu o que fazer, passou a fazê-lo com resolução e velocidade que a situação exigia. A limpeza da casa devia ser concluída de imediato, fossem quais fossem as consequências de vida ou morte que pudessem sobrevir depois. A casa cinzenta ao longo do riacho foi colocada em perfeita ordem, com a pronta ajuda da senhorita Cornélia. Depois de dizer o que pensava que deveria ser dito a Anne e, mais tarde, a Gilbert e ao capitão Jim... não poupando nenhum dos dois, a bem da verdade... a senhorita Cornélia nunca falou sobre o assunto com Leslie. Aceitou o fato da operação de Dick, referia-se a ele quando necessário de maneira profissional e o ignorava quando não era. Leslie nunca tentou discutir a questão. Ela estava muito fria e calada durante esses belos dias de primavera. Raramente visitava Anne e, embora fosse sempre cortês e amistosa, essa mesma cortesia era uma barreira de gelo entre ela e as pessoas da casinha. As velhas piadas, risos e camaradagem em torno de coisas comuns não conseguiam envolvê-la como antes. Anne se recusou a se sentir magoada. Sabia que Leslie estava dominada por um pavor horripilante... um pavor que a afastava de todos os pequenos vislumbres de felicidade e horas de prazer. Quando uma grande paixão toma posse da alma, todos os outros sentimentos são postos de lado. Nunca em toda a sua vida, Leslie Moore se afastou do futuro com um terror mais intolerável. Mas ela seguiu em frente com a mesma firmeza no caminho que havia escolhido, assim como os mártires da antiguidade percorriam o deles, sabendo que o fim seria a aterrorizante agonia da fogueira.

A questão financeira foi resolvida com mais facilidade do que Anne temera. Leslie pediu emprestado o dinheiro necessário ao capitão Jim e, por insistência dela, ele hipotecou a pequena fazenda.

– Então isso é uma coisa a menos na cabeça da pobre moça – disse a senhorita

Cornélia a Anne – e da minha também. Agora, se Dick se recuperar bem para voltar a trabalhar, vai ser capaz de ganhar o suficiente para pagar os juros; e se não, sei que o capitão Jim vai conseguir dar um jeito para que Leslie não precise pagá-los. Ele me confidenciou isso. "Estou ficando velho, Cornélia", disse ele, "e não tenho filha nem filho. Leslie não vai aceitar um presente de um homem vivo, mas talvez aceite o de um morto". Então vai ficar tudo bem, da *maneira* que for. Desejo que todo o resto se revolva de forma satisfatória. Quanto àquele malfadado do Dick, ele tem estado péssimo nos últimos dias. O diabo estava nele, acredite em *mim*! Leslie e eu não podíamos continuar nosso trabalho por causa das trapalhadas que aprontava. Um dia, perseguiu todos os patos dela pelo quintal até que a maioria deles morreu. E não fazia coisa alguma para nos ajudar. Às vezes, você sabe, ele se torna bastante útil, trazendo baldes de água e lenha. Mas esta semana, se o mandássemos para o poço, ele tentaria descer nele. Uma vez, cheguei até a pensar: "Se você se atirasse de ponta cabeça nesse poço, tudo estaria mais que resolvido".

– Oh, senhorita Cornélia!

– Ora, não precisa se irritar com a senhorita Cornélia, Anne querida. *Qualquer um* teria pensado o mesmo. Se os médicos de Montreal conseguirem fazer de Dick Moore uma criatura racional, eles operam maravilhas.

Leslie levou Dick para Montreal no início de maio. Gilbert foi com ela, para ajudá-la e tratar dos arranjos necessários. Ele voltou para casa com o relato de que o cirurgião de Montreal, a quem haviam consultado, concordava com ele que havia uma boa chance de recuperação de Dick.

– Muito reconfortante – foi o comentário sarcástico da senhorita Cornélia.

Anne apenas suspirou. Leslie estava muito distante ao despedir-se deles.

Mas ela havia prometido escrever. Dez dias depois do retorno de Gilbert, a carta chegou. Leslie escreveu que a operação tinha sido realizada com sucesso e que Dick estava se recuperando bem.

– O que ela quer dizer com "sucesso"? – perguntou Anne. – Ela quer dizer que Dick recuperou realmente a memória?

– Não é provável... uma vez que ela não fala nada sobre isso – respondeu Gilbert.

– Ela usa a palavra "sucesso" do ponto de vista do cirurgião. A operação foi realizada e seguida de resultados normais. Mas é muito cedo para saber se as faculdades de Dick serão realmente restauradas, total ou parcialmente. A memória, não será provável que retorne a ele toda de uma só vez. O processo será gradual, se é que vai ocorrer. É tudo o que ela diz?

– Sim... aí está a carta. É muito curta. Pobre menina, deve estar sob uma tensão terrível. Gilbert Blythe, há muitas coisas que desejo lhe dizer, só que seria cruel.

– A senhorita Cornélia já as disse por você – retrucou Gilbert com um sorriso pesaroso. – Ela me agride verbalmente toda vez que a encontro. Deixa claro que me considera pouco melhor que um assassino e que acha uma grande pena que o Dr. Dave tenha me convidado para vir substituí-lo. Ela até me disse que preferia chamar o médico metodista do outro do porto em vez de mim. Com a senhorita Cornélia, a força da condenação não pode ser maior.

– Se Cornélia Bryant estivesse doente, não seria o doutor Dave ou o médico metodista que iria chamar – fungou Susan. – Ela iria tirá-lo de sua cama arduamente conquistada no meio da noite, caro doutor, se tivesse um ataque de verdade, é o que ela faria. E então provavelmente diria que a conta era tudo menos que razoável. Não ligue para ela, caro doutor. São necessários todos os tipos de pessoas para fazer um mundo.

Nenhuma notícia mais se teve de Leslie por algum tempo. Os dias de maio se arrastavam numa doce sucessão e as margens do porto de Four Winds estavam verdes e floridas. Um dia, no final de maio, Gilbert voltou para casa e foi recebido por Susan no pátio do estábulo.

– Receio que alguma coisa deva ter perturbado sua senhora, caro doutor – disse ela, misteriosamente. – Ela recebeu uma carta esta tarde e desde então tem andado pelo jardim, falando sozinha. Você sabe que não é bom para ela ficar tanto tempo em pé, caro doutor. Não achou por bem contar quais eram as notícias e eu não sou bisbilhoteira, caro doutor, e nunca fui, mas está claro que alguma coisa a aborreceu. E não é bom para ela ficar aborrecida.

Gilbert apressou os passos, bastante ansioso, até o jardim. Será que tinha acontecido alguma coisa em Green Gables? Mas Anne, sentada no banco rústico, perto do riacho, não parecia preocupada, embora certamente estivesse muito excitada. Seus olhos estavam mais cinzentos e manchas escarlates ardiam em suas faces.

– O que aconteceu, Anne?

Anne deu uma risadinha esquisita.

– Acho que você dificilmente vai acreditar quando eu lhe contar, Gilbert. *Eu* ainda não posso acreditar. Como Susan disse outro dia, "Eu me sinto como uma mosca pousada ao sol... como que atordoada". É tudo tão incrível. Li a carta várias vezes e todas as vezes é a mesma... não consigo acreditar em meus próprios olhos. Oh, Gilbert, você estava certo... tão certo. Posso ver isso claramente agora... e estou tão envergonhada de mim mesma... e você vai realmente me perdoar?

– Anne, vou lhe dar um sacudão, se não ficar coerente. Redmond teria vergonha de você. O *que é que* aconteceu?

– Você não vai acreditar... você não vai acreditar...

– Vou telefonar e chamar o tio Dave – disse Gilbert, fingindo ir para dentro de casa.

– Sente-se, Gilbert. Vou tentar lhe dizer. Recebi uma carta e, oh, Gilbert, é tudo tão extraordinário... tão incrivelmente extraordinário... que nunca pensamos... nenhum de nós jamais sonhou...

– Suponho – disse Gilbert, sentando-se com ar resignado – que a única coisa a fazer num caso desse tipo é ter paciência e ir ao assunto categoricamente. De quem é a carta?

– De Leslie... e, oh, Gilbert...

– De Leslie! Uau! O que ela tem a dizer? Quais são as novidades sobre Dick?

Anne ergueu a carta e a estendeu, calmamente dramática, por um momento.

– Não há *nenhum* Dick! O homem que pensávamos ser Dick Moore... que todos em Four Winds acreditaram durante doze anos ser Dick Moore... é o primo dele, George Moore, da Nova Escócia, que, ao que parece, sempre se assemelhou a ele de modo impressionante. Dick Moore morreu de febre amarela há treze anos em Cuba.

Capítulo 32

A senhorita Cornélia discute o assunto

— Você quer me dizer, Anne querida, que Dick Moore acabou não sendo Dick Moore, mas outra pessoa? É *isso* que você me disse no telefonema de hoje?

— Sim, senhorita Cornélia. É incrível, não é?

— É... é... típico de um homem — exclamou a senhorita Cornélia, desorientada. Ela tirou o chapéu com mãos trêmulas. Pela primeira vez na vida, a senhorita Cornélia ficou inegavelmente apatetada.

— Não consigo atinar com isso, Anne — disse ela. — Já ouvi você dizê-lo... e acredito em você... mas não consigo entender. Dick Moore está morto... está morto todos esses anos... e Leslie está livre?

— Sim. A verdade a libertou. Gilbert estava certo quando afirmou que aquele versículo era o mais grandioso da *Bíblia*.

— Conte-me tudo, Anne querida. Desde que recebi seu telefonema, estou totalmente confusa, acredite em *mim*. Cornélia Bryant nunca esteve tão perplexa.

— Não há muito o que contar. A carta de Leslie é curta. Ela não entrou em pormenores. Esse homem... George Moore... recuperou a memória e sabe quem é. Ele diz que Dick apanhou febre amarela em Cuba e o navio Four Sisters teve de zarpar sem ele. George ficou para cuidar dele. Mas Dick morreu pouco tempo depois. George não escreveu a Leslie porque pretendia voltar para casa e lhe contar tudo pessoalmente.

— E por que ele não voltou?

– Suponho que o acidente deve ter interferido. Gilbert diz que é bastante provável que George Moore não se lembre de nada do acidente ou do que o levou a ele, e talvez nunca mais se lembre. Provavelmente aconteceu logo depois da morte de Dick. Podemos descobrir mais detalhes quando Leslie escrever novamente.

– Ela diz o que vai fazer? Quando volta para casa?

– Diz que vai ficar com George Moore até que ele possa deixar o hospital. Escreveu para o pessoal dele na Nova Escócia. Parece que o único parente próximo de George é uma irmã casada, muito mais velha que ele. Estava viva quando George embarcou no Four Sisters, mas é claro que não sabemos o que pode ter acontecido desde então. Já viu alguma vez George Moore, senhorita Cornélia?

– Sim. Tudo está voltando à minha memória. Ele esteve aqui visitando o tio Abner, dezoito anos atrás, quando ele e Dick teriam cerca de 17 anos de idade. Eles eram duplamente primos. Os pais deles eram irmãos e as mães eram irmãs gêmeas, e eles eram terrivelmente parecidos. Claro – acrescentou a senhorita Cornélia com desdém –, não era uma daquelas semelhanças singulares que se lê em romances, em que duas pessoas são tão parecidas que podem ocupar o lugar uma da outra e os parentes mais próximos e mais caros não conseguem distingui-los. Naquela época, era fácil dizer quem era George e quem era Dick, se fossem vistos juntos e bem próximos da gente. Separados ou a alguma distância, não era tão fácil. Eles pregavam muitas peças nas pessoas e se divertiam com isso, os dois patifes. George Moore era um pouco mais alto e bem mais gordo do que Dick... embora nenhum dos dois fosse o que se poderia chamar exatamente de gordo... os dois eram magros. Dick tinha uma cor mais acentuada do que George e o cabelo era de um tom mais claro. Mas as feições eram iguais e os dois tinham olhos esquisitos... um azul e outro castanho. Não eram muito parecidos em nenhum outro aspecto, no entanto. George era um sujeito realmente legal, embora fosse malandro para travessuras, e alguns diziam que ele gostava de um copo, mesmo naquela época. Mas todo mundo gostava mais dele do que de Dick. Ele passou cerca de um mês por aqui. Leslie nunca o viu; ela tinha apenas 8 ou 9 anos e me lembro agora que ela passou todo o inverno, lá, além do porto, com a avó West. O capitão Jim também estava ausente... foi nesse inverno que ele naufragou nas Ilhas

Madalena[24]. Suponho que ele ou Leslie nunca tivessem ouvido falar de que o primo da Nova Escócia se parecia tanto com Dick. Ninguém jamais pensou nele quando o capitão Jim trouxe Dick... melhor dizendo, George... para casa. Claro, todos nós pensamos que Dick havia mudado consideravelmente... tinha ficado tão atarracado e gordo. Mas atribuímos isso ao que havia acontecido com ele e, sem dúvida, esse era o motivo, pois, como eu disse, George também não era gordo. E não havia outra maneira de descobrir, pois o homem tinha perdido as faculdades mentais. Não é de admirar, portanto, que todos nos tenhamos enganado. Mas é uma coisa impressionante. E Leslie sacrificou os melhores anos da vida dela para cuidar de um homem que não tinha nenhum direito sobre ela! Oh, malditos homens! Não importa o que façam, é sempre a coisa errada. E não importa quem sejam, são sempre alguém que não deveriam ser. Eles realmente me exasperam.

– Gilbert e o capitão Jim são homens e foi por meio deles que a verdade foi finalmente descoberta – disse Anne.

– Bem, admito – concedeu a senhorita Cornélia, com relutância. – Lamento ter ralhado tanto o doutor. É a primeira vez na minha vida que me sinto envergonhada por algo que devo ter dito a um homem. Não sei se vou dizer isso a ele, no entanto. Ele só vai ter de supor e deduzir. Bem, Anne querida, é uma graça que Deus não deva ter atendido a todas as nossas preces. Tenho orado muito desde o início para que a operação não curasse Dick. Obviamente, não coloquei isso de forma tão clara. Mas era isso que estava no fundo de minha mente e não tenho dúvidas de que Deus sabia disso.

– Bem, ele respondeu ao espírito de sua oração. Você realmente desejava que as coisas não fossem dificultadas para Leslie. Receio que, no fundo de meu coração, não tinha esperança de que a operação fosse bem-sucedida e estou totalmente envergonhada por isso.

– Como é que Leslie vai reagir diante disso?

– Ela escreve como uma aturdida. Acho que, como nós, ela mal se deu conta ainda. Ela diz: "Tudo parece um sonho estranho para mim, Anne". Essa é a única referência que faz sobre si mesma.

---

24 Ver nota 18 (NT).

– Pobre menina! Suponho que até um prisioneiro, quando lhe tiram as algemas, se sente estranho e perdido sem elas, por um tempo. Anne querida, aqui está um pensamento que não para de aflorar em minha mente. E quanto a Owen Ford? Nós duas sabemos que Leslie esteve apaixonada por ele. Já lhe ocorreu se ele estivesse apaixonado por ela?

– Já me ocorreu... uma vez – admitiu Anne, sentindo que poderia falar demais.

– Bem, eu não tinha nenhuma razão para pensar que ele estava, mas apenas me parecia que *deveria* estar. Agora, Anne querida, Deus sabe que não sou uma casamenteira e desprezo todas essas manobras. Mas se eu fosse você e escrevesse para esse tal de Ford, apenas mencionaria, de maneira casual, o que aconteceu. Isso é o que *eu* faria.

– É claro que vou mencionar isso quando escrever a ele – disse Anne, um tanto distante. De alguma forma, isso era algo que ela não podia discutir com a senhorita Cornélia. E, no entanto, tinha de admitir que o mesmo pensamento estava à espreita em sua mente desde que ouvira falar da liberdade de Leslie. Mas ela não o profanaria falando abertamente.

– Não diria que não há muita pressa, querida. Mas Dick Moore está morto há treze anos e Leslie já desperdiçou o suficiente de sua vida por causa dele. Vamos ver o que resulta disso. Quanto a esse George Moore, que se foi e voltou à vida quando todos pensavam que estava morto e perdido, coisa bem típica de um homem, eu realmente sinto muito por ele, pois creio que não vai se sentir bem em lugar algum.

– Ele é jovem ainda e, se acaso se recuperar completamente, como parece provável, será capaz de encontrar lugar e espaço para si novamente. Deve ser muito estranho para esse pobre sujeito. Suponho que todos esses anos desde o acidente não existem para ele.

Capítulo 33

Leslie retorna

Quinze dias depois, Leslie Moore voltou sozinha para a velha casa onde havia passado tantos anos amargos. No final de junho, atravessou os campos em direção da casa de Anne e apareceu de repente, como um fantasma, no jardim perfumado.

– Leslie! – exclamou Anne, com espanto. – De onde veio? Não sabíamos que você estava prestes a regressar. Por que não escreveu? Nós teríamos ido esperá-la.

– Não consegui escrever de forma alguma, Anne. Parecia tão fútil tentar dizer alguma coisa com caneta e tinta. E queria voltar em silêncio, sem ser observada.

Anne abraçou Leslie e a beijou. Leslie devolveu o beijo calorosamente. Parecia pálida e cansada e deu um pequeno suspiro quando se jogou na grama ao lado de um grande canteiro de narcisos, que brilhavam, no crepúsculo esmaecido e prateado, como estrelas douradas.

– E você voltou para casa sozinha, Leslie?

– Sim. A irmã de George Moore foi até Montreal e o levou para casa com ela. Pobre sujeito, lamentou se separar de mim... embora eu fosse uma estranha para ele quando recuperou a memória. Agarrou-se em mim nos primeiros dias difíceis em que tentava perceber que a morte de Dick não era, como lhe parecia, uma coisa ocorrida no dia anterior. Foi tudo muito difícil para ele. Eu o ajudei em tudo o que pude. Quando a irmã veio, foi mais fácil para ele, porque lhe parecia que a tinha visto, pela última vez, há poucos dias. Felizmente, ela não tinha mudado muito e isso o ajudou também.

– É tudo tão estranho e maravilhoso, Leslie. Acho que nenhum de nós atinou com tudo isso muito bem ainda.

– Eu pessoalmente não consigo. Quando entrei na casa lá em cima, uma hora atrás, senti que *devia* ser um sonho... que Dick devia estar lá, com seu sorriso infantil, como tinha estado há tanto tempo. Anne, sinto-me ainda atordoada. Não estou contente nem triste... *nada*. Sinto como se algo tivesse sido arrancado subitamente de minha vida e deixado um vazio terrível. Sinto como se não pudesse ser *eu*... como se tivesse me transformado em outra pessoa e não conseguisse me acostumar com isso. Uma sensação horrível de solidão, tontura e desamparo se apodera de mim. É bom ver você de novo... parece que você era uma espécie de âncora para minha alma à deriva. Oh, Anne, estou com medo de tudo... dos mexericos, da surpresa, dos questionamentos. Quando penso nisso, gostaria de não ter precisado voltar para casa. O Dr. Dave estava na estação quando desci do trem... ele me trouxe para casa. Pobre velho, sente-se muito mal porque me garantiu anos atrás que nada poderia ser feito por Dick. "Sinceramente, assim pensava eu, Leslie", disse-me ele hoje. "Mas deveria ter-lhe dito para não depender de minha opinião, deveria ter-lhe falado para que fosse a um especialista. Se eu tivesse feito isso, você não teria passado tantos anos amargos e o pobre George Moore tantos anos perdidos. Eu me culpo, Leslie, e não pouco." Eu lhe disse então que não devia se culpar... que ele tinha feito o que achava certo. Sempre foi tão gentil comigo... eu não conseguia suportar vê-lo tão aborrecido por causa disso.

– E Dick... George, quero dizer? Recuperou totalmente a memória?

– Praticamente. Claro, há muitos detalhes de que não consegue se lembrar ainda... mas vai se recordando sempre mais a cada dia que passa. Ele saiu para dar uma caminhada na noite depois do sepultamento de Dick. Trazia o dinheiro e o relógio de Dick consigo; pretendia trazê-los para casa e entregá-los a mim, junto com minha carta. Admite que foi a um lugar que os marinheiros frequentavam... e se lembra de ter bebido... e nada mais. Anne, nunca vou esquecer do momento em que ele se lembrou do próprio nome. Eu o vi olhando para mim com uma expressão inteligente, mas perplexa. Perguntei-lhe: "Você me reconhece, Dick?" Ele respondeu: "Nunca a vi antes. Quem é você? E meu nome não é Dick. Eu sou George Moore; Dick morreu de febre amarela ontem! Onde estou? O que aconteceu comigo?" Eu... eu desmaiei, Anne. E desde então me sinto como se estivesse num sonho.

– Você logo se ajustará a esse novo estado de coisas, Leslie. E é jovem... a vida está diante de você... ainda terá muitos anos lindos.

– Talvez eu consiga encarar as coisas dessa maneira depois de um tempo, Anne. Agora mesmo me sinto muito cansada e indiferente para pensar no futuro. Eu estou... estou... Anne, estou sozinha. Sinto falta de Dick. Não é tudo muito estranho? Sabe, eu gostava muito do pobre Dick... George, acho que devo dizer... assim como teria gostado de uma criança indefesa que dependia de mim para tudo. Eu nunca teria admitido isso... estava realmente envergonhada... porque, veja bem, eu odiava e desprezava Dick antes de ele ir embora. Quando soube que o capitão Jim o estava trazendo para casa, pensei que sentiria o mesmo por ele. Mas não foi assim... embora continuasse a detestá-lo quando me lembrava de como ele era antes da partida. Desde o momento em que ele voltou para casa, só senti pena... uma pena que me magoava e me atormentava. Pensei então que era só porque o acidente o deixara totalmente desamparado e mudado. Mas agora acredito que foi porque havia realmente uma personalidade diferente ali. Carlo sabia disso, Anne... agora sei que Carlo sabia. Sempre achei estranho que Carlo não tivesse reconhecido Dick. Os cães geralmente são tão fiéis. Mas *ele* sabia que não era o patrão dele que havia voltado, embora nenhum de nós o soubesse. Eu nunca tinha visto George Moore, você sabe. Lembro-me agora de que Dick mencionou uma vez, casualmente, que tinha um primo na Nova Escócia que se parecia tanto com ele como se fosse um irmão gêmeo; mas isso tinha sumido de minha memória e, em todo caso, nunca teria pensado que esse fato tivesse alguma importância. Veja bem, nunca me ocorreu questionar a identidade de Dick. Qualquer mudança nele me parecia apenas o resultado do acidente. Oh, Anne, naquela noite de abril, quando Gilbert me disse que achava que Dick poderia ficar curado! Jamais vou esquecer. Pareceu-me que um dia eu tinha sido prisioneira numa horrível jaula de tortura e então a porta se abriu e eu podia sair. Estava ainda acorrentada à jaula, mas não estava dentro dela. E naquela noite senti que uma mão impiedosa estava me puxando de volta para a jaula... de volta para uma tortura ainda mais terrível do que antes. Não culpei Gilbert. Senti que ele estava certo. E ele tinha sido muito bom... disse-me que se, por causa do custo e da incerteza da operação, eu decidisse não arriscar, ele não me culparia nem um pouco. Mas eu sabia como deveria decidir... e não conseguia enfrentar isso. Caminhei a noite toda pela casa como uma louca, tentando me obrigar a enfrentar o caso. Não conseguia, Anne... pensei que não conseguiria... e quando amanheceu cerrei os dentes e resolvi que *não*. Deixaria as coisas como estavam. Fui muito má, eu sei. Teria sido justo ser castigada por tamanha maldade, se tivesse simplesmente mantido essa decisão. Eu a mantive o dia todo. Naquela tarde, tive de ir a Glen fazer algumas compras. Foi um dos dias calmos e sonolentos de Dick; então o deixei sozinho. Estive fora um pouco mais do que o previsto e ele sentiu minha falta. Ele se sentia sozinho. E quando cheguei em casa, correu a meu encontro como uma criança, com um enorme sorriso no rosto. De alguma forma, Anne, eu simplesmente cedi. Aquele sorriso naquele pobre rosto vazio foi mais do que eu poderia suportar. Senti como se estivesse negando a uma criança a chance de crescer e de se desenvolver. Sabia que deveria dar a ele a chance, não importando quais fossem as consequências. Então eu vim e contei a Gilbert. Oh, Anne, você deve ter me achado detestável naquelas semanas antes de minha partida. Eu não queria ser... mas não conseguia pensar em mais nada, exceto o que eu tinha de fazer, e tudo e todos a meu redor eram como sombras.

– Eu sei... compreendi, Leslie. E agora tudo acabou... suas correntes estão rompidas... não há mais jaula.

– Não há mais jaula – repetiu Leslie, distraidamente, arrancando a grama com as delicadas mãos morenas. – Mas... não parece como se não houvesse mais nada, Anne. Você... você se lembra do que eu lhe disse sobre minha loucura naquela noite na barra de areia? Acho que ninguém supera rapidamente o fato de ser louco. Às vezes acho que há pessoas que são loucas para sempre. E ser um louco... desse tipo... é quase tão ruim quanto ser um... um cão acorrentado.

– Você vai se sentir muito diferente depois de superar o cansaço e a perplexidade – disse Anne, que, sabendo de certa coisa que Leslie não sabia, não se sentia obrigada a desperdiçar tanta simpatia.

Leslie pousou sua esplêndida cabeça dourada contra o joelho de Anne.

– De qualquer forma, tenho *você* – disse ela. – A vida não pode ser totalmente vazia com uma amiga assim. Anne, afague minha cabeça... como se eu fosse uma menininha... faça de conta que é minha *mãe*... e deixe-me dizer, enquanto minha língua teimosa está um pouco solta. o que você e sua camaradagem significaram para mim desde aquela noite em que a conheci na costa rochosa.

Capítulo 34

O navio dos sonhos chega ao porto

Certa manhã, quando um alvorecer dourado e ventoso se erguia sobre o golfo em ondas de luz, uma cegonha cansada voava sobre a barra do porto de Four Winds, vinda da Terra das Estrelas vespertinas. Sob sua asa se aninhava uma criancinha sonolenta, mas de olhos abertos. A cegonha estava cansada e olhava melancolicamente em volta. Sabia que estava em algum lugar perto de seu destino, mas ainda não o podia ver. O grande farol branco no penhasco de arenito vermelho tinha bela aparência; mas nenhuma cegonha dotada de bom senso haveria de deixar ali um novo bebê aveludado.

Uma velha casa cinza, cercada de salgueiros, num vale florido de um riacho, parecia mais promissora, mas também não parecia o local exato. A residência verde mais adiante estava manifestamente fora de questão. Então a cegonha se animou. Avistou o local ideal... uma casinha branca aninhada num grande bosque de abetos sussurrantes, com uma espiral de fumaça azul saindo da chaminé da cozinha... uma casa que parecia feita precisamente para bebês. A cegonha deu um suspiro de satisfação e pousou suavemente no alto do telhado.

Meia hora depois, Gilbert se dirigiu até o corredor e bateu na porta do quarto de hóspedes. Uma voz sonolenta respondeu e, num momento, o rosto pálido e assustado de Marilla espiou por trás da porta.

— Marilla, Anne me mandou avisar que certo jovem cavalheiro chegou aqui. Não trouxe muita bagagem, mas evidentemente pretende ficar.

— Pelo amor de Deus! — exclamou Marilla, de modo vago. — Não me diga, Gilbert, que tudo acabou. Por que não me chamaram?

— Anne não quis que a perturbássemos, uma vez que não havia necessidade.

Ninguém foi chamado até cerca de duas horas atrás. Não houve nenhuma "passagem perigosa" desta vez.

– E... e... Gilbert... esse bebê vai sobreviver?

– Certamente que sim. Ele pesa quase 4 quilos e... ora, escute só. Não há nada de errado com seus pulmões. A enfermeira diz que o cabelo dele vai ficar ruivo. Anne ficou furiosa com ela e eu quase morri de rir.

Foi um dia maravilhoso na casinha dos sonhos.

– O melhor sonho de todos se tornou realidade – disse Anne, pálida e extasiada. – Oh, Marilla, mal me atrevo a acreditar, depois daquele dia horrível do verão passado. Tenho tido uma dor profunda desde então... mas agora passou.

– Esse bebê vai tomar o lugar de Joy – disse Marilla.

– Oh, não, não, *não*, Marilla. Ele não pode... nada pode fazer isso. Ele tem seu próprio lugar, meu querido e pequenino filho varão. Mas a pequena Joy tem o dela, e sempre o terá. Se tivesse sobrevivido, teria mais de 1 ano de idade. Estaria andando por aí com seus pés minúsculos e balbuciando algumas palavras. Posso vê-la tão claramente, Marilla. Oh, agora sei que o capitão Jim tinha razão quando disse que Deus resolvia tudo sempre a contento e que meu bebê não haveria de me parecer estranho ao encontrá-lo no além. Aprendi *isso* no ano passado. Acompanhei o desenvolvimento de Joy dia a dia, semana por semana... e sempre o farei. Saberei exatamente como ela cresce a cada ano... e quando a encontrar novamente, a reconhecerei... ela não será uma estranha. Oh, Marilla, *olhe* para os adoráveis dedinhos dos pés dele! Não é estranho que sejam tão perfeitos?

– Seria mais estranho se não o fossem – disse Marilla, secamente. Agora que tudo estava bem, Marilla voltava a ser ela própria novamente.

– Oh, eu sei... mas parece como se não tivessem podido se formar totalmente, sabe... e eles estão bem formados, até mesmo nas minúsculas unhas. E as mãos dele... olhe *só* para as mãos dele, Marilla.

– Parecem-se muito bem com mãos – reconheceu Marilla.

– Veja como ele se agarra a meu dedo. Tenho certeza de que já me conhece.

Chora quando a enfermeira o leva embora. Oh, Marilla, você acha... você não acha, você... que o cabelo dele vai ser vermelho?

– Não vejo muito cabelo e de nenhuma cor específica – respondeu Marilla. – Não me preocuparia com isso, se fosse você, até que se tornasse visível.

– Marilla, ele *tem* cabelos... olhe para aqueles pequenos e finos fios em volta de toda a cabeça dele. De qualquer forma, a enfermeira disse que os olhos serão castanhos e a testa dele é exatamente como a de Gilbert.

– E ele tem as orelhinhas mais lindas, senhora querida – disse Susan. – A primeira coisa que fiz foi olhar para as orelhas dele. O cabelo é enganoso e o nariz e os olhos mudam, e não se sabe como vão ficar, mas orelhas são orelhas do início ao fim, e sempre se sabe que não mudam nunca. Basta olhar para a forma delas... e estão bem coladinhas à preciosa cabecinha. Nunca precisará se envergonhar das orelhas dele, senhora querida.

A convalescença de Anne foi rápida e feliz. As pessoas vinham e se extasiavam com o bebê, como os pastores se curvaram diante da realeza do recém-nascido muito antes que os Reis Magos do Oriente se ajoelhassem em homenagem ao Menino Real da manjedoura de Belém[25]. Leslie, encontrando-se lentamente em meio às novas condições de sua vida, se inclinava sobre ele, como uma linda Madonna com coroa de ouro. A senhorita Cornélia cuidava dele com tanta habilidade como qualquer mãe em Israel. O capitão Jim segurou a pequena criatura em suas grandes mãos amorenadas e olhou ternamente para ela, com olhos que viam as crianças que nunca tinham nascido para ele.

– Como vai se chamar? – perguntou a senhorita Cornélia.

– Anne escolheu o nome dele – respondeu Gilbert.

– James Matthew... do nome dos dois melhores cavalheiros que já conheci... mesmo estando você aqui presente – disse Anne, com um olhar atrevido para Gilbert.

---

25   Referência ao nascimento de Jesus, em que a autora superpõe parte da narrativa de *Lucas* (cap. 2, versículos 1-20) e parte da de *Mateus* (cap. 2, versículos 1-13) (NT).

Gilbert sorriu.

– Não cheguei a conhecer Matthew muito bem; era tão tímido que nós, meninos, não conseguíamos nos relacionar bem com ele... mas concordo com você que o capitão Jim é uma das almas mais raras e belas que Deus já revestiu de barro. Ele está tão encantado pelo fato de termos dado o nome dele a nosso menino! Parece que não tem outro homônimo.

– Bem, James Matthew é um nome que vai ficar bem e não vai se desgastar com o tempo – disse a senhorita Cornélia. – Pelo menos não lhe atribuíram um nome pomposo, romântico, de que se envergonharia quando se tornasse avô. A senhora William Drew, em Glen, deu o nome de Bertie Shakespeare a seu bebê. Uma combinação e tanto, não é? E melhor que não se criaram muitos problemas para escolher um nome. Algumas pessoas têm enorme dificuldade para se decidir em tal caso. Quando o primeiro filho de Stanley Flagg nasceu, houve tanta rivalidade quanto a quem o nome da criança deveria recordar, que o pobre pequeno teve de passar dois anos sem nome. Nesse meio-tempo nasceu um irmãozinho dele e o primeiro passou a ser chamado "Big Baby'" e o segundo, "Little Baby". Finalmente, chamaram "Big Baby" de Peter e "Little Baby" de Isaac, em homenagem aos dois avôs, e os dois meninos foram batizados juntos. E cada um tentava abafar aos gritos o nome do outro. Vocês conhecem aquela família de escoceses, os MacNab, lá de Glen? Eles têm doze meninos e o mais velho e o mais novo se chamam Neil... Big Neil e Little Neil, na mesma família. Bem, acho que esgotaram o acervo que possuíam de nomes diferentes.

– Eu li em algum lugar – riu Anne – que o primeiro filho é um poema, mas o décimo é uma prosa trivial. Talvez a senhora MacNab pensasse que o décimo segundo era meramente um velho conto recontado.

– Bem, há algo a ser dito sobre as famílias numerosas – disse a senhorita Cornélia, com um suspiro. – Fui filha única durante oito anos e ansiava por um irmão e uma irmã. Minha mãe me disse para orar por um... e eu rezava, acredite em *mim*. Bem, um dia tia Nellie me chamou e me disse: "Cornélia, há um irmãozinho para você lá em cima, no quarto de sua mãe. Você pode subir e vê-lo". Eu estava tão animada e feliz que voei escada acima. E a velha senhora Flagg levantou o bebê para eu ver. Meu Deus, Anne querida, nunca fiquei tão desapontada em minha vida. Veja só, eu estava orando por *um irmão dois anos mais velho que eu*.

– Quanto tempo demorou para superar essa desilusão? – perguntou Anne, em meio a uma risada.

– Bem, fiquei revoltada com a Providência por um bom tempo e, por semanas, não olhei mais para o bebê. Ninguém sabia por quê, pois eu nunca contei a ninguém. Então ele começou a ficar realmente fofo, estendia as mãozinhas para mim e aí comecei a gostar dele. Mas não consegui realmente me conformar até o dia em que uma colega de escola veio vê-lo e disse que o achava terrivelmente pequeno para a idade que tinha. Eu simplesmente fiquei furiosa e avancei diretamente para cima dela e lhe disse que não sabia reconhecer um bebê bonito quando visse um e que o nosso era o bebê mais lindo do mundo. Depois disso, passei a adorá-lo. Minha mãe morreu antes que ele tivesse 3 anos e eu era irmã e mãe para ele. Pobre rapaz, nunca ficou forte e morreu quando não tinha muito mais de 20 anos. Parece-me que teria dado qualquer coisa do mundo, Anne querida, para que ele tivesse vivido.

A senhorita Cornélia deu um suspiro. Gilbert havia descido e Leslie, que estava cantarolando com o pequeno James Matthew nos braços, perto da janela do sótão, deitou-o para dormir em sua cesta e foi embora. Assim que ela estava a salvo, fora do alcance da voz, a senhorita Cornélia se curvou e disse num sussurro conspirador:

– Anne querida, recebi uma carta de Owen Ford ontem. Ele está em Vancouver agora, mas quer saber se posso hospedá-lo daqui a um mês. Você sabe o que isso significa. Bem, espero que estejamos fazendo o correto.

– Não temos nada a ver com isso... não poderíamos impedi-lo de vir para Four Winds, se quisesse – disse Anne, rapidamente. Ela não gostou da sensação que lhe deram os sussurros casamenteiros da senhorita Cornélia; e então, estando fraca, ela mesma sucumbiu e disse:

– Não deixe Leslie saber que ele está vindo até que ele esteja aqui. Se ela descobrir, tenho certeza de que irá embora imediatamente. Pretende ir no próximo outono, de qualquer maneira... como me disse outro dia. Vai a Montreal para estudar enfermagem e fazer o que puder da vida dela.

– Oh, bem, Anne querida – disse a senhorita Cornélia, acenando com a cabeça sabiamente–, será o que tiver de ser. Você e eu fizemos nossa parte e devemos deixar o resto em mãos superiores.

Capítulo 35

Política em Four Winds

Quando Anne deixou a cama e voltou à vida normal, a ilha, bem como todo o Canadá, estava no meio de uma campanha que precedia as eleições gerais. Gilbert, que era um ardente Conservador, viu-se preso no turbilhão, sendo muito procurado para discursar nos vários comícios do condado. A senhorita Cornélia não aprovava o envolvimento dele com a política e o disse a Anne.

O Dr. Dave nunca se envolveu. O Dr. Blythe vai descobrir que está cometendo um erro, acredite em *mim*. Política é algo em que nenhum homem decente deveria se meter.

– O governo do país deve ser deixado exclusivamente nas mãos dos tratantes, então? – perguntou Anne.

– Sim... desde que sejam tratantes Conservadores – respondeu a senhorita Cornélia, dando passos de marcha de guerra. – Homens e políticos são todos pichados com o mesmo pincel. Os Liberais têm mais cobertura do que os Conservadores... *consideravelmente* maior. Mas Liberal ou Conservador, meu conselho ao Dr. Blythe é o de ficar longe da política. Primeira coisa, bem sabe, ele mesmo vai disputar uma eleição e vai passar metade do ano em Ottawa, deixando o atendimento médico ao abandono.

– Ah, bem, não vamos procurar problemas – disse Anne. – As consequências não se fazem esperar. Em vez disso, vamos dar uma olhada no pequeno Jem. Deveria ser escrito com G[26]. Não é perfeitamente lindo? Veja só as covinhas nos cotovelos. Vamos criá-lo para ser um bom Conservador, você e eu, senhorita Cornélia.

---

26   *Jem* é um hipocorístico ou redução familiar e coloquial de *James* e, por essa razão, grafado com jota, ao passo que *gem* significa joia, pedra preciosa; embora grafado diversamente, a pronúncia é exatamente a mesma de *Jem* (NT).

– Vamos criá-lo para ser um bom homem – emendou a senhorita Cornélia. – Eles são escassos e valiosos; não gostaria, no entanto, de vê-lo tornar-se um Liberal. Quanto à eleição, você e eu podemos dar graças por não morarmos do outro lado do porto. O ar tem estado azul por lá nesses dias. Todos os Elliott, os Crawford e os MacAllister estão em pé de guerra. Esse lado é pacífico e calmo, visto que há tão poucos homens. O capitão Jim é um Liberal, mas em minha opinião ele tem vergonha, pois nunca fala de política. Não há a menor sombra de dúvida que os Conservadores vão conseguir uma folgada maioria novamente.

A senhorita Cornélia estava enganada. Na manhã seguinte à eleição, o capitão Jim apareceu na casinha para contar as novidades. Tão virulento é o micróbio da política partidária, mesmo num velho pacífico, que as faces do capitão Jim estavam vermelhas e os olhos brilhavam com todo o fogo de outros tempos.

– Senhora Blythe, os Liberais estão com uma vasta maioria. Depois de dezoito anos de má administração dos Conservadores, este país oprimido vai ter finalmente uma chance.

– Nunca o ouvi fazer um discurso partidário tão amargo antes, capitão Jim. Não achei que você tivesse tanto veneno político em suas veias – riu Anne, que não estava muito animada com as notícias. O pequeno Jem disse "uou-ga" naquela manhã. O que eram principados e potestades, a ascensão e queda de dinastias, a queda dos Liberais ou dos Conservadores, em comparação com aquela ocorrência milagrosa?

– Isso vem se acumulando há muito tempo – replicou o capitão Jim, com um sorriso depreciativo. – Pensei que eu era apenas um Liberal moderado, mas quando veio a notícia de que estávamos em vantagem, descobri que sou profundamente Liberal.

– Você sabe que o doutor e eu somos Conservadores.

– Ah, bem, é o único defeito que vejo em ambos, senhora Blythe. Cornélia é uma conservadora também. Fui até a casa dela, ao retornar de Glen, para lhe contar as novidades.

– Você não sabia que estava pondo a vida em risco?

– Sim, mas não pude resistir à tentação.

– Como ela reagiu?

– Relativamente calma, senhora Blythe, relativamente calma. Ela disse: "'Bem, a Providência manda temporadas de humilhação para um país, assim como para os indivíduos. Vocês, os Liberais, andaram com frio e fome durante muitos anos. Apressem-se para se aquecer e se alimentar, pois vocês não vão ficar por muito tempo". "Muito bem, Cornélia", retruquei, "talvez a Providência pense que o Canadá precisa de um verdadeiro e longo período de humilhação". Ah, Susan, *soube* da novidade? Os Liberais ganharam.

Susan acabara de chegar da cozinha, acompanhada pelo odor de deliciosos pratos, que sempre parecia pairar em torno dela.

– Ganharam? – disse ela, com uma bela despreocupação. – Bem, eu nunca pude ver, a não ser meu pão levedar tão bem quando os Liberais estavam no poder, como quando não estavam. E se algum partido, senhora querida, fizer chover antes do fim da semana e salvar nossa horta da total ruína, esse é o partido em que Susan vai votar. Enquanto isso, poderia chegar aqui e me dar sua opinião sobre a carne para o jantar? Vejo que está muito dura e acho que seria melhor trocar de açougueiro, bem como de governo.

Num final de tarde, uma semana depois, Anne foi até o farol para ver se conseguia um pouco de peixe fresco com o capitão Jim, deixando o pequeno Jem pela primeira vez. Era quase uma tragédia. Se ele chorasse? Se Susan não soubesse exatamente o que fazer por ele? Susan estava calma e serena.

– Tenho tanta experiência com ele quanto a senhora, querida, ou acha que não?

– Sim, com ele... mas não com outros bebês. Ora, eu cuidei de três pares de gêmeos, quando era criança, Susan. Quando eles choravam, eu lhes dava óleo de hortelã-pimenta ou de rícino com bastante frieza. É realmente curioso recordar agora como eu controlava facilmente todos esses bebês e suas dores.

– Oh, se o pequeno Jem chorar, só vou colocar uma bolsa de água quente na barriguinha dele – disse Susan.

– Não muito quente, você sabe – disse Anne, ansiosa. Oh, seria realmente sensato ir?

– Não se preocupe, senhora querida. Susan não é mulher para queimar um pequenino. Que Deus o abençoe, ele nem pensa em chorar.

Anne decidiu finalmente dar uma saída e se sentiu bem caminhando até o farol, passando sob as longas sombras projetadas por um sol que se punha. O capitão Jim não estava na sala do farol, mas havia ali outro homem... simpático e de meia-idade, com um queixo proeminente e bem barbeado, homem que Anne desconhecia. Quando ela se sentou, no entanto, ele começou a falar com ela com a segurança de um velho conhecido. Não havia nada de errado no que dizia ou no jeito como o dizia, mas Anne ficou um tanto arredia diante de tal confiança e liberdade por parte de alguém completamente estranho. As respostas dela foram geladas e tão poucas quanto a decência exigia. Nada amedrontado, o homem foi falando durante vários minutos; depois pediu licença e foi embora. Anne poderia jurar que havia um brilho intenso nos olhos dele e isso a incomodou. Quem era essa criatura? Havia algo vagamente familiar nele, mas tinha certeza de que nunca o tinha visto antes.

– Capitão Jim, quem era aquele homem que acabou de sair? – perguntou ela, quando o capitão Jim entrou.

– Marshall Elliott – respondeu o capitão.

– Marshall Elliott! – exclamou Anne. – Oh, capitão Jim... não era... sim, *era* a voz dele... oh, capitão Jim, eu não o reconheci... e eu quase o insultei! *Por que* é que ele não me falou? Deve ter reparado que eu não o reconheci.

– Ele não ia dizer absolutamente nada... só estava se divertindo com a situação. Não se preocupe por tê-lo esnobado... ele vai achar que foi engraçado. Sim, Marshall finalmente raspou a barba e cortou o cabelo. O Partido dele ganhou as eleições, como sabe. Eu mesmo não o reconheci da primeira vez que o vi. Ele estava na loja de Carter Flagg em Glen na noite do dia das eleições, junto com uma multidão de outras pessoas, esperando pelas notícias. Por volta da meia-noite, o telefone tocou... os Liberais tinham vencido as eleições. Marshall simplesmente se levantou e saiu... não comemorou nem gritou... deixou os outros fazerem isso, e eles quase levantaram o telhado da loja de Carter, eu acho. Claro, todos os Conservadores estavam na loja de Raymond Russell. Não houve comemoração por lá. Marshall passou direto, rua abaixo, até a porta lateral da barbearia de Augustus Palmer. Augustus estava dormindo, mas Marshall bateu na porta até que ele se levantou e desceu, para saber qual era o motivo de tanto barulho.

– Desça aqui até a barbearia e venha fazer o melhor trabalho que você já fez na vida, Gus – disse Marshall. – Os Liberais ganharam e você vai barbear um deles antes do nascer do sol.

Gus estava louco de raiva... em parte porque foi tirado da cama, mas sobretudo porque é um Conservador. Tinha jurado que não faria a barba de ninguém depois da meia-noite.

– Você vai fazer o que eu quero que faça, meu filho – disse Marshall – ou vou deitá-lo sobre meus joelhos e vou lhe dar aquelas palmadas que sua mãe não lhe deu.

Ele o teria feito e Gus sabia disso, pois Marshall é forte como um touro e Gus não passa de um anão. Por isso cedeu, deixou Marshall entrar na barbearia e se pôs ao trabalho.

– Pois bem – disse ele –, vou cortar seu cabelo e fazer sua barba, mas se me disser uma palavra sobre a vitória dos Liberais enquanto estou fazendo meu trabalho, vou lhe cortar a garganta com essa navalha.

Não era de se esperar que o pequeno Gus pudesse ser tão cruel, não é? Isso mostra o que a política partidária pode fazer de um homem. Marshall ficou quieto e, depois de ter cabelo e barba aparados, foi para casa. Quando a velha governanta o ouviu subir pela escada, espiou pela porta do quarto para ver se era ele ou o garoto contratado. Quando viu um homem estranho caminhando pelo corredor com uma vela na mão, deu um grito de pavor e desmaiou. Tiveram de chamar o médico para fazê-la voltar a si e vários dias se passaram antes que ela pudesse olhar para Marshall sem ficar tremendo de alto a baixo.

O capitão Jim não tinha peixe. Poucas vezes saiu de barco naquele verão e suas longas expedições haviam acabado. Ele passava grande parte do tempo sentado junto à janela voltada para o mar, olhando para o golfo, com a cabeça, que embranquecia rapidamente, apoiada na mão. Ficou sentado ali por muitos minutos silenciosos, nessa noite, mantendo algum encontro com o passado, que Anne não pretendia perturbar. Agora apontava para o arco-íris no poente e disse:

– Lindo, não é, senhora Blythe? Mas gostaria que você tivesse visto o nascer do sol esta manhã. Foi uma coisa maravilhosa... maravilhosa. Vi todos os tipos de nascer do sol sobre esse golfo. Já estive em todos os cantos do mundo, senhora Blythe e, levando tudo em conta, nunca vi uma cena melhor do que um nascer do sol de verão sobre o golfo. Um homem não pode escolher a hora para morrer, senhora Blythe... deve partir exatamente quando o Grande Capitão der ordens para navegar. Mas se eu pudesse, sairia quando a manhã cruzasse aquela água. Já observei isso muitas vezes e pensei como seria passar por aquela grande glória branca em direção do que quer que estivesse esperando mais além, num mar que não está assinalado em nenhum mapa da terra. Eu acho, senhora Blythe, que encontraria Margaret perdida por lá.

O capitão Jim sempre falava com Anne sobre a Margaret perdida, desde que lhe havia contado a velha história. Seu amor por ela transparecia em cada tom de sua voz... aquele amor que nunca havia esmaecido nem tinha sido esquecido.

– De qualquer forma, espero que, ao chegar minha hora, eu vá depressa e tranquilamente. Não acho que sou um covarde, senhora Blythe... já encarei mortes horríveis mais de uma vez sem recuar. Mas pensar numa morte lenta me dá uma sensação estranha e doentia de horror.

– Não fale em nos deixar, caro, *caro* capitão Jim – implorou Anne, com a voz embargada, dando tapinhas na velha mão morena, outrora tão forte, mas agora muito fraca. – O que faríamos sem você?

O capitão Jim sorriu graciosamente.

– Oh, vocês iriam se dar muito bem... muito bem... mas não haveriam de esquecer o velho completamente, senhora Blythe... não, não acho que vão esquecê-lo completamente. A raça de Joseph sempre se lembra um do outro. Mas será uma lembrança que não fará mal... gosto de pensar que minha memória não deverá magoar meus amigos... será sempre agradável para eles, espero e acredito. Não vai demorar muito até que a Margaret perdida me chame, pela última vez. Estarei pronto para atender. Falei sobre isso porque há um pequeno favor que quero lhe pedir. Aqui está esse meu pobre velho Matey – o capitão Jim estendeu a mão e cutucou a grande, quente, aveludada bola dourada no sofá. First Mate se espichou como uma mola, emitindo um som agradável, gutural e confortável ao ronronar e miar ao mesmo tempo, esticou as patas no ar, virou-se e se enrolou novamente. – *Ele* vai sentir minha falta quando eu partir para minha última viagem. Não suporto a ideia de deixar o pobre bichano morrendo de fome, como foi deixado antes. Se alguma coisa acontecer comigo, vai dar um pouco de comida e um cantinho para Matey, senhora Blythe?

– Certamente que vou.

– Então isso é tudo o que eu tinha em mente. Seu pequeno Jem deve ficar com as poucas coisas curiosas que recolhi... já cuidei disso. E agora não gosto de ver lágrimas nesses lindos olhos, senhora Blythe. Talvez eu ainda demore um pouco para partir. Certo dia, no inverno passado, eu a ouvi lendo uma poesia... um poema de Tennyson. Gostaria de ouvi-lo novamente, se pudesse recitá-lo para mim.

Suave e claramente, enquanto o vento do mar soprava sobre eles, Anne repetiu os belos versos da maravilhosa canção do cisne de Tennyson[27]... "Atravessando a barra". O velho capitão marcava o ritmo suavemente com sua vigorosa mão.

Sim, sim, senhora Blythe – disse ele, quando ela terminou –, é isso, é isso. Ele não era um marinheiro, você me disse... não sei como ele poderia ter colocado os sentimentos de um velho marinheiro em palavras como essas, se não era um deles. Não queria nenhuma "tristeza" nem "despedidas", nem eu quero, senhora Blythe... pois tudo vai ficar bem comigo e com os meus, além da barra.

---

27   Referência ao poema *The Dying Swan* (A morte do cisne), de Alfred Tennyson (1809-1892), poeta inglês, que deixou vastíssima obra poética (NT).

Capítulo 36

Beleza em cinzas

— Alguma notícia de Green Gables, Anne?
— Nada de muito especial – respondeu Anne, dobrando a carta de Marilla. – Jake Donnell esteve lá arrumando o telhado. É um excelente carpinteiro agora; parece que seguiu o próprio pendor com relação à escolha de uma profissão. Você se lembra que a mãe dele queria que ele fosse professor universitário. Nunca vou esquecer o dia em que ela foi à escola e me chamou a atenção porque eu não o chamava de St. Clair.

— Será que alguém ainda o chama assim?

— Evidentemente que não. Parece que ele o abandonou completamente. Até a mãe dele desistiu. Sempre pensei que um menino com o queixo e a boca de Jake acabaria conseguindo o que queria. Diana me escreveu que Dora tem um namorado. Só pense nisso... aquela criança!

— Dora tem 17 anos – disse Gilbert. – Charlie Sloane e eu éramos loucos por você quando você tinha 17 anos, Anne.

— Realmente, Gilbert, devemos estar envelhecendo – disse Anne, com um sorriso meio pesaroso –, ao ver as crianças que tinham 6 anos, quando nós mesmos pensávamos ser adultos, já têm idade suficiente agora para ter namorados. O de Dora é Ralph Andrews... irmão de Jane. Lembro-me dele como um rapaz pequeno, redondo, gordo e de cabeça branca, que estava sempre no fundo da sala de aula. Mas sei que agora ele é um jovem de ótima aparência.

— Dora provavelmente vai se casar jovem. Ela é do mesmo tipo de Charlotta IV... nunca vai perder a primeira chance com medo de não ter outra.

"Bem, se ela se casar com Ralph, espero que ele seja um pouco mais promissor do que o irmão Billy", pensou Anne.

– Por exemplo – disse Gilbert, rindo –, esperemos que ele seja capaz de se declarar sozinho. Anne, você teria se casado com Billy, se ele próprio lhe tivesse feito o pedido, em vez de se servir de Jane para fazê-lo por ele?

– Talvez tivesse. – Anne caiu na gargalhada com a lembrança da primeira declaração de amor que recebeu. – O choque poderia ter me hipnotizado a ponto de ceder diante de um ato tão precipitado e tolo. Fiquemos agradecidos por ele ter feito isso por procuração.

– Recebi uma carta de George Moore ontem – disse Leslie, do canto onde estava lendo.

– Oh, como é que ele está? – perguntou Anne, interessada, mas com uma sensação irreal de que ela estava perguntando sobre alguém que não conhecia.

– Ele está bem, mas acha muito difícil se adaptar a todas as mudanças na antiga casa e aos amigos. Vai voltar ao mar na primavera. Está em seu sangue, diz ele, e anseia por isso. Mas me confessou uma coisa que me deixou feliz por ele, coitado. Antes de embarcar no Four Sisters, estava noivo de uma garota. Não me disse nada sobre ela em Montreal, porque achava que ela teria se esquecido dele e teria se casado com outro há muito tempo; e, para ele, veja só, o noivado e o amor ainda eram coisas do presente. Sofreu muito por causa disso, mas quando chegou em casa descobriu que ela nunca se havia casado e ainda gostava dele. Vão se casar nesse outono. Vou pedir para que a traga para um breve passeio por aqui; ele diz que gostaria de vir e ver o lugar onde viveu tantos anos sem saber.

– Que belo romance – exclamou Anne, cujo amor pelo romântico era imortal. – E pensar – acrescentou ela, com um suspiro de autocensura – que, se eu tivesse feito o que queria, George Moore nunca teria saído do túmulo em que sua identidade estava sepultada. Como lutei contra a sugestão de Gilbert! Bem, fui punida: nunca mais poderei ter uma opinião diferente da de Gilbert! Se eu tentar, ele me reprimirá, jogando-me no rosto o caso de George Moore!

– Como se até mesmo isso fosse descompor uma mulher! – zombou Gilbert. – Pelo menos, não se torne meu eco, Anne. Uma pequena oposição dá tempero à vida.

Não quero uma esposa como a de John MacAllister, lá do outro lado do porto. Não importa o que ele diga, ela imediatamente comenta naquela vozinha monótona e sem vida: "Isso é a pura verdade, John, meu querido!"

Anne e Leslie riram. A risada de Anne era prateada e a de Leslie dourada, e a combinação das duas era tão sonora quanto um acorde musical perfeito.

Susan, vindo na esteira da risada, ecoou-a com um suspiro retumbante.

– Ora, Susan, o que é que houve? – perguntou Gilbert.

– Não há nada de errado com o pequeno Jem, não é, Susan? – exclamou Anne, levantando-se assustada.

– Não, não, acalme-se, senhora querida. Algo, no entanto, aconteceu. Meu Deus, aconteceu de tudo, e pelo pior, nesta semana. Estraguei o pão, como sabe muito bem... queimei a melhor camisa do doutor, na altura do peito... e quebrei a travessa grande. E agora, para completar, vem a notícia de que minha irmã Matilda quebrou a perna e quer que eu vá ficar com ela por um tempo.

– Oh, sinto muito... sinto muito que sua irmã tenha sofrido um acidente desses – exclamou Anne.

– Ah, bem, o homem foi feito para sofrer, senhora querida. Parece que deveria estar na *Bíblia*, mas me dizem que uma pessoa chamada Burns[28] escreveu isso. E não há dúvida de que nascemos para ter problemas, como as faíscas voam para cima. Quanto a Matilda, não sei o que pensar dela. Ninguém de nossa família quebrou a perna antes. Mas, seja o que for que deva ter feito, continua sendo minha irmã, e sinto que é meu dever ir e cuidar dela, se puder me dispensar por algumas semanas, senhora querida.

– Claro, Susan, claro. Posso conseguir alguém para me ajudar enquanto você estiver fora.

– Se não puder me dispensar, não vou, senhora querida, apesar do problema da perna de Matilda. Não quero deixar a senhora preocupada, junto com aquela criança abençoada, por qualquer número de pernas.

---

28   Trata-se de Robert Burns (1759-1796), poeta escocês.

– Oh, você deve ir para junto de sua irmã imediatamente, Susan. Eu posso conseguir uma garota da enseada, que vai me servir por um tempo.

– Anne, poderia me deixar vir para cá e ficar com você enquanto Susan estiver fora? – exclamou Leslie. – Por favor! Eu gostaria... e seria um ato de caridade de sua parte. Estou tão terrivelmente sozinha naquela casa, que mais parece um grande celeiro. Há tão pouco para fazer... e, à noite, sinto-me mais do que sozinha... fico assustada e nervosa, apesar das portas trancadas. Houve um vagabundo andando por lá, há dois dias.

Anne concordou com alegria e, no dia seguinte, Leslie se instalou como hóspede na casinha dos sonhos. A senhorita Cornélia apoiou calorosamente a solução.

– Parece providencial – disse ela à Anne, confidencialmente. – Sinto muito por Matilda Clow, mas uma vez que quebrou a perna, isso não podia ter acontecido em melhor momento. Leslie vai estar aqui enquanto Owen Ford estiver em Four Winds, e aquelas gatas velhas de Glen não vão ter a chance de miar, como fariam se ela estivesse morando lá sozinha e Owen fosse até lá para vê-la. Já falaram demais, porque ela não se vestiu de luto. Eu disse a uma delas: "Se você quer dizer que ela deveria se vestir de luto por George Moore, parece-me que seria mais o caso da ressurreição dele do que do funeral; e se é Dick que você quer dizer, confesso que eu pessoalmente não consigo ver sentido algum em usar luto por um homem que morreu há treze anos e, portanto, já era!". E quando a velha Louisa Baldwin comentou comigo que achava muito estranho que Leslie nunca tivesse desconfiado de que não era o próprio marido, eu lhe disse: "Você nunca desconfiou que não era Dick Moore e você foi vizinha de porta dele a vida toda e, por natureza, você é dez vezes mais desconfiada do que Leslie". Mas é muito difícil controlar a língua de algumas pessoas, Anne querida, e fico realmente satisfeita que Leslie permaneça aqui sob seu teto enquanto Owen a estiver cortejando.

Owen Ford veio à pequena casa numa noite de agosto, quando Leslie e Anne estavam absortas, acariciando o bebê. Owen parou na porta aberta da sala de estar, sem ser visto pelas duas lá dentro, fitando a bela cena com olhos ávidos. Leslie estava sentada no chão com o bebê no colo, dando leves tapinhas nas mãozinhas gorduchas enquanto ele as agitava no ar.

– Oh, querido, lindo, amado bebê – murmurava ela, tomando uma das mãozinhas e cobrindo-a de beijos.

– Não é a coisinha mais linda que já se viu – murmurou Anne, debruçada sobre o braço da poltrona, extasiada. – Essas adoráveis mãozinhas são as mais bonitas do mundo todo, não é, menininho lindo da mãe?

Anne, nos meses que antecederam a chegada do pequeno Jem, tinha lido diligentemente vários volumes de renomados escritores e foi atraída por um em especial, "*Sir Oracle* – Sobre o cuidado e a educação de crianças". *Sir Oracle*[29] implorava aos pais, por tudo o que tinham de mais sagrado, que nunca falassem com seus filhos com palavras alteradas, "imitando bebês". Deviam dirigir-se aos filhos, desde o momento do nascimento, invariavelmente com a mesma linguagem normal e corrente entre adultos. Desse modo, as crianças haveriam de aprender a língua correta desde o início. "Como", perguntava *Sir Oracle*, "uma mãe pode razoavelmente esperar que o filho aprenda a fala correta, quando ela continuamente acostuma a massa cinzenta impressionável do nenê a tais absurdas expressões e distorções de nossa nobre língua, como muitas mães irrefletidas infligem todos os dias a essas criaturinhas indefesas confiadas aos cuidados delas? Poderá uma criança, que é constantemente chamada 'coisinha fofa, xuxuzinho *nhinhinho* da mamãe', chegar a qualquer concepção adequada de seu próprio ser, de suas possibilidades e de seu destino?"

Anne ficou profundamente impressionada com isso e informou a Gilbert que pretendia estabelecer como regra inflexível nunca, sob nenhuma circunstância, falar "com palavras inventadas ou adulteradas" com seus filhos. Gilbert concordou e eles fizeram um pacto solene sobre o assunto... um pacto que Anne descaradamente violou no primeiro momento em que o pequeno Jem foi colocado em seus braços. "Oh, o *tchitchinho* e *quilindinho* da mamãe!", exclamou ela. E continuou a violá-lo desde então. Quando Gilbert a provocava, ela se ria de *Sir Oracle*, com desprezo.

– Ele nunca teve filhos, Gilbert... tenho certeza de que ele não os teve ou nunca teria escrito essas bobagens. Não há como evitar falar desse modo com os bebês. É

---

29   *Sir Oracle* (senhor Oráculo) é uma expressão inglesa usada para se referir a um "dogmático pedante", escritor ou não, a um "senhor sabe-tudo" que se acha dono da verdade, dos princípios que devem reger a vida, e que quer impor suas ideias e ditar regras, como se fossem as únicas baseadas em comprovada experiência e no verdadeiro conhecimento de causa (NT).

uma coisa natural... e *correta*. Seria desumano falar com aquelas criaturinhas ternas, meigas e aveludadas como fazemos com meninos e meninas já crescidos. Os bebês querem amor e carinho e toda a afetuosa conversa de bebê que podem ouvir, e o pequeno Jem vai ter tudo isso, com a bênção de Deus.

– Mas você é a pior que já ouvi, Anne – protestou Gilbert, que, não sendo mãe, mas apenas pai, ainda não estava totalmente convencido de que *Sir Oracle* estivesse errado. – Nunca ouvi nada parecido como a maneira com que você fala com essa criança.

– Muito provavelmente, nunca ouviu. Vá embora... vá embora. Eu não criei três pares de gêmeos Hammond antes dos 11 anos? Você e *Sir Oracle* não passam de teóricos de sangue frio. Gilbert, olhe *só* para ele! Está sorrindo para mim... ele sabe do que estamos falando. E, oh, ele concorda com cada palavra que a mamãe diz, não é, meu anjinho?

Gilbert envolveu mãe e filho com o braço. – Oh, vocês mães! – disse ele. – Vocês, mães! Deus sabia o que estava prestes a fazer quando as criou.

Por isso o pequeno Jem continuou ouvindo essas falas de bebê, com todo o amor e carinho; e foi crescendo como uma bela criança da casa dos sonhos. Leslie era tão louca por ele quanto Anne. Quando terminavam suas tarefas e Gilbert não estava por perto, as duas se entregavam a momentos de puro amor e contemplação dessa pequena criatura, como aquele em que Owen Ford as tinha surpreendido.

Leslie foi a primeira a se dar conta da presença dele. Mesmo no crepúsculo, Anne pôde ver a repentina palidez que tomou conta do belo rosto de Leslie, apagando o vermelho dos lábios e das faces.

Owen avançou, ansioso, cego por um momento, em direção de Anne.

– Leslie! – exclamou ele, estendendo a mão. Era a primeira vez que ele a chamava pelo nome; mas a mão que Leslie lhe deu estava fria; e ela se manteve calada a noite toda, enquanto Anne, Gilbert e Owen riam e conversavam. Antes que a visita dele terminasse, ela se desculpou e subiu as escadas. O espírito alegre de Owen esmoreceu e ele foi embora logo depois, com ar abatido.

Gilbert olhou para Anne.

– Anne, o que você anda arquitetando? Há algo acontecendo que eu não entendo. Todo o ar aqui, nesta noite, esteve carregado de eletricidade. Leslie sentada como a musa de uma tragédia; Owen Ford brincando e rindo superficialmente, e observando Leslie com os olhos da alma. Você parece estar o tempo todo explodindo de excitação reprimida. Assuma. Que segredo você tem guardado de seu marido enganado?

– Não seja tolo, Gilbert – foi a resposta de Anne. – Quanto a Leslie, está se comportando de maneira absurda e vou subir para lhe dizer isso.

Anne encontrou Leslie perto da janela de seu quarto, no sótão. O pequeno local estava repleto com o ribombar rítmico do mar. Leslie estava sentada com as mãos entrelaçadas, iluminada pelo luar enevoado... uma presença bonita e acusadora.

– Anne – disse ela, numa voz baixa e de reprovação –, você sabia que Owen Ford vinha a Four Winds?

– Sim – respondeu Anne, descaradamente.

– Oh, você deveria ter me dito, Anne – exclamou Leslie, com veemência. – Se eu soubesse, teria ido embora... não teria ficado aqui para me encontrar com ele. Você deveria ter me contado. Não foi justo de sua parte, Anne... oh, não foi justo!

Os lábios de Leslie tremiam e todo o seu corpo estava tenso de emoção. Mas Anne riu, de modo insensível. Ela se curvou e beijou o rosto fechado e zangado de Leslie.

– Leslie, você é uma tola adorável. Owen Ford não veio correndo do Pacífico ao Atlântico com o desejo ardente de *me* ver. Nem acredito que foi inspirado por alguma paixão selvagem e frenética pela senhorita Cornélia. Dispa-se de seus ares trágicos, minha cara amiga, dobre-os e jogue-os fora, em qualquer lugar. Você nunca mais vai precisar deles. Há algumas pessoas que podem ver através de uma pedra de amolar quando há um buraco nela, mesmo que você não possa. Não sou profetisa, mas vou arriscar uma predição. A amargura da vida acabou para você. Depois disso, você vai ter as alegrias e as esperanças... e, atrevo-me a dizer, as tristezas também... de uma mulher feliz. O presságio da sombra de Vênus se tornou realidade para você, Leslie. O ano em que a viu lhe trouxe o melhor presente de sua vida... seu amor por Owen Ford. Agora, vá direto para a cama e tenha uma boa noite de sono.

Leslie obedeceu às ordens no tocante a ir para a cama, mas pode-se duvidar que deva ter dormido muito. Não acho que ousou sonhar acordada; a vida tinha sido tão difícil para essa pobre Leslie, o caminho que tinha sido obrigada a percorrer era tão estreito, que não conseguia sussurrar para o próprio coração as esperanças que a aguardavam no futuro. Mas ficou observando a grande luz giratória iluminando as horas da madrugada daquela noite de verão, e seus olhos tornaram-se suaves, brilhantes e jovens mais uma vez. Nem quando Owen Ford apareceu no dia seguinte, para lhe pedir que fosse com ele para a praia, ela lhe disse não.

Capítulo 37

A senhorita Cornelia faz um anúncio surpreendente

A senhorita Cornélia dirigiu-se até a pequena casa numa tarde sonolenta, quando o golfo estava num azul esmaecido e desbotado dos mares de agosto e os lírios no portão do jardim de Anne erguiam suas taças imperiais para serem preenchidas com o ouro derretido do sol de agosto. Não que a senhorita Cornélia se preocupasse com oceanos pintados ou lírios sedentos de sol. Ela se sentou em sua predileta cadeira de balanço numa ociosidade incomum. Não costurou nem fiou. Nem disse uma única palavra depreciativa a respeito de qualquer porção da humanidade. Em resumo, a conversa da senhorita Cornélia estava singularmente desprovida de tempero naquele dia, e Gilbert, que ficara em casa para ouvi-la, em vez de ir pescar, como pretendia, sentiu-se aflito. O que tinha acontecido com a senhorita Cornélia? Ela não parecia abatida ou preocupada. Ao contrário, havia certo ar de nervosa exultação nela.

– Onde está Leslie? – perguntou ela... não como se importasse muito também.

– Owen e ela foram colher framboesas nos bosques da propriedade dela – respondeu Anne. – Eles não vão voltar antes da hora do jantar... se voltarem até lá.

– Parece que não têm a menor ideia de que existe uma coisa chamada relógio – disse Gilbert. – Não consigo atinar muito bem com esse caso. Tenho certeza de que vocês, mulheres, andaram mexendo os pauzinhos. Mas Anne, esposa desobediente, não quer me dizer. Você vai me contar, senhorita Cornélia?

– Não, não vou. Mas – continuou a senhorita Cornélia, com o ar de quem está decidida a resolver tudo de uma vez – vou lhes dizer outra coisa. Hoje, vim aqui com o propósito de informar a todos. Eu vou me casar.

Anne e Gilbert ficaram em silêncio. Se a senhorita Cornélia tivesse anunciado a intenção de ir ao canal e afogar-se, a coisa poderia ter sido verossímil. Mas não era isso. Assim, ficaram esperando. Era claro que a senhorita Cornélia tinha cometido um erro.

– Bem, vocês dois parecem um tanto perplexos – disse a senhorita Cornélia, com brilho nos olhos. Agora que o embaraçoso momento da revelação havia passado, a senhorita Cornélia voltava a ser ela própria. – Vocês acham que sou muito jovem e inexperiente para o matrimônio?

– Você sabe... é um tanto surpreendente – disse Gilbert, tentando se refazer do impacto. – Ouvi você dizer inúmeras vezes que não se casaria nem com o melhor homem do mundo.

– Não vou me casar com o melhor homem do mundo – retrucou a senhorita Cornélia. – Marshall Elliott está muito longe de ser o melhor.

– Você vai se casar com Marshall Elliott? – exclamou Anne, recuperando seu poder de fala, depois desse segundo choque.

– Sim. Poderia ter me casado com ele em algum momento nesses últimos vinte anos, se eu tivesse levantado meu dedo. Mas acha que eu iria entrar na igreja ao lado de um palheiro ambulante como aquele?

– Certamente, estamos muito contentes... e lhe desejamos toda a felicidade possível – disse Anne, de maneira muito direta e inadequada. Não estava preparada para semelhante ocasião. Nunca se havia imaginado dando os parabéns pelo noivado da senhorita Cornélia.

– Obrigada, eu sabia que vocês iriam ficar contentes – disse a senhorita Cornélia. – Vocês são meus primeiros amigos a saber disso.

– Vamos lamentar muito perdê-la, querida senhorita Cornélia – observou Anne, começando a ficar um pouco triste e sentimental.

– Oh, vocês não vão me perder – sentenciou a senhorita Cornélia, sem sentimentalismos. – Vocês não vão achar que eu haveria de viver lá do outro lado do porto com todos aqueles MacAllister, Elliott e Crawford, não é? "Da vaidade dos Elliott, do orgulho dos MacAllister e da vanglória dos Crawford, que o bom Deus nos livre." Marshall vai morar em minha casa. Estou farta e cansada de agregados. Aquele Jim Hastings que contratei neste verão é realmente o pior da espécie. Ele levaria qualquer mulher a se casar. O que acham? Ele entornou o tambor de leite ontem e derramou todo o conteúdo no quintal. E não ficou nem um pouco preocupado com isso! Só deu uma risada boba e disse que a nata de leite era ótima para a terra. Não é típico de um homem? Disse-lhe que eu não costumava adubar meu quintal com nata de leite.

– Bem, desejo-lhe todo tipo de felicidade também, senhorita Cornélia – interveio Gilbert, solenemente. – Mas – acrescentou ele, incapaz de resistir à tentação de provocar a senhorita Cornélia, apesar dos olhos suplicantes de Anne – temo que seu dia de independência acabou. Como sabe, Marshall Elliott é um homem muito determinado.

– Eu gosto de homem que não recua diante do que decide – retrucou a senhorita Cornélia. – Amos Grant, que costumava estar atrás de mim há muito tempo, era incapaz disso. Jamais se viu cata-vento igual. Uma vez ele pulou no lago para se afogar, mas depois mudou de ideia e nadou para fora de novo. Não é típico de um homem? Marshall não teria recuado e teria se afogado.

– E ele tem um temperamento um tanto insuportável, me disseram – persistiu Gilbert.

– Não seria um Elliott, se não o tivesse. Menos mal que o tem. Será muito divertido deixá-lo enlouquecido. E geralmente se consegue fazer alguma coisa com um homem temperamental, no momento em que se arrepende. Mas não se consegue fazer nada com um homem que se mantém sempre plácido e aborrecido.

– Sabe que ele é um Liberal, senhorita Cornélia.

– Sim, *é mesmo* – admitiu a senhorita Cornélia, com tristeza. – E é claro que não há esperança de fazer dele um Conservador. Mas pelo menos é um presbiteriano. Por isso acho que devo me dar por satisfeita.

– E se casaria com ele, se fosse um metodista, senhorita Cornélia?

– Não, não me casaria. A política é para este mundo, mas a religião é para os dois.

– E, afinal, pode vir a ser uma "viúva", senhorita Cornélia.

– Eu não. Marshall vai viver mais do que eu. Os Elliott têm vida longa, e os Bryant não.

– Quando vai se casar? – perguntou Anne.

– Dentro de um mês, aproximadamente. Meu vestido de noiva será de seda azul-marinho. E quero perguntar a você, Anne querida, se acha que ficaria bem usar um véu com um vestido azul-marinho. Eu sempre pensei que gostaria de usar um véu, se algum dia me casasse. Marshall diz para usar, se eu quiser. Não é típico de um homem?

– Por que não deveria usá-lo, se assim o deseja? – perguntou Anne.

– Bem, ninguém quer ser diferente das outras pessoas – disse a senhorita Cornélia, que não era claramente como qualquer outra pessoa na face da terra. – Como disse, adoro um véu. Mas talvez não devesse ser usado com qualquer vestido, a não ser que fosse branco. Por favor, diga-me, Anne querida, o que pensa realmente a respeito. Vou seguir seu conselho.

– Não acho que véus, em geral, sejam usados somente com vestidos brancos – admitiu Anne. – Mas é mera convenção; e eu sou da mesma opinião do senhor Elliott, senhorita Cornélia. Não vejo nenhuma boa razão para que você não use véu, se quiser.

Mas a senhorita Cornélia, que fazia suas visitas de sobreveste de chita, abanou a cabeça.

– Se não for coisa apropriada, não vou usá-lo – disse ela, com um suspiro de pesar por um sonho perdido.

– Visto que está decidida a se casar, senhorita Cornélia – ponderou Gilbert, solenemente –, vou lhe dar as excelentes regras para lidar com um marido que minha avó deu à minha mãe quando ela se casou com meu pai.

– Bem, acho que consigo controlar Marshall Elliott – disse a senhorita Cornélia, placidamente. – Mas gostaria de ouvir suas regras.

– A primeira é agarrá-lo.

– Já o agarrei. Continue.

– A segunda é alimente-o bem.

– Com bastante torta. Qual é a seguinte?

– A terceira e a quarta são... fique de olho nele.

– Acredito em você – disse a senhorita Cornélia, enfaticamente.

Capítulo 38

Rosas vermelhas

O jardim da casinha era um refúgio amado por abelhas e avermelhado por rosas tardias naquele agosto. As pessoas da pequena casa passavam muito tempo ali e se compraziam em fazer piqueniques no canto gramado, do outro lado do riacho, e sentar-se por lá durante o crepúsculo, quando as grandes mariposas noturnas navegavam na escuridão aveludada. Certa noite, Owen Ford encontrou Leslie sozinha ali. Anne e Gilbert estavam fora e Susan, esperada de volta nessa noite, ainda não havia chegado.

O céu do Norte, âmbar e verde-claro, se mostrava por cima das pontas dos abetos. O ar estava fresco, pois agosto estava se aproximando de setembro, e Leslie usava um cachecol vermelho sobre o vestido branco. Juntos e em silêncio, eles vagaram pelos pequenos e amigáveis caminhos cheios de flores. Owen devia partir em breve. Suas férias estavam quase no fim. Leslie sentiu o coração bater descontroladamente. Ela sabia que esse amado jardim seria o cenário das palavras obrigatórias que deviam selar seu compromisso ainda não expresso.

– Em algumas noites, um odor estranho sopra no ar desse jardim, como um perfume fantasma – disse Owen. – Nunca consegui descobrir de que flor brota. É indescritível, assombroso e maravilhosamente suave. Gosto de imaginar que é a alma da avó Selwyn passando numa pequena visita ao antigo lugar que ela tanto amava. Deve haver uma série de fantasmas amigos nessa velha casinha.

– Moro nela há um mês apenas – disse Leslie –, mas a amo como nunca amei a casa onde vivi toda a minha vida.

– Essa casa foi construída e consagrada pelo amor – continuou Owen. – Casas como essa *devem* exercer uma influência sobre aqueles que nelas vivem. E esse jardim... tem mais de sessenta anos e a história de mil esperanças e alegrias está escrita em suas flores. Algumas dessas flores foram realmente plantadas pela noiva do professor, que morreu há trinta anos. Ainda assim florescem a cada verão. Olhe para aquelas rosas vermelhas, Leslie... como se destacam sobre tudo o que cresce nesse jardim!

– Eu amo rosas vermelhas – disse Leslie. – Anne gosta mais das rosadas e Gilbert gosta das brancas. Mas eu prefiro as vermelhas. Elas satisfazem alguns desejos em mim como nenhuma outra flor.

– Essas rosas são muito tardias... florescem depois que todas as outras se foram... e mantêm todo o calor e a alma do verão em fruição – disse Owen, colhendo alguns dos botões brilhantes e semiabertos. – A rosa é a flor do amor... o mundo a aclama assim há séculos. As rosas cor-de-rosa são um amor esperançoso e promissor... as rosas brancas são o amor morto ou abandonado... mas as rosas vermelhas... ah, Leslie, o que são as rosas vermelhas?

– Amor triunfante – respondeu Leslie, em voz baixa.

– Sim... amor triunfante e perfeito. Leslie, você sabe... você entende. Eu a amei desde o início. E *sei* que você me ama... não preciso lhe perguntar. Mas quero ouvir você dizê-lo... minha querida... minha querida!

Leslie disse alguma coisa em voz muito baixa e trêmula. As mãos e os lábios dos dois se encontraram; era o momento supremo da vida para eles e enquanto estavam ali no velho jardim, com os muitos anos de jardim de amor e deleite, de tristeza e glória, ele coroou os cabelos brilhantes dela com a rosa, a rosa vermelha de um amor triunfante.

Anne e Gilbert voltaram logo, acompanhados pelo capitão Jim. Anne acendeu algumas achas de lenha na lareira, pelo prazer de ver as chamas bruxuleantes, e eles se sentaram em torno dela por uma hora de bom companheirismo.

– Quando me sento olhando para um fogo alimentado à lenha, é fácil acreditar que sou jovem de novo – disse o capitão Jim.

– Você pode ler o futuro no fogo, Capitão Jim? – perguntou Owen.

O capitão Jim olhou para todos eles com carinho e depois novamente para o rosto animado e os olhos brilhantes de Leslie.

– Não preciso do fogo para ler o futuro – respondeu ele. – Vejo felicidade para todos vocês... todos vocês... para Leslie e o senhor Ford... para o doutor e a senhora Blythe... e para o pequeno Jem... e para crianças que ainda não nasceram, mas que vão nascer. Felicidade para todos vocês... embora, lembrem-se, acho que vão ter problemas e preocupações, e tristezas também. Devem sobrevir... e nenhuma casa, palácio ou casinha dos sonhos, pode ficar livres deles. Mas não vão levar a melhor, se vocês os enfrentarem *juntos* com amor e confiança. Podem enfrentar qualquer tempestade com esses dois sentimentos como bússola e piloto.

O velho se levantou subitamente e colocou uma das mãos na cabeça de Leslie e a outra na de Anne.

– Duas mulheres boas e meigas – disse ele. – Verdadeiras e fiéis e em quem se pode confiar. Seus maridos terão honra em casa por sua causa... seus filhos vão crescer e vão chamá-las de abençoadas nos anos que hão de vir.

Havia uma estranha solenidade na breve cena. Anne e Leslie curvaram-se como quem recebia uma bênção. Gilbert, de repente, passou a mão nos olhos; Owen Ford ficou extasiado como alguém que pode ter visões. Todos ficaram em silêncio por um tempo. A casinha dos sonhos adicionou outro momento pungente e inesquecível a seu acervo de memórias.

– Tenho de ir agora – falou o capitão Jim lentamente, por fim. Apanhou o chapéu e olhou demoradamente em volta da sala.

– Boa noite a todos vocês – disse ele, ao sair.

Anne, tocada pela melancolia incomum da despedida dele, correu até a porta atrás dele.

– Volte logo, capitão Jim – gritou ela, quando ele ia passando pelo pequeno portão entre os abetos.

– Sim, sim – respondeu ele, alegremente. Mas o capitão Jim se havia sentado pela última vez, diante da velha lareira da casa dos sonhos.

Anne voltou lentamente para junto dos outros.

– É tão... tão lamentável pensar nele indo sozinho até aquele local solitário – disse ela. – E não há ninguém ali para recebê-lo.

– O capitão Jim é uma companhia tão boa para os outros que ninguém consegue imaginá-lo sendo outra coisa que não uma boa companhia para si mesmo – disse Owen. – Mas muitas vezes deve se sentir sozinho. Havia um toque de vidente nele esta noite... falou como alguém a quem foi dado falar. Bem, devo ir também.

Anne e Gilbert desapareceram discretamente; mas quando Owen foi embora, Anne voltou e encontrou Leslie de pé junto da lareira.

– Oh, Leslie... eu sei... e estou tão feliz, querida – disse ela, colocando os braços em volta dela.

– Anne, minha felicidade me assusta – sussurrou Leslie. – Parece grande demais para ser real... tenho medo de falar disso... de pensar nisso. Parece-me que deve ser apenas mais um sonho dessa casa dos sonhos e vai desaparecer quando eu sair daqui.

– Bem, você não vai sair daqui... até que Owen a leve. Vai ficar comigo até que esse momento chegue. Acha que eu deixaria você ir para aquele lugar triste e solitário de novo?

– Obrigada, querida. Eu queria lhe perguntar se podia ficar com você. Não queria voltar para lá... seria como voltar ao frio e à tristeza da velha vida novamente. Anne, Anne, que amiga você tem sido para mim... "uma mulher boa e meiga... verdadeira e fiel e digna de confiança"... como acabou de dizer o capitão Jim.

– Ele disse "mulheres", e não "mulher" – sorriu Anne. – Talvez o capitão Jim nos veja através dos óculos cor-de-rosa do amor dele por nós. Mas podemos tentar viver de acordo com a confiança que ele deposita em nós, pelo menos.

– Você se lembra, Anne – disse Leslie, lentamente –, que uma vez eu disse... naquela noite em que nos conhecemos na praia... que odiava minha boa aparência? Eu a odiava... então. Sempre me pareceu que se eu fosse feia, Dick nunca teria pensado em mim. Odiava minha beleza porque ela o tinha atraído, mas agora... ah, estou feliz por tê-la. É tudo o que tenho para oferecer a Owen... a alma de artista dele se deleita nisso. Sinto como se não fosse até ele de mãos vazias.

– Owen adora sua beleza, Leslie. Quem não a adoraria? Mas é tolice de sua parte dizer ou pensar que isso é tudo o que você pode lhe oferecer. *Ele* vai lhe dizer isso... eu não preciso dizê-lo. E agora devo fechar a casa. Esperava que Susan voltasse esta noite, mas não veio.

– Oh, sim, aqui estou eu, senhora querida – disse Susan, entrando inesperadamente, vindo da cozinha, e bufando, morta de cansada. – É uma bela caminhada de Glen até aqui.

– Estou feliz por vê-la de volta, Susan. Como está sua irmã?

– Ela já consegue sentar-se, mas claro que ainda não consegue andar. Mas ela está muito bem e não precisa mais de mim, ainda mais que a filha dela voltou para casa para passar as férias. E estou contente por estar de volta, senhora querida. Matilda quebrou a perna, sem dúvida, mas não a língua. Fala até pelos cotovelos, devo lhe dizer, senhora querida, embora lamente dizer isso de minha própria irmã. Sempre foi uma tagarela e tanto, mas mesmo assim foi a primeira de nossa família a se casar. Na verdade, não estava muito afim de se casar com James Clow, mas não se sentia capaz de romper o namoro. Não que James não seja um bom homem... o único defeito que vejo nele é que sempre começa a dar graças com um gemido tão sinistro, senhora querida, que sempre me tira todo o apetite. E por falar em casamento, senhora querida, é verdade que Cornélia Bryant vai se casar com Marshall Elliott?

– Sim, é a pura verdade, Susan.

– Bem, senhora querida, *não* me parece justo. Aqui estou eu, que nunca disse uma palavra contra os homens, e não consigo me casar de forma alguma. E aí está Cornélia Bryant, que nunca parou de falar mal deles, e tudo o que ela precisa fazer é estender a mão e apanhar um, por assim dizer. É um mundo muito estranho, senhora querida.

– Existe outro mundo, bem sabe, Susan.

– Sim – disse Susan, com um suspiro pesado –, mas, senhora querida, não há casamento por lá nem oportunidade de se casar.

Capítulo 39

O capitão Jim atravessa a barra

Certo dia, no final de setembro, o livro de Owen Ford finalmente chegou. O capitão Jim tinha ido fielmente ao correio de Glen todos os dias durante um mês, na esperança de recebê-lo. Nesse dia, não tinha ido, e Leslie trouxe o exemplar dele para casa junto com o dela e o de Anne.

– Vamos levá-lo para ele hoje à noite – disse Anne, animada como uma estudante.

A longa caminhada até o cabo naquela noite clara e cativante, pela estrada vermelha do porto, foi muito agradável. Logo o sol se pôs atrás das colinas a oeste em algum vale, que devia estar repleto de poentes perdidos e, no mesmo instante, a grande luz brilhou na torre branca do farol.

– O capitão Jim nunca se atrasa uma fração de segundo – disse Leslie.

Anne e Leslie jamais esqueceram a expressão do rosto do capitão Jim quando lhe entregaram o livro... o livro dele.... transfigurado e glorificado. As faces, que tinham estado pálidas ultimamente, se reacenderam de repente com a cor da juventude; os olhos brilhavam com todo o fogo da mocidade; mas as mãos tremiam ao abri-lo.

Trazia o título simples de *O livro da vida do Capitão Jim* e, na página de rosto, os nomes de Owen Ford e James Boyd estavam impressos como colaboradores. O frontispício era uma fotografia do próprio capitão Jim, parado na porta do farol, olhando para o golfo. Owen Ford tinha tirado a fotografia um dia, enquanto o livro estava sendo escrito. O capitão Jim sabia disso, mas não sabia que a fotografia deveria estar no livro.

– Imaginem só – disse ele –, o velho marinheiro bem ali num livro impresso de verdade. Este é o dia mais orgulhoso de minha vida. Estou prestes a explodir, meninas. Não haverá sono para mim esta noite. Vou ler meu livro de ponta a ponta antes do nascer do sol.

– Nós vamos embora logo e vamos deixá-lo livre para começar a lê-lo – disse Anne.

O capitão Jim estava manuseando o livro numa espécie de êxtase reverente. Então, decidido, o fechou e o pôs de lado.

– Não, não, vocês não vão embora antes de tomar uma xícara de chá com o velho – protestou ele. – Não iria consentir... e você haveria, Matey? O livro da vida pode esperar, eu acho. Eu esperei por ele durante muitos anos. Posso esperar um pouco mais, enquanto desfruto da companhia de meus amigos.

O capitão Jim pôs a chaleira de água a ferver e colocou sobre a mesa pão e manteiga. Apesar de sua excitação, não se moveu com a velha vivacidade. Os movimentos eram lentos e hesitantes. Mas as meninas não se ofereceram para ajudá-lo. Sabiam que isso machucaria os sentimentos dele.

– Vocês escolheram a noite certa para me visitar – disse ele, tirando um bolo do armário. – A mãe do pequeno Joe me mandou, hoje, uma grande cesta cheia de bolos e tortas. Que Deus abençoe todas as boas cozinheiras, disse eu. Olhem só para esse bolo espetacular, todo glacê e nozes. Não é sempre que consigo receber amigos nesse estilo. Aproximem-se, meninas, aproximem-se! Vamos tomar uma xícara de chá com a graça e gentileza dos tempos antigos.

As meninas se achegaram alegremente. O chá estava delicioso, como só o capitão Jim sabia preparar. O bolo da mãe do pequeno Joe era a última palavra em bolos; o capitão Jim era o príncipe dos graciosos anfitriões, nunca permitindo que seus olhos se voltassem para o canto onde estava o livro da vida, em toda a sua bravura de verde e ouro. Mas quando a porta finalmente se fechou atrás de Anne e Leslie, elas sabiam que ele haveria de correr direto para o livro e, enquanto voltavam para casa, imaginaram a alegria do velho debruçado sobre as páginas impressas em que sua própria vida era retratada com todo o charme e as cores da realidade.

– Gostaria de ver como ele vai encarar o final... o final que eu sugeri – disse Leslie.

Ela nunca haveria de saber. Na manhã seguinte, bem cedo, Anne acordou com Gilbert inclinado sobre ela, totalmente vestido e com uma expressão de ansiedade no rosto.

– Você foi chamado? – perguntou ela, sonolenta.

– Não. Anne, receio que haja algo errado no farol. Já passou uma hora do nascer do sol e a luz do farol ainda está acesa. Você sabe que sempre foi uma questão de orgulho para o capitão Jim acender a luz no momento em que o sol se põe, e apagá-la no momento em que o sol desponta.

Anne se sentou, desolada. Pela janela, viu a luz piscando palidamente contra o céu azul da manhã radiante.

– Talvez ele deva ter adormecido sobre o livro da vida – disse ela, ansiosa – ou ficou tão absorto nele que se esqueceu da luz.

Gilbert meneou a cabeça.

– Isso não seria típico do capitão Jim. De qualquer forma, vou até lá para ver.

– Espere um minuto e irei com você – exclamou Anne. – Oh, sim, eu devo... o pequeno Jem ainda vai dormir por uma hora e vou avisar Susan. Você pode precisar da ajuda de uma mulher, se o capitão Jim estiver doente.

Era uma manhã fantástica, cheia de matizes e sons ao mesmo tempo maduros e delicados. As águas do porto brilhavam e balançavam como uma bailarina; gaivotas brancas voavam sobre as dunas; além da barra, havia um mar maravilhoso e brilhante. Os longos campos à beira-mar estavam úmidos e frescos naquela primeira luz tênue e puramente matizada. O vento veio dançando e assobiando pelo canal para substituir o belo silêncio por uma música ainda mais bonita. Se não fosse pela estrela maligna na torre branca, aquela caminhada matinal teria sido um deleite para Anne e Gilbert. Mas eles foram andando de modo pacato e com medo.

As insistentes batidas não foram atendidas. Gilbert abriu a porta e os dois entraram.

A velha sala estava muito silenciosa. Sobre a mesa estavam os restos do pequeno banquete da noite. A lamparina ainda ardia no suporte de canto. First Mate dormia num quadrado de sol perto do sofá.

O capitão Jim estava deitado no sofá, com as mãos cruzadas sobre o livro da vida, aberto na última página e pousado sobre o peito. Os olhos do capitão estavam fechados e em seu rosto havia uma expressão da mais perfeita paz e felicidade... a expressão de quem havia procurado por muito tempo e finalmente encontrou.

– Ele está adormecido? – sussurrou Anne, trêmula.

Gilbert foi até o sofá e se curvou sobre ele por alguns momentos. Então se reergueu.

– Sim, está dormindo... e bem – acrescentou ele, calmamente. – Anne, o capitão Jim atravessou a barra.

Eles não sabiam exatamente a que horas havia morrido, mas Anne sempre acreditou que ele havia realizado seu desejo e partiu quando a manhã despontou no golfo. Naquela maré brilhante, o espírito dele pairava à deriva sobre o mar de um nascer do sol prateado e ornado de pérolas, e se dirigia para o porto onde a Margaret perdida o esperava, muito além das tempestades e das calmarias.

Capítulo 40

Adeus à casa dos sonhos

O capitão Jim foi enterrado no pequeno cemitério acima do porto, bem perto do local onde a pequenina dama branca dormia. Seus parentes ergueram um "monumento" muito caro e muito feio... um monumento que ele teria ridicularizado com sarcasmo, se o tivesse visto em vida. Mas seu verdadeiro monumento estava nos corações daqueles que o conheciam e no livro que sobreviveria por gerações.

Leslie lamentava que o capitão Jim não tivesse vivido para ver o incrível sucesso do seu livro.

– Como ele teria se deliciado com as resenhas... são quase todas tão gentis. E ter visto seu livro da vida encabeçando as listas dos mais vendidos... ah, se ele pudesse ter vivido só para ver isso, Anne!

Mas Anne, apesar da dor, era mais sábia.

– Era com o livro em si que ele se preocupava, Leslie... não com o que se poderia dizer dele... e teve o livro. Ele o tinha lido todo. Aquela última noite deve ter sido uma das maiores alegrias para ele... com o fim rápido e indolor que tinha esperado pela manhã. Estou feliz, pelo bem de Owen e pelo seu, que o livro tenha um sucesso tão estrondoso... mas o capitão Jim estava satisfeito... *eu sei*.

A estrela do farol ainda mantinha uma vigília noturna; um guardião substituto fora enviado ao cabo, até que um governo mais que sábio pudesse decidir qual dos muitos candidatos era o mais adequado para o lugar... ou tinha a atração mais forte. First Mate se sentia em casa na casinha dos sonhos, amado por Anne e Gilbert e Leslie, e tolerado por uma Susan que não gostava muito de gatos.

– Posso suportá-lo por causa do capitão Jim, senhora querida, porque gostava do velho. E farei com que ele seja bem tratado e alimentado, dando-lhe todos os ratos que as ratoeiras conseguirem apanhar. Mas não me peça que faça mais que isso, senhora querida. Gatos são gatos, e acredite em minha palavra, eles nunca serão outra coisa. E pelo menos, senhora querida, mantenha-o longe do bendito menininho. Imagine só como seria horrível se asfixiasse seu filhinho.

– Isso poderia ser chamado apropriadamente *gat*ástrofe – disse Gilbert.

– Oh, pode rir, doutor querido, mas não seria motivo de riso.

– Gatos nunca asfixiam bebês – disse Gilbert. – É apenas uma velha superstição, Susan.

– Oh, bem, pode ser uma superstição como pode não ser, caro doutor. Tudo o que sei é que aconteceu. O gato da esposa do sobrinho do marido de minha irmã sufocou o bebê deles e o pobre inocente estava quase morto quando se deram conta. E superstição ou não, se eu encontrar aquela besta amarela espreitando perto de nosso bebê, vou bater nele com o atiçador, senhora querida.

O senhor e a senhora Marshall Elliott viviam confortável e harmoniosamente na casa verde. Leslie estava ocupada com a costura, pois ela e Owen se casariam no Natal. Anne se perguntou o que faria quando Leslie fosse embora.

– Mudanças acontecem o tempo todo. Assim que as coisas ficam realmente boas, elas mudam – disse ela, com um suspiro.

– A velha casa dos Morgan, em Glen, está à venda – disse Gilbert, a propósito de nada em especial.

– É mesmo? – perguntou Anne, com indiferença.

– Sim. Agora que o senhor Morgan morreu, a senhora Morgan quer ir morar com os filhos em Vancouver. Ela vai vender mais barato, pois um lugar grande como aquele numa pequena vila como Glen não será muito fácil de se desfazer dele.

– Bem, é certamente uma propriedade linda, então é provável que encontre um comprador – disse Anne, distraidamente, perguntando-se se deveria fazer bainha ou pespontar os vestidos "curtos" do pequeno Jem. Ele iria deixar de usar vestidinhos compridos na semana seguinte e Anne quase começou a chorar só de pensar nisso.

— E se nós a comprássemos, Anne? — observou Gilbert, calmamente.

Anne largou a costura e olhou para ele.

— Está falando sério, Gilbert?

— Sim, estou, querida.

— E deixar este lugar querido... nossa casa dos sonhos? — disse Anne, incrédula. —Oh, Gilbert, é... é impensável!

— Escute-me com paciência, querida. Sei exatamente como você se sente a respeito. Sinto o mesmo. Mas sempre soubemos que um dia teríamos de nos mudar.

— Oh, mas não tão cedo, Gilbert... não ainda.

— Talvez nunca mais tenhamos essa chance. Se não comprarmos a propriedade dos Morgan, outra pessoa vai comprá-la e não há outra casa em Glen que gostaríamos de ter, e nenhum outro local realmente bom para construir. Essa casinha é... bem, é e tem sido o que nenhuma outra casa pode ser para nós, admito, mas você sabe que está um tanto afastada para um médico. Sentimos a inconveniência, embora tenhamos feito o melhor possível. E é um pouco apertada para nós agora. Talvez, em alguns anos, quando Jem quiser um quarto só para ele, vai ser realmente pequena demais.

— Oh, eu sei... eu sei – disse Anne, com lágrimas escorrendo dos olhos. — Sei tudo o que pode ser dito contra ela, mas eu a amo tanto... e é tão lindo aqui.

— Você vai achar muito solitário aqui depois que Leslie for embora... e o capitão Jim também já partiu. A casa dos Morgan é linda e com o tempo nós vamos adorá-la. Você sabe que sempre a admirou, Anne.

— Oh, sim, mas... mas... tudo isso pareceu surgir tão de repente, Gilbert. Estou tonta. Dez minutos atrás eu não pensava em deixar este lugar querido. Estava planejando o que pretendia fazer na primavera... o que pretendia fazer no jardim. E se deixarmos esta casa, quem vai ficar com ela? Está tão afastada, então é provável que alguma família pobre, desleixada e errante vá alugá-la... e estragá-la... e, oh, seria uma profanação. Isso me magoaria terrivelmente.

— Eu sei. Mas não podemos sacrificar nossos interesses a essas considerações, menina Anne. A casa dos Morgan vai nos servir em todos os aspectos essenciais... realmente não podemos perder essa chance. Pense naquele grande gramado com aquelas magníficas árvores antigas; e aquele esplêndido bosque atrás dela... 12 acres de terra. Que lugar para nossos filhos! Há um bom pomar também e você sempre admirou aquele muro alto de tijolos em torno do jardim com o portão... você pensou que era como um jardim de livro de histórias. E há uma vista quase tão boa do porto e das dunas como temos daqui.

– De lá, não se pode ver a estrela do farol.

– Sim, pode vê-la da janela do sótão. Há outra vantagem, menina Anne... você adora grandes sótãos.

– Não há nenhum riacho no jardim.

– Bem, não, mas há um correndo pelo bosque de bordos para o lago de Glen. E o lago em si não está longe. Você poderá imaginar que tem seu próprio lago de Águas Brilhantes novamente.

– Bem, não diga mais nada sobre isso agora, Gilbert. Dê-me tempo para pensar... para me acostumar com a ideia.

– Tudo bem. Não há muita pressa, é claro. Só... se decidirmos comprar, seria bom nos mudarmos e nos instalarmos antes do inverno.

Gilbert saiu e Anne guardou os vestidos curtos do pequeno Jem com as mãos tremendo. Ela não conseguiu costurar mais naquele dia. Com os olhos marejados de lágrimas, vagou pelo pequeno domínio onde reinara tão feliz como rainha. A casa dos Morgan era tudo o que Gilbert queria. O terreno era lindo, a casa bastante velha para ter dignidade, sossego e tradições, e bastante nova para ser confortável e moderna. Anne sempre a admirou; mas admirar não é amar; e ela amava muito essa casa dos sonhos.

Ela amava *tudo* nela... o jardim de que cuidava e que tantas mulheres cuidaram antes dela... o brilho e o borbulhar do riacho, que rastejava tão maliciosamente pelo canto... o portão entre os abetos que rangiam... o antigo degrau de arenito vermelho... os majestosos álamos... os dois minúsculos armários de vidro pitorescos sobre a lareira da sala de estar... a porta arqueada da despensa na cozinha... as duas pequenas e engraçadas janelas do sótão... a pequena saliência na escada... ora, essas coisas faziam parte dela! Como poderia deixá-las?

E como essa casinha, outrora consagrada pelo amor e pela alegria, tinha sido novamente consagrada por sua felicidade e tristeza! Aqui ela passou sua lua de mel; aqui a pequenina Joyce tinha vivido um breve dia; aqui a doçura da maternidade tinha voltado com o pequeno Jem; aqui ela tinha ouvido a música requintada da risada arrulhada de seu bebê; aqui, amigos queridos se haviam sentado ao lado da lareira. Alegria e tristeza, nascimento e morte, tinham tornado sagrada para sempre essa pequena casa dos sonhos.

E agora deve deixá-la. Ela sabia disso, mesmo enquanto lutava contra a ideia de Gilbert. A casinha iria se tornar pequena. Os interesses de Gilbert tornavam a mudança necessária; seu trabalho, embora tivesse sido bem-sucedido, havia sido prejudicado por sua localização. Anne percebeu que o fim de sua vida nesse querido lugar se aproximava e que deveria enfrentar o fato com bravura. Mas como seu coração doía!

– Será como arrancar algo de minha vida – soluçou ela. – E oh, se eu pudesse esperar que algumas pessoas legais viessem aqui em nosso lugar... ou mesmo que ficasse vaga. Isso por si só seria melhor do que ser invadida por alguma horda que não sabe nada da geografia da terra dos sonhos e nada da história que deu, a essa casa, alma e identidade. E se tal tribo vier aqui, o lugar irá à ruína em pouco tempo... um lugar antigo desmorona tão rapidamente, se não for diligentemente cuidado. Eles vão destroçar meu jardim... e deixar os álamos desfolhados... e a paliçada vai ficar parecendo uma boca com metade dos dentes faltando... e o telhado vai vazar... e o gesso vai cair... e eles vão enfiar travesseiros e trapos nas vidraças quebradas... e tudo vai ficar fora de controle.

A imaginação de Anne retratou tão vividamente a degeneração iminente de sua querida casinha que a magoou tão severamente como se já tivesse acontecido. Ela se sentou na escada e se entregou a um longo e amargo choro. Susan a encontrou lá e perguntou com muita preocupação qual era o problema.

– Não andou brigando com o doutor, não é, senhora querida? Mas se brigou, não se preocupe. É uma coisa muito provável de acontecer a casais, segundo me disseram, embora eu não tenha nenhuma experiência disso. Ele vai se arrepender e logo poderá se acalmar.

– Não, não, Susan, não brigamos. É só... Gilbert vai comprar a casa dos Morgan e teremos de ir morar em Glen. E isso vai partir meu coração.

Susan não compartilhou dos sentimentos de Anne. Na verdade, ela estava até muito contente com a perspectiva de morar em Glen. Sua única queixa contra o lugar da casinha era sua localização afastada.

– Ora, senhora querida, vai ser esplêndido. A casa dos Morgan é tão grande e bonita.

– Detesto casas grandes – soluçou Anne.

– Oh, bem, não vai odiá-la quando tiver meia dúzia de filhos – observou Susan, calmamente. – E essa casa já é muito pequena para nós. Não temos espaço livre, visto que a senhora Moore está aqui, e aquela despensa é o lugar mais desagradável em que já tentei trabalhar. Há cantos por todos os lados. Além disso, está totalmente fora do mundo. Na verdade, não há nada além da paisagem.

– Fora de seu mundo, talvez, Susan... mas não fora do meu – disse Anne, com um débil sorriso.

– Não consigo entendê-la muito bem, senhora querida, mas é claro, não sou muito instruída. Mas se o Dr. Blythe comprar a casa dos Morgan, não vai cometer nenhum erro e pode estar certa disso. Eles têm água nela, as despensas e os armários são lindos e não existe outra adega assim na Ilha do Príncipe Eduardo, pelo que me disseram. Ora, a adega aqui, senhora querida, tem sido uma desilusão para mim, como bem sabe.

– Oh, vá embora, Susan, vá embora – disse Anne, tristemente. – Adegas, despensas e armários não fazem um *lar*. Por que você não chora com aqueles que choram?

– Bem, eu nunca fui muito de chorar, senhora querida. Prefiro me animar e alegrar as pessoas do que chorar com elas. Agora, não chore e estrague seus lindos olhos. Essa casa foi muito boa e serviu muito bem por um tempo, mas já é hora de terem uma bem melhor.

O ponto de vista de Susan parecia ser o da maioria das pessoas. Leslie foi a única que simpatizou de forma compreensiva com Anne. Ela chorou muito quando soube da notícia. Em seguida, as duas enxugaram as lágrimas e começaram a trabalhar nos preparativos da mudança.

– Uma vez que precisamos ir, vamos logo que pudermos e acabemos com isso – disse a pobre Anne, com amarga resignação.

– Você sabe que vai gostar daquele antigo lugar adorável em Glen, depois de ter vivido nele por tempo suficiente para ter boas lembranças dele – disse Leslie. – Os amigos irão até lá como vieram até aqui... a felicidade irá glorificá-la. Agora, é apenas uma casa para vocês... mas os anos farão dela um lar.

Anne e Leslie choraram novamente na semana seguinte quando puseram roupas curtas no pequeno Jem. Anne sentiu a tragédia disso até a noite, quando em seu longo roupão de dormir encontrou o filho querido novamente.

– Mas será o próximo traje infantil... e depois as calças... e em pouco tempo já vai estar bem crescido – suspirou ela.

– Bem, não gostaria que continuasse sendo um bebê para sempre, senhora querida, não é? – disse Susan. – Bendito seja seu coração inocente, ele parece fofo demais nesses vestidinhos curtos, com seus queridos pés à mostra. E pense na economia de passar roupa, senhora querida.

– Anne, acabo de receber uma carta de Owen – disse Leslie, entrando com uma expressão alegre. – E, oh! Tenho notícias incríveis. Ele me escreveu que vai comprar esse lugar dos administradores da igreja e mantê-lo para passar nossas férias de verão aqui. Anne, não fica contente com isso?

– Oh, Leslie, "contente" não é a palavra exata para isso! Parece quase bom demais para ser verdade. Não devo me sentir tão mal agora que sei que esse querido local nunca será profanado por uma tribo de vândalos ou deixado para cair em ruínas. Ora, é tão bom! É ótimo!

Numa manhã de outubro, Anne percebeu que havia dormido pela última vez sob o teto de sua casinha. O dia estava agitado demais para se arrepender e quando a noite chegou a casa estava despojada e vazia. Anne e Gilbert estavam sozinhos para se despedir. Leslie, Susan e o pequeno Jem tinham seguido para Glen com a última carga de mobília. A luz do pôr do sol penetrava pelas janelas sem cortinas.

– Tudo tem uma aparência de coração partido e de reprovação, não é? – disse Anne. – Oh, vou sentir tanta saudade de casa nesta noite, em Glen!

– Temos sido muito felizes aqui, não é, menina Anne? – disse Gilbert, com voz cheia de emoção.

Anne engasgou, incapaz de responder. Gilbert esperava por ela no portão dos abetos, enquanto ela examinava a casa e se despedia de todos os cômodos. Estava indo embora; mas a velha casa ainda estaria lá, olhando para o mar através de suas janelas pitorescas. Os ventos de outono soprariam tristemente em volta dela, a chuva cinzenta cairia sobre ela e as brumas brancas viriam do mar para envolvê-la; e o luar cairia sobre ela e iluminaria os antigos caminhos por onde o professor e sua noiva haviam caminhado. Lá, naquela velha costa do porto, o encanto da história permaneceria; o vento ainda haveria de assobiar sedutoramente sobre as dunas prateadas; as ondas ainda clamariam das enseadas rochosas vermelhas.

– Mas nós iremos embora – disse Anne, em lágrimas.

Ela saiu, fechando e trancando a porta atrás dela. Gilbert estava esperando por ela com um sorriso. A estrela do farol estava brilhando em direção do Norte. O pequeno jardim, onde apenas malmequeres ainda floresciam, já estava se encapuzando nas sombras.

Anne se ajoelhou e beijou o degrau velho e gasto que havia cruzado como noiva.

– Adeus, querida casinha dos sonhos – disse ela.

Impressão e acabamento
Gráfica Oceano